KB177942

새벽까지 희미하게

새벽까지 희미하게

희미하게

정미경 ◦ 소설집

창비

차례

못

겨울의 끝

빨간 모자 청년이 주유구 뚜껑을 닫고는 차를 가볍게 한번 쳤다. 연이틀 내리던 눈이 그친 터라 세차 기계 쪽은 차량의 줄이 길었다. 시간이란 참. 지난여름이었지. 저 경사로에 서서 차례를 기다리던 게. 그래봤자 예닐곱달 저쪽의 일인데 낯빛이 환했다는 느낌뿐 얼굴은 떠오르지 않는다.

금희의 얼굴은 빨리 희미해졌다. 지속된 노동 끝에 지문이 사라진 손가락처럼, 성문이 지워진 그 목소리 역시. 오래지 않아 금희, 라고 불러보면 희고 커다란 못의 형상만이 떠오를지도.

그 못. 금희의 집에 처음 갔던 날 금희의 어깨 너머로 보였던.

금희가 문을 열었을 때 커다란 못 하나가 벽에 박혀 있는 걸 보았다기보다는 그쪽 벽엔 가구고 뭐고 아무것도 없어 못밖에 보이지 않았다. 실내는 낡은 원룸답지 않게 전체적으로 흰 페인트 칠이 되어 있었는데 무심한 페인트공이 그랬는지 못까지 하얗게 칠해져 있었다. 아무것도 걸려 있지 않은데다 못 머리가 어찌나 크고 납작한지 잡아당기면 벽이 쑥 열릴 것처럼 보였다. 공은 그 못이 마음에 들었다. 방 주인이 아니라 못이라니.

목매달기 딱 좋게 생긴 못이네.

불쑥 나간 공의 농담에 금희의 표정이 묘해졌다.

그렇지.

그렇지,라니. 그랬다. 그 앞뒤 안 맞는 대답이 금희였다.

지난여름

불 꺼진 미용실 앞에서부터 금희는 걸음을 살짝 늦추었다. 골목엔 제 발걸음 소리뿐이지만 그래도 일단 주위를 슬쩍 둘러보고는 이파리 사이로 손을 쑥 집어넣었다. 1층집 여자는 이 손바닥만 한 텃밭에 지극정성이었다. 원룸텔과 길 사이 좁은 틈이 전부였지만 거름을 얼마나 했는지 낮에 보면 검초록 이파리에 기름이 자르르했다. 초여름부터 방울토마토는 정신없이 달리기 시작했다. 표시 안 나게 따낸다고 나름 신경을 썼지만 지난 일요일 아침에도 여자의 쨍한 목소리가 골목에 메아리쳤다. 아니, 이것도 도둑질이야, 도둑질. 걸리기만 해봐. 바로 경찰서에…… 어쩌면 독 오른 여자가 불 꺼진 베란다에 쪼그리고 앉아 바깥을 살피고 있을지도 모른다 생각하면서도 한개만 더, 한개만 더 따고 있는데 뭐가 코앞으로 툭 떨어졌다. 간이 뚝 떨어져 뒤로 주저앉을 뻔했다. 니아옹 우는 게 길고양이였다. 어둠속에서도 비쩍 말라 보인다. 위를 올려다보았다. 아마도 미장원 건물 옥상에서 이쪽으로 건너뛰다 떨어진 모양이다. 너, 고양이 맞아? 녀석은 그렇다는 듯 고개를 뒤로 획획 젖히고는 건물 뒤편으로 사라졌다. 서슬에 토마토 줄기 하나가 뚝 부러졌다. 참 나. 당장이라도 여자가 문을 열어젖힐 것 같아 발뒤꿈치를 들고 집 안으로 들어왔다.

알량한 몇알을 따는데도 가당찮은 집중과 경계가 필요하다. 왜 이러는지 저도 모르겠다. 이 계절엔 유독 흔해빠진걸. 공이 있었으면 토마토를 우물우물 씹으며 놀렸을 텐데. 이거 절도야. 그럴 땐 눈꼬리가 살짝 가늘어지지만 웃는 것 같진 않았다.

오히려 여기 없을 때 공이 부조처럼 또렷해지는 건 왜일까. 말이 너무 많아서인가. 함께 있을 때면 공은 잠시도 쉬지 않고 떠들어댔다. 오만 사람들에게 부대끼다 돌아오면 한마디도 더 하고 싶지 않은 금희와는 궁합이 맞는 셈이었다. 금희가 화장실에라도 들어가면 문밖에 서서 나올 때까지 이야기를 쏟아냈다. 거기다 말의 속도는 비정상적으로 빨랐다. 알고 지낸 지 2주 만에 금희는 만난 적 없는 공의 부모가 옛날부터 알고 지낸 사람처럼 여겨졌다. 공이 열다섯살 때 세상을 떠난, 화장을 해서 한탄강에 뿌리는 바람에 지금은 흔적조차 남지 않은 아버지는 생전에 돈을 아주 잘 벌었다. 아현동 근처에 집이 세채였으나 말술을 마시다 풍을 맞은 후엔 집들을 하나씩 팔아 명을 이어가다 끝내는 가족을 빚더미에 앉혀놓고 세상을 떠났다. 화가 나면 입고 있던 바지에서 혁대를 뽑아 아들들을 후려치는 사람이었다. 키가 크고 덩치가 대단했던 아버지의 외모를 공은 고스란히 물려받았다. 엄마는 아버지 가고 1년도 되지 않아 어떤 남자와 살림을 차렸다. 덕분에 형과 둘이 자취를 해야 했다. 그 기간이 그리 길진 않았지만 엄마는 딱 세번 찾아왔을 뿐이며 그동안은 거의 고아처럼 살았다. 가죽 혁대로 때리던 아버지보다는 딱 세번 찾아온 엄마 얘기를 할 때 말이 더 빨라지고 격해졌는데 자신은 그걸 못 느꼈다.

종일 닫혀 있던 실내엔 배관을 타고 내려온 음식 냄새들이 고여 있다. 김치찌개와 생선조림, 매운 양념이 타는 냄새와 하수구 냄새까지. 싱크대 위 쪽창을 열어젖히다 화들짝 놀랐다. 어둠속에 초록빛 불 두개가 떠 있다. 큰 점이 얼굴을 덮어 초록 눈알은 검은 종이를 도려낸 구멍처럼 보인다. 아까 그 녀석인가. 방충문을 긁는 발놀림이 어딘가 간절하다. 가끔 고양이들이 들어오려고 할 때도 있지만 아주 추울 때의 일이다. 더운 계절엔 창 안의 인간들을 안쓰럽게 바라볼 뿐 야외의 삶을 한껏 즐기는 족속들이다. 배가 고픈가. 하소연이라도 하듯 발로 허공을 두어번 긁고는 고개를 갸웃이 기울인다. 금희는 창을 도로 닫아버리고 옷을 훌훌 벗어 던졌다.

정작 공은 자신에 대해선 과묵한 편이다. 생각해보면 공에 대해선 세가지 사실밖에 알고 있는 게 없었다. 귀가 기형적으로 작다는 것. 쇼핑을 좋아한다는 것. 페니스가 가늘다는 것. 이마저 금희가 알아낸 것들이다.

공은 귓구멍까지도 작았다. 어느 저녁 귀지를 파준 적이 있는데 면봉이 들어가질 않아 애를 먹었다. 하지만 만두피처럼 얇은 귓바퀴가 안쪽으로 살짝 말려 있어선지 청력은 음향탐지기 수준이다. 언제 금희가 비번인 날이었다. 가스레인지 위에서 주전자는 삐삐 소리를 내고 있었고 공은 베란다에서 담배를 피우고 있었다. 토스터에 식빵을 넣고 서랍을 열며 혼잣말을 했다. 잼나이프를 여기 둔 거 같은데. 공이 외쳤다. 머리 위 싱크대 열어봐. 머그잔에 꽂아뒀잖아, 안 쓰는 포크들이랑. 거실엔 티브이가 켜져 있었고 볼륨이 꽤 높았다. 베란다로 달려가 귀를 젖혀보았다. 내 말이 들렸어? 응. 설마. 작고 얇은 귀는 손을 떼자 튕기듯 제 모양으로 돌아갔다. 내가 귀가 밝긴 해. 까페에 혼자 앉아 있으면 좀 피곤해. 옆으로 가서 조언을 해주고 싶을 때가 많거든.

쇼핑에 대해선 그렇다. 여태 누군가에게 그렇게 다양한 선물을 지속적으로 받아본 건 처음이었다. 화장대 서랍 속엔 개봉도 하지 않은 로션만 세개가 들어 있다. 립스틱은 매일 다른 색을 사용해야 할 지경이었고 치킨 먹을 때 쓰는 손가락 장갑이나 휴대용 얼룩지우개 같은 건 공이 아니었다면 그런 게 있는 줄도 몰랐을 것들이었다. 제법 비싼 걸 내밀기도 했다. 큐빅이 박힌 타원형 손목시계는 검색해보니 20만원이 넘었다. 그만해. 매번 받기만 하니 좀 부담스러워. 금희 말에 공은 펄쩍 뛰었다. 뭔가를 선택하고 돈을 지불하고 받아 드는 순간이 좋아.

하긴 둘이 만난 것도 그 지름신의 섭리였으니.

냉장실 용량이 몇리터인가요? 신제품 냉장고 앞에서 남자가 그렇게 물었을 때 경력사원의 직감은 냉장고를 살 인간이 아니라고 판단했다. 금희는 입을 조그맣게 벌려 최소한의 설명만 했다. 전체 용량 830리터 냉장실은 470입니다. 남자는 미진하다는 듯 금희의 얼굴을 빤히 쳐다보았다. 할 수 없이 금속 버튼을 눌렀다. 도어의 반쪽이 열리며 주황색 불빛이 쏟아져나왔다. 홈바는 이중으로 되어 있습니다. 음료수 수납에 최적화된 모델이라 젊은 분들이 좋아하십니다. 남자는 직접 냉동실 문을 열어 안을 샅샅이 살핀 후에 쾅 소리가 나게 문을 닫았다. 도어가 좀 가벼운 느낌이네요. 제빙기는 착탈식인가요? 정수기 연결은 따로 비용을 내야 하나요? 냉각기는 몇개인가요? ……질문이 끝이 없었는데 그때쯤 본사에서 나온 감찰원일지도 모른다는 생각이 들었다. 입꼬리를 올리고 손짓을 섞어가며 설명했다. 은나노 탈취 시스템이라 냄새가 섞이질 않구요. 모터는 10년 보증이십니다. 짐작과 달리 공은 그날 냉장고를 구매했다. 화장지 사러 나와서 냉장고 산 거지, 그날? 언젠가 묻자 공은 묶은 머리에서 빠져나온 머리카락을 귀 뒤로 넘겨주며 그랬다. 안쓰러워 그랬지. 독립냉각에다 은나노 탈취라니. 이렇게 예쁜 입술을 가진 여자가 속삭일 단어는 아니잖아. 금희로선 입술이 예쁘단 소리는 난생처음이었다.

하지만 그의 페니스에 대해서는 단정하기가 좀 그렇다. 여태 금희가 잔 남자는 공까지 모두 둘. 표본의 숫자가 충분하다고 하긴 어려웠다.

*

보행 신호가 깜박였다. 횡단보도 앞에 내려주자 막 달려가 저편 보도에 올라선 금희가 뒤를 돌아보고는 살짝 웃었다. 공은 웃지 않았다. 어차피 보이지 않을 테니까. 버스정류장 쪽으로 걸어가는 금희의 종아리가 엄청 부어 보인다는 생각을 하며 공은 액셀을 밟았다. 약속이 있다고 했지만 혼자 멀티플렉스에 갈 생각이다. 영화를 끝까지 볼 때도 있고 깜박 잠에 빠졌다 나올 때도 있다. 둘이 영화를 보러 간 적이 한번 있었다. 흥행 중인 블록버스터 첩보영화였다. 초고층 건물의 유리창이 깨지고 주인공이 건물 밖으로 튕겨나가는 장면이었다. 흩날리는 유리 조각과 함께 관객들의 심장도 아득한 아래로 떨어져내렸다. 주인공이 가까스로 창틀을 붙든 순간 금희의 손이 공의 팔을 꽉 틀어쥐었다. 불가능이 없는 주인공이 가까스로 건물 안으로 기어 들어간 후에도 금희는 손을 풀지 않았다. 왜인지 공은 다시는 같이 영화관에 오지 않겠다고 생각했다.

저는 모르고 있지만 금희를 처음 본 건 냉장고를 계약한 그날이 아니었다. 그 마트의 가전 코너에 실제 구매하는 사람들은 많지 않

금희와 가까워진 후로는 백화점을 드나들었다. 명품 로고가 찍힌 반지갑이나 명함케이스 같은 걸 일시불로 결제를 했다. 환불하러 갈 때면 주차 영수증으로 쓸 겸 립스틱이나 로션 같은 그리 비싸지 않은 걸 하나씩 사 들고 나와 금희에게 주었다.

*

"이거 봐. 누가 손을 댔네. 조금만 더 벌리면 마른 사람은 충분히 들어가겠어."

공이 망치로 창틀을 툭툭 쳤다. 과연 가장자리 창틀 두개의 가운데 부분이 심하게 휘어 있다. 감자채를 썰던 금희는 콧방귀를 뀌었다.

"들어와봤자 가져갈 것도 없어."

"사람 있을 때 들어오는 게 무섭지."

그런가. 무심한 말이 금희의 가슴에 감자가루처럼 가라앉는다. 공은 아까부터 쪽창 바깥에서 퉁탕거리고 있었다. 노끈으로 창의 길이를 재더니 고만한 길이의 패널을 어디서 사 들고 왔다. 진짜 빗소리를 들려줄게. 금희가 밤에 휴대폰의 빗소리 앱을 켜놓는 걸 보며 그 생각을 한 모양이다. 비가 매일 오는 건 아니잖아. 말은 그렇게 했지만 망치 소리가 싫진 않다. 늦은 오후부터 비가 온다는 일기예보에 아예 날을 잡은 모양이다. 창턱 아래가 싱크대라 쭈그리고 앉은 공의 무릎과 털이 무성한 종아리가 보인다. 채 썬 감자를 물에 담가놓고 같이 볶을 스팸을 썰기 시작했다. 금희는 그냥 감자만 하얗게 볶은 걸 좋아했는데 공은 모든 음식에 스팸을 넣어야 했다. 다 됐어, 봐봐. 양쪽에 지지대를 먼저 설치하고 패널을 연결하는 일이 간단하지는 않은지 이마에 땀이 송송 맺혀 있더니 살짝 경사진 모양새가 제법이다. 창틀에 용도가 애매한 공구들이 줄줄이 늘어서 있다. 아마도 이것들을 사고 싶어 차양을 달아준다 했지.

공구를 한아름 안고 들어서는 공의 발치로 뭔가 스윽 흘러 들어왔다. 어어 하는 사이 녀석은 싱크대 위로 살풋 날아올라 스팸 조각 하나를 훔쳐 먹었다. 프라이팬을 들어 쥐어박는 시늉을 했더니 바닥으로 우아하게 착지하고는 할긋 올려다보았다. 뭐 그럴 것까지야, 그런 표정. 낯이 익다. 금희는 현관문을 열어젖혔다. 쟤 좀 어떻게 해봐. 공이 들고 있던 망치를 흔들었다. 쉿, 쉿. 녀석은 주춤주춤 뒷걸음질을 하다 붙박이장 위로 가뿐히 올라앉았다. 붙박이장에서 티브이 뒤로, 다시 컴퓨터 책상 위로 뱅뱅 도는 놈을 붙잡을 순 없었다. 공은 싫증을 낸다.

"배가 고픈가보네. 뭘 좀 먹여서 내보내."

"안돼. 한번 줘 버릇하면 자꾸 들어와. 그리고 나 고양이 공포증이 있어. 어릴 때 도둑고양이한테 뺨을 긁힌 적이 있거든. 봐. 흉이 아직도 남아 있어."

그러는 동안 녀석은 둘 사이에 앉아 귀담아듣기라도 하듯 이쪽저쪽을 올려다보았다. 공은 그 경청의 태도에 감동해 스팸 한조각을 집어주었다. 씹지도 않고 삼키고는 고개를 빠르게 획획. 누가 뒤에서 잡아채기라도 한 듯 독특한 엇박자였다. 공이 흉내를 내보더니 목덜미를 두드렸다.

"오호. 이거 쉽지 않은데. 성깔 있는 로커 같지 않아? 키워볼까?"

공은 녀석에게 빠져들었다. 안돼. 밖에서 굴러다니던 놈을. 금희의 말에도 달랑 안아 들고는 욕실로 들어가 샤워라도 시킬 기세더니 도로 들고 나왔다. 이렇다 저렇다 말도 없이 슬리퍼를 신고 나가기에 망치라도 두고 왔나 했더니 한참 있다 약 봉투 하나를 들고 들어왔다.

"얘 머리 좀 잡아줘. 들어온 이유가 있었네. 꼭 붙들고 있어. 할퀴고 싶지 않으면."

목덜미 털을 젖히는데 진물이 엉킨 상처가 드러났다. 보고 싶지 않은데 공은 자꾸만 보라고 했다. 붉은 상처 속에서 뭔가 고물거렸다. 공이 핀셋으로 구더기인지 벌레인지를 집어낼 땐 뜻밖에 수굿하더니 소독액을 들이붓자 발버둥을 치며 못으로 유리 긁는 소리를 내질렀다. 사람 약 써도 돼? 안될 게 뭐 있어. 상처는 다 똑같지. 공은 빨간약까지 꼼꼼히 발라주고는 알약 하나를 셋으로 쪼개 스팸 조각에 박아서 먹였다. 그건 뭐야? 항생제. 수그린 공의 뺨이 아주 가까웠다. 피부 아래 수염의 뿌리들이 파르라니 비쳐 보였다. 놓아주자 창틀에 훌쩍 날아오른 녀석이 고개를 뒤로 휙휙 젖혔다. 공이 한숨을 쉬었다.

"고양이 주제에 틱은."

"그게 뭔데?"

"어떤 행동이나 발성을 반복하는 거지. 자기통제가 안돼. 나름

트라우마가 있나보네."

공의 말에, 바로 이런 게 틱이라는 듯 또 휙휙.

일기예보와 달리 저녁을 먹고 난 후에도 비는 오지 않았다. 같이 볼래? 가슴팍에 아이패드를 세워놓고 미드를 보던 공이 물었다. 뭔데? 몰라. 보면서 제목도 몰라? 응, 몰라. 내용이 뭔데? SF판타지호러액션. 난 SF 싫어해, 판타지도. 왜 싫은데? 공이 아이패드에서 눈을 떼지 않고 물었다. SF나 판타지를 보고 있으면 그게 너무 현실적이라는 생각이 들어. 그럼 뭘 좋아해? 난 인도 영화가 좋아. 공이 입을 벌리고 돌아보았다. 춤과 노래, 완벽한 해피엔딩이 있지. 좀 정신없긴 하지만. 책꽂이 빈틈에 앉은 고양이가 말하는 사람을 번갈아 쳐다보았다. 내보낼 땐 보내더라도 일단 이름은 지어줄까. 예삐. 몽실이. 봄이…… 금희 말에 공은 질색을 했다. 노. 노. 얘가 그런 느낌이 전혀 없잖아. 그냥 점순이라고 불러. 암컷이던데. 그건 좀 그렇다. 유월이 어때. 유월에 들어왔으니. 그럼 넌 삼월이게? 금희는 입이 쑥 나와 한참 책을 읽다 그랬다.

"점순이. 괜찮네. 봄봄에 나오잖아. 앙큼한 밀당의 고수."

답이 없어 보니 그새 잠이 들었다. 점순이가 아니라 제 이름 얘길 해주고 싶었는데.

잠든 공의 귀와 턱 사이. 팽팽한 뺨은 일주일 만에 만나 그냥 잠들 나이는 아니란 걸 보여준다. 시간이 더 흐른 다음이라면 아마도 공은 페니스의 작음보다는 섹스를 그리 좋아하지 않았던 사람으로 떠오를 것 같다. 표본의 숫자가 충분하진 않지만 확실히 그랬다.

22

스물일곱살 때. 고향 친구 정순이 작명소에 간다며 같이 가자 했다. 그냥 옆에 앉아 있다 올 참이었는데 정순의 이름을 지어주고 난 남자가 금희를 쳐다보았다. 친구분은, 이름이 뭐여? 물었을 때 자긴 아니라고 했어야 했는데 얼떨결에 대답을 했다. 이영기요. 남자는 눈을 내리깔며 한숨부터 쉬었다. 영기. 이름이 안 좋아. 꽃부리 영에 터 기. 단정적으로 말하고는 쳐다보는 눈빛이 날카로웠다. 어떻게 알았을까? 여자 이름으론 세. 영기, 영기. 불러보면 뭐가 떠올라? 응? 재물도 인연도 연기처럼 사라지기밖에 더하겠어. 아직 남자 없지? 운이란 게 별 게 아냐. 부르는 대로 오는 거여. 금희라고 해. 쇠 금에 빛날 희. 하고많은 것 중에 금 이상이 있어? 사실 같은 이름 지어준 사람이 여럿 돼. 고맙다고 인사 오는 사람도 있고 후손들도 다 잘돼 있어. 후손들이라니. 자식도 없고 뚜렷이 낳을 계획도 없는데. 떨떠름한 얼굴로 앉아 있는데 남자는 다음 분, 하며 거실 쪽을 쳐다보았다. 10만원씩을 내고 나왔는데 정작 정순은 지민이라는 새 이름을 쓰지 않았고 영기는 충동구매한 새 이름으로 살아왔다. 이후로 9년 동안. 가끔 이런 생각을 하면서. 이름 도망은 못하는 건가. 내 인생은 여전히 영기 같아.

*

금희는 자꾸만 발에 감기는 녀석이 고양이답지 않다고 타박을 하면서도 점순이에게 빠르게 마음을 주는 것 같았다. 목의 상처가 아문 후에도 점순이는 집을 나가지 않았다. 놀러 나가도 외박은 하지 않는다 했다. 녀석은 제 필요를 채워주는 사람이 공이라는 걸 아는지 가끔 보는데도 붙임성 있게 굴었다.

공은 당장 배변용 모래와 사료부터 사 들고 왔다. 샴푸와 빗은 인터넷으로 주문했다. 발톱깎이와 치석제거 치약을 사온 것도 공이었다. 쥐 모양의 봉제인형을 사 들고 와 막대에 달아준 것도 물론 공이었다. 공이 이동용 캐리어를 사 들고 왔을 때 금희가 1차 경고를 했다. 거기 담아서 어딜 데리고 갈 건데? 핑크색 캣타워가 배송되어 온 날 금희는 말을 안했다. 안에는 둘 자리가 없어 베란다 구석에 두었는데 정작 점순이는 그 요란한 놀이터에 관심이 없었다. 닭고기 양고기 심지어 타조고기까지 종류별로 캔을 사다놓고 배변틀에 똥을 눌 때마다 주었더니 공을 보면 억지로 짜듯이 똥을 누었다. 수시로 획획 고개를 젖히는 건 그대로였다. 똥 누는 건 제 마음이었으나 획획은 제 마음과 상관없었다. 공의 눈 밑처럼.

공은 개든 고양이든 동물엔 관심이 없었다. 그래도 누가 뒤에서 세게 잡아채듯 목을 젖히는 꼴을 보고 있으면 이상하게 점순이에게 마음이 갔다. 금희에겐 뭐가 있을까. 파르르. 획획. 그 비슷한 거. 딱히 떠오르는 게 없다. 없는 건가. 금희를 보면 비밀스러운 무예를 수련한 무사 같다는 느낌이 들 때가 있긴 하다. 불에 달군 모래에 담금질한 광물성의 맷집 같은. 그 뜨거움이 무엇이었는지 물어보진 않았다. 점순이와 금희의 사이는 묘했다. 금희가 점순이를 애 터지게 챙기는 것도 아닌데 둘 사이엔 아무것도 없는 것처럼 보였다.

친밀감이 없다는 게 아니라 거리나 틈, 그런 게 없었다. 공에겐 잘 잡히지 않는 감각이었다.

공은 무언가를 끊임없이 좇으며 살아왔다. 자잘한 가지를 다 쳐내고 보면 그 무언가는 명료했다. 인정과 안정. 그 단순한 것이 공에겐 쉽지 않았다. 공이 닭고기 캔과 연어 캔을 줄기차게 사 들고 오는 데는 그것과 연결된 부분이 있었다. 금희는 몰랐지만 공 자신은 알았다.

이전보다 나은 인생을 살아보겠다는 각오로 시작한 엄마의 새 출발은 오래가지 않았지만 재테크로는 그리 나쁘지 않았던 것 같다. 그 남자와 찢어진 후에 형편은 훨씬 나아졌다. 엄마와 떨어져 사는 동안 공부를 놓친 형은 고졸의 학력으로 사회생활을 시작했다. 전기 일을 배워 공사판을 다녔는데 수입이 그리 나쁘진 않은데도 분노가 있었다. 술을 마시면 공에게 전화를 해서 이년 저년 하며 엄마 욕을 했다. 아무 대답 없이 가만히 듣고 있는 게 공이 해줄 수 있는 유일한 일이었다. 공은 고2 때 다시 엄마와 합치면서 대학엘 갈 수 있었다. 졸업하고는 일찍 결혼했다. 사랑에 빠졌다기보다는 안정에 대한 강박이 있었던 것 같다. 무엇보다 여자의 성격을 보았다. 아내는 밝고 긍정적인데다 에너지도 넘쳤다. 딸이 태어난 후론 마침내 자신도 성공적으로 착지했다는 생각이 들었다. 학교 다닐 때부터 친한 친구가 없었던 공은 아내가 유일한 친구였다. 공이 직장생활을 연이어 두번 실패하기 전까지는. 한번은 그렇다 쳐도 다른 한번에 대해선 억울함이 컸다.

공의 첫번째 이직은 스카우트에 가까웠다. 시장 환경이 좋았던 때라 금융사들이 공격적으로 경력사원을 확보하던 시기였다. 협상을 예상하고 부풀려 제시한 연봉을 고스란히 받게 되었고 첫해엔 연봉의 두배가 넘는 성과급을 받았다. 계약만기가 먼데도 여기저기서 스카우트 제의가 끊이지 않았다. 흥성했던 그해 연말에 부서 전체가 참가하는 회식이 있었다. 다음 날 사무직 미스 오가 결근을 했고 상무가 공을 호출했다. 공이 화장실에 가는 미스 오를 뒤따라가 여자 화장실 안에서 젖가슴을 주물렀다는 것이다. 엉망으로 취했던 건 사실이고 어느 시점 이후의 일은 기억나지 않지만 공은 자신이 그런 짓을 했으리라곤 믿지 않았다. 화장실 쪽엔 CCTV가 없었고 다음 날 미스 오의 아버지가 회사로 찾아왔을 때쯤엔 누구의 말이 진실인가는 이미 의미가 없었다. 미스 오의 아버지는 합의금으로 2억을 요구했다. 1년 남짓이면 그 정도는 복구할 수 있다고 생각했다. 법정으로 가져가면 혐의를 벗는다 해도 더 많은 것을 잃을 게 뻔했다. 합의를 하고 나자 회사가 징계를 주었다. 감봉에다 성과급 유예였다. 그건 괜찮았다. 부서 사람들이 뒤에서 자신을 '젖가슴'이라고 부른다는 걸 알고는 사표를 쓰고 나왔다. 그러고 나와서 쉰 시간이 그리 길진 않았다. 6개월이 못 되어 다른 금융사와 계약을 할 수 있었다. 과거 실적이 좋았고 공이 제시한 연봉이 낮았다. 그렇게 들어간 회사에서는 손익분기점을 못 넘긴 실적 때문에 똥 싼 개처럼 쫓겨 나와야 했다. 쉬는 동안 촉을 잃었고 무엇보다 두려움에 사로잡힌 사람은 실물거래에서 실적을 낼 수 없었다. 어디서나 공포는 전쟁의 맨 처음 적이었다.

두개의 파도를 넘는 사이 아내와의 관계는 돌이킬 수 없게 되었다. 공은 근무했던 회사의 차가운 해고 방식에 대해 위로받고 싶었으나 아내는 그 이전 일을 새삼 끄집어냈다. 이성적으로는 당신 얘기를 당신 입장에서 받아들이자 하면서도 그게 안돼. 시간을 좀 줘. 아내는 밝고 에너지가 넘치는 사람이었지만 태양은 아니었다. 누군가가 잘못한 게 사실이라 해도 그 사안에 대해서 백번을 사과하다보면 상대방을 증오하게 된다는 사실도 알게 되었다. 딸이 아직 어렸고 딸에게 상처를 주고 싶지 않다는 점에서는 둘의 의견이 일치했다. 양육비는 공이 보내주기로 했다. 아직은 은행 잔고로 버틸 만했다.

두번의 실직 모두 터무니없다 생각했지만, 출근을 하지 않는 날들이 길어지면서 공은 그 확신을 지속할 수 없게 되었다. 그 밤에 정말 미스 오의 젖가슴을 만지지 않았을까. 다시 자리를 구한다 해도 이전 같은 실적을 낼 수 있을까. 제 인생에서 유일하게 제어할 수 없는 게 파르르 떨리는 눈 밑뿐이라는 자신감으로 똘똘 뭉쳐 있던 옛날의 공은 헌옷처럼 저를 여기 벗어놓고 어디론가 가버렸다는 생각이 들었다.

*

문을 열어주며 보니 공의 헤어스타일이 달라져 있었다.

"머리 잘랐어?"

"응, 여기 옆에서. 잘 자르던데?"

"그래?"

금희가 보기엔 좀 이상했다. 골목 안 아줌마와 할머니들이 주 고 객인 미용실에서 남자애들 취향인 투블록 스타일을 제대로 낼 리 가 없다. 거기다 투블록 하기엔 좀 넘치는 나이 아닌가. 약간 모자 라 보인다고 할 순 없었다. 머리카락이야 곧 자라겠지.

"잘 잘랐네."

"그렇지?"

뒷거울을 안 보았기 망정이지. 귀 위쪽 두피가 허옇게 드러난 채 로 확신에 차 되묻는데 그러잖아도 작은 귀가 고스란히 드러나 우 스꽝스러웠다. 짧은 머리카락 틈에 간간이 새치가 반짝였다. 이렇 게 가까이서 이 사람의 귀를 들여다보게 될 줄 몰랐다. 공이 고무 줄 반바지 입은 남자의 발을 밟아주었던 저녁에도.

종일 서 있는 일은 짐작보다 훨씬 힘들어 퇴근 무렵이면 엉덩이 근육이 땡땡하게 뭉쳤다. 슬리퍼는 금지되어 있어 납작한 우레탄 샌들을 신고 일했다. 가전 코너가 붐비는 토요일 저녁이었다. 제품 사양을 꼬치꼬치 캐묻던 젊은 커플은 사이즈를 체크해보더니 자 기들 부엌엔 안 들어가겠다며 다른 모델을 보자 했다. 돌아서는데 눈앞에 별이 번쩍했다. 목 늘어진 면 티셔츠에 고무줄 반바지를 입 은 남자는 제 카트가 누군가의 뒤꿈치를 찍은 걸 그리 개의치 않는 것 같았다. 미안함다. 무성의한 돌림노래의 한구절 같은 말을 날리고는 그만이었다. 옆에 서 있던 여자 손님이 금희의 뒤꿈치를 보며 혀를 찼다. 피가 나네. 손수건으로 꾹 누르고 있는데 갑자기 그 남자가 비명을 질렀다. 아아! 옆의 남자가 기다렸다는 듯 명랑하게 외쳤다. 미안함. 박자 놓친 돌림노래같이 방정맞게. 일주일 전인가, 냉장고를 산 남자였다. 찬 거야? 언젠가 수제비를 먹으며 물어보았다. 엄지발가락에 살짝 올라섰지. 차는 건 너무 작위적이고.

공과 자신이 숲 속의 짐승이라면 첫눈에 심드렁하니 등을 돌렸을 것이다. 우린 완전 달라, 하며. 치타와 나무늘보. 앵무새와 미어캣처럼. 다르긴 한데, 금희는 그 고무줄 바지 입은 남자 옆에서 공과 자신이 종을 초월한 연대감을 느꼈다고 생각했다. 투블록으로 자른 머리를 보며 금희는 생각했다. 완전 다른 종은 아닌가봐.

*

주유소가 보이는 횡단보도를 지나기 직전에 붉은 신호등이 켜졌다. 정지선을 넘겨 차를 세우고 공은 휴대폰으로 내일의 날씨를 확인해볼까 하다 그만두었다. 장마 끝나고 나서는 쨍하다가도 이틀에 한번쯤은 한바탕 쏟아지곤 했다. 어쩔 수 없지. 식당에서 나오며 금희가 그랬다.

세차장에 가고 싶은데.

세차장에? 왜?

공은 정말 궁금해서 물어본 거였다.

그냥.

그냥,이라고 하는 말투엔 어떤 간절함이 있었다. 세차장에 가고 싶은데,라는 말에도. 공은 세차 같은 건 하지 않았다. 그러려고 산 게 은회색 SUV였다. 금희가 쌀국수가 먹고 싶다 해서 점심을 먹고 돌아오던 길이었다. 이런 동네에 제대로 된 쌀국수 집이 있겠어, 싶었지만 그러자 하고 나섰다. 국수 맛은 예상보다 더 별로였다. 면은 어제 삶아놓은 듯 툭툭 끊겼고 몇점 넣은 쇠고기 역시 질이 형편없었다. 국물은 뜨겁지 않았고 조미료 맛이 확연했다. 공은 제 몫의 국수를 절반쯤 먹고는 젓가락을 내려놓았다. 금희는 제 걸 다 먹고는 공의 그릇에 남은 새우까지 건져 먹었다. 계산은 금희가 했다. 카운터에 서 있는 금희 뒤에 서서 공은 생각했다. 얘는 모아놓은 돈도 없고 앞으로 크게 벌 일도 없으면서 애면글면이 없어. 공과 밥을 먹거나 주유소라도 들르면 곧잘 제 카드를 내밀었다. 왜? 나무라듯 공이 그러면 무어라 무어라 이유도 많았다. 이 카드가 30만장 발급 행사를 한대. 30만장 돌파하는 날 결제를 하면 추첨해서 캐시백을…… 그날이 언젠데? 12일부터 말일 사이래. 헐. 20일을 줄창 쓰란 말이네. 응, 매일 편의점에서 삼각김밥이라도 하나씩 사려고. 공은 금희의 유머감각이 꽤나 심오하다는 생각을 했다. 어떤 카드는 일정액을 써야 약정금리를 받을 수 있어서, 어떤 빵집에선 할인 혜택이 있는 카드라서 계산을 했다. 그래봤자 푼돈이었다. 공이 다루는 돈들은 공의 것이 아니고 실체가 있는 것도 아니며 허공에서 허공으로 옮겨다니는 것들이긴 하지만 비일상적인 숫자들을 다루다보니 미미한 숫자들엔 무감각했다.

4만원 이상 기름을 넣으면 2천원짜리 세차 쿠폰을 주는 주유소였다. 금희는 조수석에서 운전석 창으로 제 카드를 내밀었다. 공이 아무 말 안했는데 혼자 그랬다. 내가 오자 했으니까. 왜인지 공은 그 말에 짜증이 났다. 이즈음 계속 날카로워진 상태이긴 했다. 주유를 하고 세차 시스템이 있는 경사로를 올라갔다. 이미 늘어선 차가 일곱대. 평소의 공이라면 절대 기다리지 않는다. 희한한 취미도 다 있네. 앞차가 세차기 안으로 들어가고 나자 양손에 스프레이를 들고 서 있던 남자가 휠 세정제를 바퀴에 뿌려주었다. 기계 안으로 들어서자 유리창이 비누거품으로 뒤덮였다. 거품바다에 빠진 듯 바깥이 보이지 않는데도 어둡단 느낌은 들지 않았다. 브러시가 창을 문지르고 사방에서 세찬 물줄기가 쏟아졌다. 거품이 말끔히 씻겨나가자 걸레를 들고 기다리던 남자가 물기를 닦아내기 시작했다.

"아까 그 사람, 동생인가봐. 닮았지?"

공은 부질없이 뒤를 돌아보았다. 세차기 너머가 보일 리 없었다.

"옛날에 주유소 알바를 한 적이 있는데, 젊은 커플이 나란히 앉아 세차를 하는 게 그렇게 부러웠어."

"그래서, 어때?"

"좋았어."

금희의 욕망은 대체로 이 정도였다.

일이 있다 하고 집 앞 큰길에 금희를 내려주고 공은 로터리 쪽으로 직진했다. 멀티플렉스에 가서 한숨 잘 참이었다. 어둡고 시끌벅적한 곳에 앉아 있으면 몽롱하게 잠이 쏟아지기도 했다. 주차할 자리를 찾고 있는데 전화가 걸려왔다. 모르는 번호였다. 나 백 이사야. 자네, 지금 어디 나가고 있나? 뜬금없었지만 누군지 금세 알아차렸다. 두번째 회사의 윗사람이었다. 제가 지금은 좀 쉬고 있습니다. 그래? 잘됐네. 이력서 준비해서 한번 나와. 백 이사는 최근에 다른 대형 금융사로 옮겼다고 했다. 공과의 사이엔 직급이 둘이나 더 있어 직접 부딪칠 일은 없었지만 그 사건을 모를 리는 없다. 옮긴 곳에서 자기 사람으로 운용팀을 꾸리며 공을 떠올렸을 것이다. 공만큼 기복 없이 실적을 내는 사람 구하기가 쉽진 않았을 터이고 공만큼 통 큰 선물을 하는 아랫사람 만나기도 쉽지 않았을 것이다. 셔츠 소매 아래로 슬쩍 보이는 베젤만으로도 품격을 짐작할 수 있는 명품시계라든가 강원도 심마니에게 구한 산삼 뿌리, 금박 입힌 공진단 같은 걸 명절마다 보내도 고맙단 문자 일 점이 없더니 나름 마음에 새겨놓았던 모양이다.

전화를 끊고 공은 아내 휴대폰 번호를 눌렀다. 전화를 안 받더니 좀 있다 전화가 왔다. 친정에 들어가 살고 있는 아내가 조그만 해운회사 사무실에 나가는 건 알고 있었다. 요즘 해운회사는 어디라 할 것 없이 속이 곪아 있어 박한 월급과 과중한 업무에 늘 감기를 달고 산다 했다. 찢어져 살면 신세계가 펼쳐질 것 같던 기세는 어디 가고 아내의 말투는 모서리가 한풀 꺾여 있었다. 사무실 바깥으로 나와서 전화를 하는지 차 소리가 시끄러웠다.

전화했네?

으응. 별일 없지? 난 다음 달부턴 출근할 것 같아. 여태 다닌 곳들 중 제일 대형사야.

아내는 어쩐 일인지 한숨을 폭 쉬었다.

해미는?

개도 힘들어. 요즘 학원 마치면 10시야.

5학년짜리를 뭘 벌써 뺑뺑이를 돌려.

무슨 소리. 남들 절반도 못 해주는데.

아내의 말투가 갑자기 독백조로 바뀐다. 아니 연극적인가.

내 눈엔 애기 같은데 사춘기야. 지난 일요일엔 피자 먹다 갑자기 그러더라고. 둘이 같이 살든 말든 난 신경 안 써. 근데 나 대학 갈 때까지 법적으론 이혼하지 마. 결손가정 출신, 쪽팔리잖아. 부모가 돼서 그것도 못 해줘?

해미 목소리를 흉내 내는 아내 목소리에 콧소리가 섞여들었다.

*

오후 4시가 좀 지나 식료품 매장에 오징어를 사려고 내려갔다. 공이 매콤하게 끓인 오징어찌개가 먹고 싶다고 했던 게 생각났다. 생물 오징어 팩을 들고 나오는데 행사 품목을 외치는 소리가 서너 군데서 동시에 들려왔다. 양념한 주꾸미볶음이나 불고기 같은 걸 할인 판매한다는 방송이 나오면 매대 앞엔 금세 수십명이 늘어서곤 했다. 달걀 한판을 반값에 판다는 소리도 들려왔다. 금희에게 한

판은 너무 많다. 배추 매대 쪽이 갑자기 부산해졌다. 산지의 가뭄으로 배추값이 폭등해 한망에 15000원은 줘야 한다는 건 금희도 알고 있었다. 지금부터 포기당 500원. 모두 100분에게만 기회를 드리겠습니다. 세포기 한정…… 그런 소식을 전할 수 있어 너무 기쁘다는 듯한 직원의 목소리가 반복되었다. 매장에 있던 여자들이 그쪽으로 빠르게 달려갔다. 필요한 걸 할인한다 해도 달려가면서 저런 표정은 짓지 말아야겠다 생각하며 비닐봉지에 감자를 담던 금희의 팔을 누가 툭 쳤다. 감자는 옆구리에 부딪힌 후에 바닥으로 떨어졌고 흰 셔츠에 흙 자국이 찍혔다. 허둥지둥 달려가는 여자의 펑퍼짐한 등을 노려보는데 갑자기 그녀가 픽 쓰러졌다. 설마 그 정도 부딪힌 걸로? 자해공갈인가? 쓰러진 그녀의 팔이 두어번 경련을 했다. 들고 있던 달걀판 노끈을 그때까지 꼭 쥐고 있었다. 젊은 남자 직원들이 달려왔다.

공은 전화도 없이 오지 않았다. 깜박 잊었든지 급한 약속이 생겼겠지. 금희는 혼자 저녁을 먹었다. 오징어찌개가 많이 남아 건더기를 씻어 점순이에게 주었다. 점순이는 뻔뻔스럽도록 빨리 적응했다. 밤엔 금희 옆구리에 등을 대고 코를 골았다. 금희는 설거지를 하고 오징어를 먹어치운 점순이는 철학자 같은 표정으로 티브이 화면을 보고 있었다. 저녁뉴스 시간이었다. 낯익은 장소가 화면에 나왔다.

……화곡동에 사는 57세 주부 김모씨는 할인행사를 하는 달걀

매장에서 마지막 남은 달걀 한판을 사고 다시 20미터쯤 떨어진 배추 매대로 급히 달려가던 중 쓰러졌으며 즉시 구급차량으로 후송됐지만 병원에 도착하기 전 숨졌습니다. 김모씨는 평소 부정맥 증상이 있었지만 무리하게 달리다 변을 당한 것으로 보고 경찰은 자세한 경위를 조사 중입니다.

앵커의 말이 끝나자 선착순 할인의 문제점을 지적하는 전문가의 코멘트가 이어졌다. ⋯⋯이런 사고는 언제라도 다시 일어날 수 있기 때문에 할인품목이 품절되면 그 가격으로 구입할 수 있는 쿠폰을 나눠주는 방식을 도입해야 합니다. 여자의 얼굴은 기억나지 않았고 바닥에 쓰러진 후에도 달걀판을 꼭 쥐고 있던 손 모양이 떠올랐다. 그게 바로 몇시간 전의 일이라는 게 믿어지지 않았다.

샤워를 하고 금희는 누워서 책을 읽었다. 자기 전의 독서는 습관이었다. 하드커버로 된 책을 들고 읽다 까무룩 잠이 드는 바람에 콧잔등이 까진 후로는 옆으로 누워 읽었다. 책에 관한 한 특별한 취향은 없다. 언젠가 책꽂이를 훑어본 공이 그랬다.

오호. 취향이 고급하네. 비극을 좋아하는군, 응?

그런가? 아닌데. 금희는 읽고 있던 페이지에 노란 포스트잇을 붙였다. 공이 오면 읽어줄 참이었다. 제가 생각하는 진짜 비극은 이런 거라고.

밤늦게야 공이 전화를 했다. 금희는 불을 켜놓은 채 잠이 들었다가 말짱한 목소리로 전화를 받았다. 평소의 공은 목소리가 높고 말이 아주 빨랐다. 공격하는 느낌이랄까. 술을 마시면 말이 느려지고 모서리가 약간 무너졌다.

　술 마셨나봐.

　응, 조금. 금희야. 나 다시 출근하게 될 것 같다.

　우와. 축하해. 고진감래네.

　무슨. 그 정도는 아니고. 전에 있던 회사 이사님이 전화를 하셨더라고. 얼마 전에. 왜 세차했던 날. 오늘 이력서 들고 찾아갔는데 뭐 요식행위라고, 내일이라도 나오라네. 출근하게 된 것도 좋지만 그냥, 나란 사람을 알아준 게 너무 기뻤어. 그래서 좀 마셨어. 사마천이 그랬잖아. 여자는 자신을 사랑하는 사람을 위해 화장을 하고 남자는 자신을 알아주는 사람을 위해 목숨을 바친다고. 나를 알아주는 게 너무, 너무 기뻤다니까?

　공은 오겠다는 얘긴 없었다. 술에 취한 공은 한 말을 또 하고 또 하고 또 했다. 공을 보고 있으면 그에겐 체온이나 마음을 나눌 사람이 아니라 그 앞에서 잘나 보이고 싶은 어떤 대상이 필요한 게 아닐까 싶을 때가 있다. 출근보다도, 나란 사람을 알아준 게 너무 기뻤어. 공은 똑같은 말을 하고 또 하고 금희는 그때마다 그러네, 축하해. 진짜. 그렇지. 맞장구를 쳐주었다.

　공은 자신의 욕망에 전력으로 매달림으로써 불안을 유예하는 쪽이었다. 금희의 방식은 반대였다. 미리 내려놓음으로써 불안의 싹수를 자르는 식이었다. 어느 쪽을 선택해도 크게 달라질 건 없다고 생각했다. 여름 바다에 둥둥 떠 있는 튜브 같은 목소리를 들으며 금희는 끝을 예감했다. 어떤 일은 그랬다. 끝나버린 후에 알게 되는 게 아니라 그 일이 일어나려는 바로 그 순간 알게 된다.

전화를 끊고 금희는 앱을 켰다. 앱 속의 빗소리는 실제보다 더 다양하다. 세찬, 혹은 조용히 내리는, 우림에 쏟아지는, 천둥과 번개를 동반한, 도시에 내리는…… 비. 양철 지붕에 떨어지는 빗소리에 파도를 겹쳐놓았을 때 가장 평안했다. 느린 파도 소리가 잦아들면 그제야 빗소리가 살아나고 그 틈으로 잠이 밀려들었다.

점장이 아침 일찍 전화를 했다. 어제 사고 난 손님의 장례식장이 이 동네라며 우선 금희가 회사 명의로 부의금을 내고 배달시킨 화환도 확인해보라 했다. 오늘 안 나와도 돼. 출장처리 했어. 점장이 부의금 액수와 봉투에 쓸 문구를 문자로 보내왔다. 금희는 봉투를 하나 꺼내 문구부터 옮겨 적고는 옷장을 열고 검은 옷을 찾아보았다.

가까운 곳인데도 버스를 갈아타야 했다. 소규모 종합병원과 연결된 장례식장은 한산했다. 너무 갑작스러운 일이어선지 장례 준비도 되어 있지 않았다. 상주도 나와 있지 않았고 영정사진을 올리는 칸도 비어 있었다. 회사에서 보낸 화환 하나가 썰렁하게 서 있었다. 확인해보라는 말이 생각나 자세히 들여다보았다. 생화와 구별하기 어려운 조화가 절반쯤 섞여 있었지만 별문제는 없어 보였다. 마트 이름이 적힌 리본이 들어가도록 사진을 찍어 점장에게 보내주었다. 방명록에 사인을 하고 부의금만 전했다. 나오는데 출구를 제대로 찾을 수가 없어 주차장 쪽 경사로를 걸어 올랐다. 바깥으로 나오자 골목 시장이 이어졌다. 등등한 햇살 아래 골목 시장은 보잘것없었다. 양파와 깐마늘, 시든 미나리 같은 걸 늘어놓은 틈틈이 끝물인 복숭아와 참외 같은 걸 팔고 있었다. 아래에서 올라오던 차가 빵빵거리는 소리에 급하게 비켜서다 허벅지 옆을 된통 찧었다. 리어카를 개조한 매대였다. 인도나 동남아시아 풍의 화려하고도 조악한 꽃무늬 여름 원피스들이 놀랍도록 싼 가격표를 붙이고 바람에 흔들리고 있었다. 이제 곧 지나가버릴 계절의 옷들. 늙거나 젊은 여자들이 리어카 앞에 붙어 옷을 고르고 있었다. 자신의 생에서 내년 여름이라는 시간이 100퍼센트 있을 거라는 그 확신이 놀라워 그녀들을 한동안 바라보다 파란색과 꽃분홍색 옷이 걸린 옷걸이를 빼 들고는 제 몸에 하나씩 대보았다. 목까지 검붉게 그을린, 선하게도 악하게도 생기지 않은 남자가 손가락으로 찌를 듯 꽃분홍색을 가리켰다. 횡포한 늦여름의 기운에 안심이 되었다. 금희는 옷걸이를 겹쳐 남자에게 내밀었다.

"둘 다 주세요."

*

로터리에서 피턴을 할 때면 금희를 생각했다. 생각했다기보다는 그냥 떠올랐다. 얼굴이 아니라 그냥 금희.

그렇게 오래 지속될 줄은 몰랐지. 다시 자리를 얻으면서 방아쇠를 당기듯 끝내긴 했지만 취업이 더 늦어졌다 해도 여름을 넘기진 않았을 것이다. 공은 다리 입구에서 신호를 기다리며 지척의 빌딩 숲을 바라보았다. 늦은 오후의 햇살을 받고 서 있는 빌딩들이 메타세쿼이아숲처럼 장엄하다. 저 단호한 듯 서 있는 빌딩들을 지구 바깥에서 바라본다면 무서운 속도로 내달리는 것처럼 보이겠지. 건물 안에서의 일상 역시 매한가지다. 균형을 잡기 위해선 극도의 집중이 필요했다. 이쯤에서 빌딩숲을 바라볼 때마다 그 가공할 속도에 안착한 자신이 매번 대견하다.

마지막으로 한번 통화라도 할까, 하다 그러지 않았다. 그게 공이 할 수 있는 배려의 방식이었다. 마지막으로 한번 만나고, 마지막으로 통화를 하는 것. 그건 속이는 것이다. 10분 후에 아이디카드를 무효화시킬 줄 알면서도 말하지 않는 것과 다를 바 없다.

금희 역시 전화를 하지 않았다. 아무리 공이 전화를 하지 않았어도 그렇지. 참 냉정한 여자다. 아니다. 의외로 정이 많은 여자였다. 아니다. 좀체 곁을 주지 않았다. 공은 정체가 시작되는 도로 위에서 금희가 차가웠던 순간을, 살가웠던 순간을, 오래 함께해온 사람처럼 무심하던 순간들을 떠올려보았다. 금희가 처음 웃었던 순간도 떠오른다. 냉장고 앞에서 공이 이걸로 사야겠어요, 했을 때의 미소. 그것 역시 이젠 느낌으로만 남았지만. 마트엔 반품 전용카운터가 따로 있어 공이 냉장고 구매를 취소한 사실을 금희는 여전히 알지 못할 것이다.

*

금희는 빨래를 다 널고는 베란다 바깥을 한참 내다보았다. 나무
도 보이지 않는데 매미 소리가 쐐애애 일었다 가라앉는다. 종일 무
덥겠구나. 바구니를 들고 들어와 통유리 문을 닫는데 무언가가 물
컹했다. 점순이가 토하듯 비명을 질렀다. 얼른 문을 열었는데도 엄
살을 떨며 늘어졌다. 어딜 가나 강아지처럼 졸졸 따라다니는 걸 깜
박했다. 닭고기 캔을 하나 열어주고 출근 준비를 했다.

나오려다 보니 평소엔 환장을 하던 캔에 입도 대지 않고 모로
누워 있는 게 된통 놀란 것 같았다. 망설이다 안고 나왔다. 나가면
10시 넘어야 들어올 텐데 혼자 두긴 좀 애매했다. 동물병원까지는
택시를 탔다. 기본접종 한다고 와보았던 곳이었다. 사정을 설명하
자 시추처럼 생긴 여직원이 어머 너 살이 쪄서 못 알아보겠다 하며
점순이를 받아 안았다. 별일 없을 거예요. 계속 아파하면 진통제를
처방할게요. 마음이 놓였다. 퇴근하며 들른 병원 접수대엔 사람이
보이지 않았다. 진료를 마친 동물들이 주인을 기다리는 놀이터에
점순이는 없었다. 안쪽에서 아까 그 여직원이 고개를 내밀고 해맑
게 웃었다.

"오셨구나. 아직 링거 맞고 있어요."

회복실이라는 표지가 붙어 있었다. 팔다리가 고정된 채 연두색
링거를 맞고 있던 점순이가 금희를 올려다보았다. 어디 갔었냐는
듯, 여긴 싫으니 어서 데려가달라는 듯. 하얀 그물망을 씌워놓은 머

리통이 풋멜론처럼 보였는데 그보다는 획획을 하지 않아 낯설었다.

"애가 계속 힘들어하고 토해서 엑스레이를 찍었거든요. 두개골에 실금이 갔는데 안쪽도 약간 충격을 받은 것 같아요. 그리고 대퇴부 골절이……"

그러고 보니 앞다리에 부목 같은 걸 대놓았다.

"치료비가 얼마예요?"

모니터를 들여다본 여직원이 말꼬리를 끌었다.

"치료비느은…… 엑스레이랑 깁스가 들어가서 56만원이에요."

"저한테 전화부터 하셨어야죠."

"애기가 너무 고통스러워해서……"

"하, 애기는 무슨!"

금희의 말투에 여직원이 입술을 오므렸다.

"원장님이 퇴근하셔서 혼자 결정하긴 좀 그렇지만 30만원만 받을게요."

"아뇨. 두고 갈게요. 알아서 처리해주세요."

여직원이 빤히 쳐다보았다.

"길에 돌아다니던 고양이예요."

점순이는 금희를 올려다보았다. 획획 대신, 느리게 눈을 한번 감았다 떴다. 이해한다는 듯. 언젠가 이런 날이 올 줄 알았다는 듯.

버스정류장 앞에 있는 편의점엘 들어가 할 일 없이 두어바퀴를 돌았다. 흰 우유를 두개 집어 들고는 계산대에서 100리터짜리 쓰레기봉지를 한장 달라 했다. 기운이 하나도 없어 집 앞까지 천천히 걸어서 올라왔다. 1층집 창 안으로 유치원에 다닐 만한 아이 둘이 통통거리며 뛰어다니는 게 보였다. 들어서다 습관처럼 토마토 한 줌을 훑던 금희는 코앞으로 무슨 덩어리가 툭 떨어져내리는 환영에 화들짝 놀랐다. 집으로 들어와 옷도 갈아입지 않고 쓰레기봉지를 채워나갔다. 극세사 방석, 절반 넘게 남은 사료, 사료 그릇, 샴푸, 말린 닭고기, 사람 것보다 다섯배 비쌌던 치약, 배변통과 모래, 굴러다니던 장난감까지 담았다. 거의 공이 사들인 것들이다. 봉지는 겨우 절반쯤 찼다. 사 들고 온 우유를 하나 마시고는 빈 팩을 봉지에 던졌다. 화장실에 들어가 공의 칫솔을 들고 나와 봉지에 던졌고 3단장을 열었다 도로 닫았다.

그렇게 뭘 사들이는 것 같더니 공은 제 물건을 거의 흘려놓질 않았다. 끊임없이 떠들어대면서도 자신에 대해선 거의 얘기하지 않았던 것처럼. 배는 전혀 고프지 않은데 우유를 하나 더 마셨다. 싱크대 위에 던져놓은 방울토마토도 그러모아 봉지에 던졌다. 공은 비린내가 난다며 방울토마토를 좋아하지 않았다. 그래도 끓는 물에 살짝 데쳐 껍질을 벗겨내고 발사믹을 뿌려 차게 식힌 건 곧잘 먹었다. 봉지는 아무리 해도 차질 않는다. 나쁜 새끼. 뭐라도 좀 흘려놓고 가지. 금희는 읽던 책을 집어 포스트잇이 붙어 있는 페이지를 펼치고는 서너장을 뜯어 구겨버렸다. 공이 오면 이 이야기를 들려줄 참이었는데.

……중국의 어느 선비가 한 기녀를 사랑하게 되었어. 그 기녀는

선비에게 말했지. 아마도 새침하게. 당신이 만약 제 정원 창문 아래 의자에 앉아 100일 밤을 지새운다면 그때 저는 당신의 사람이 되겠어요. 그러나 아흔아홉번째 되던 날 밤 선비는 자리에서 일어나 의자를 팔에 끼고 그곳을 떠나버리지.

아니다. 공이 오면 오래전 죽은 기녀가 아니라 달걀판을 쥔 채 심장이 멎은 여자 얘기를 하고 싶다. 잇몸이 들뜬 것처럼 어금니가 허전했다. 아랫배가 무지근했다. 벽의 손잡이 같은 크고 흰 못에 무언가를 걸어놓고 싶다는 생각이 집요하게 금희를 파고들었다. 봉지를 현관에 끌어다놓고 바닥을 걸레로 훔쳐냈다. 또닥또닥. 차양에 떨어지는 빗소리. 쪽창을 열자 꿉꿉한 기운이 밀려들었다. 바닥에 누워 눈을 감았다. 내내 흘러내리듯 피곤했다는 생각이 들었다.

미세한 온기를 가진 무언가가 사물사물 얼굴을 건드리는 느낌에 잠이 깼다. 한없이 보드랍고 촉촉한 느낌. 손가락으로 집으며 눈을 뜨는 순간 집어 던져버렸다. 천장을 올려다보았다. 일렬종대. 구더기들. 천장을 가로지르는 긴 줄은 열어놓은 쪽창으로 연결되어 있었다. 우산을 들고 바깥으로 나왔다. 물이 똑똑 떨어지고 있는 차양 아래, 무슨 덩어리가 일렁이고 있었다. 일렁이는 건 들끓는 구더기였고 그 밑에 있는 건 쥐 같았다. 뼈만 남은 긴 꼬리엔 구더기들이 꼬이지 않았다. 죽은 지 일주일이나 되었을까. 마실 나갔던 점순이가 끌어다놓은 모양이다. 둘이 처음 눈을 맞추었던 이 자리에. 무언가를 주고 싶었던 건가. 금희는 아예 쪼그리고 앉아 일렁이고 일렁이는 그 덩어리를 홀린 듯 쳐다보았다.

다시 겨울의 끝

　그 동네 앞을 가끔 지나다 보면 골목 입구 공터는 여전했다. 지난여름에 사람들이 버린 소파, 책장, 모니터 같은 것들을 실어내고 당장이라도 공사를 시작할 듯 포클레인 하나가 며칠 동안 정지해 있는 곳이다. 얼마 전 보니 그때보다 더 많은 쓰레기와 폐가구들이 쌓여 있었다. 공의 눈 밑이 떨리는 것도 여전했다. 다른 사람과 있을 때 그 증상이 나타나면 자연스럽게 고개를 숙이거나 외면하거나 했는데 타이밍이 어긋나 상대방이 보았다고 느끼면 극심한 분노가 치솟았다.

　공은 속도를 늦추며 오른편 주유소를 쳐다보았다.

　거품 속에 금희와 나란히 앉아 있던 그 순간을 자신도 좋아했다는 생각이 든다. 거품이 창유리를 온통 덮고 있는데도 이상하게 환했던 순간. 생각해보면 그날 환한 빛은 한결 청결해진 유리창이 아니라 우와 하던 낮은 탄성, 조심스레 유리창을 문질러보던 손가락 끝에서 나왔다. 아니다. 빛은 또다른 어딘가에서 왔다. 그게 금희의 눈빛이 아니라고는 하지 못하겠다.

　다음에 또 오자. 막 빠져나온 세차 기계를 되돌아보는 금희에게 무심코 말했을 때 그녀의 대답은 뜻밖에 단호했지.

　다음. 다음이란 건 없어.

엄마, 나는 바보예요

쓰륵. 등 뒤에서 현관 잠금장치의 작동음이 들린다.

나지막한 쥐똥나무 울타리의 우듬지가 연두색을 살짝 내비치고 있다. 자그마해도 짜임새 있게 손질된 정원이 지금의 제 삶과 닮았다는 생각에 조는 문득 흐뭇해진다. 요 며칠 사이 이마에 닿는 바람이 한결 부드러워졌다.

이런 날씨가 좋지.

너무 쨍하지도 흐리지도 않은. 사람을 족발처럼 삶아대는 무더위나 마음까지 스산하게 만드는 혹독한 추위도 싫지만 조는 날카로운 햇살 아래 헤프게 피어난 꽃이 지천인 늦봄도 좋아하지 않았다. 현관에서 정원으로 내려가는 세개의 계단을 합해도 대문까진 채 스무걸음이 되지 않지만 해마다 몇그루씩 식목을 해온 터라 수

종만도 서른가지가 넘는다.

입주한 지 10년이 가깝지만 집의 외양은 조금도 상하지 않았다. 정원수들의 키가 자라고 벽에 올린 담쟁이가 불어나면서 처음 들어왔을 때보다 전체적인 인상은 더 풍요로워졌다. 지하철 개통 예정지 주변의 임야를 불하받은 건축업자가 전원생활의 로망을 상징하는 몇가지 디테일을 살려 설계한 주택단지는 외곽치고는 만만찮은 가격에도 순식간에 분양이 되었다. 모델하우스에 사용된 것보다 질이 떨어지는 자재나 엉성한 마감, 장마철이 지나면 구석진 곳에 곰팡이가 피는 등 하자도 있었지만 입주자들은 대체로 만족해했다. 바비큐를 할 수 있는 등나무 데크와 원목 그네, 붉은 스페인식 기와 아래 동화 속 삽화 같은 박공은 그런 자잘한 문제점들을 하찮아 보이게 했다. 예정보다 두해 늦어지긴 했지만 지하철이 개통되었고 입주 시점에 비해 부동산 가치는 두배에 이르렀다. 마흔이 넘으면서 배가 조금씩 나오기 시작하자 조는 건강상의 이유로 10분 거리의 지하철역까지 걸어가 신도시의 주상복합빌딩에 있는 자신의 병원으로 출근했다.

부모에게 물려받은 거라곤 몸뚱어리밖에 없는 조에겐 마흔 중반에 이룬 이 정도의 자산 규모가 흐뭇했다. 조는 그런 사람이다. 과도한 부를 열망해본 적은 없다. 딱 이 정도. 오늘의 날씨 같은. 조는 스스로를 균형감각이 있는 사람이라고 평가한다. 현관문이 닫히기 전 아내가 사다달라고 했던 게 저지방우유였나 유기농우유였나. 아니면 유기농 저지방우유였나 생각하느라 조는 대문 바깥에 서 있는 남자 둘을 좀 늦게야 발견했다.

두 남자의 인상은, 그랬다. 희미한 존재감. 따로 떼어놓기보다는 같이 있어야 비로소 남의 눈에 띄는. 둘 다 키는 조보다 작아 보였다. 구별을 위해서라는 듯 한명은 약간 과체중이고 또 하나는 마른 편이다. 옷차림은, 마른 쪽이 밤색 체크 상의를, 과체중 쪽은 베이지 점퍼를 입었고 둘 다 아래엔 다리미의 뜨거운 기운을 받아본 적이 오래인 듯한 검은색 계열의 바지를 입었다. 오늘 날씨의 느낌과 흡사한 차림새였지만 그 차림이 조의 마음에 들진 않았다. 이중으로 된 자동 잠금장치가 있는 현관과 달리 마음만 먹으면 쉬 넘을 수 있을 만큼 낮은, 방범보다는 목가적 풍경의 연출에 치중한 대문 너머에 있는 두 사람을 뒤늦게야 알아본 건 옷차림 탓이 큰 듯해서다.

눈이 마주치길 기다렸다는 듯 마른 남자가 목례를 하곤 조가 가까이 오기를 기다렸다. 길을 묻는 사람일 수도 있다. 이 주택단지엔 비어 있는 집이 없는데도 출근시간이 지나면 행인을 만나기 거의 어려우니까. 단지 가운데 있는 놀이터조차 언제나 텅 비어 있고 그렇다고 초인종을 눌러 길을 묻기도 참 애매한 일이지.

이렇게 평소보다 약간 느리게 걸어가며 추측을 해보는 이면엔 알지 못하는 상대방에 대한 불안이 있음을 인정하고 싶지 않아서였다. 조는 영역을 침범당한 수사자처럼 과체중의 눈을 똑바로 쳐다보았는데, 자신들은 이런 일로 일말의 불안감도 주고 싶지 않다는 듯 그는 늦봄의 철쭉처럼 웃으며 그랬다.

죄송합니다, 선생님. 뭐 좀 여쭤볼 게 있어서.

조는 일단 대문을 열고 나가서 제 뒤로 문을 닫고, 거의 장식에 불과한 잠금 고리를 채웠다. G서에서 왔습니다만, 하며 과체중이 보여주는 수첩에 눈길을 주었다가 부엌 싱크대 위쪽의 가로로 긴 창을 돌아보았다. 설거지를 하고 있으면 대문이 환히 보이는 창이다. 숨이 가빠질 정도는 아니지만 심장박동이 약간 빨라진 걸 느꼈고 팔의 안쪽이 후끈한 느낌이 들었는데 조는 그 현상이 매우 불쾌했다. 그 두가지 증상은 조가 마음대로 조절할 수 없는 거란 걸 알기에.

그냥 편하게 얘기해주시면 됩니다. 알고 계시는 만큼만. 여기, 옆집에 혼자 사시는 분 있잖습니까. 평소에 교류가 좀 있으셨나요?

과체중의 목소리는 느닷없는 신뢰감을 불러일으킬 만큼 부드러운 중저음이었다. 이런 자리에서 만나지 않았더라면, 아나운서를 해보는 게 어떠냐고 농반진반의 말을 건넸을 것이다.

글쎄요. 교류는 전혀 없습니다만. 무슨 일이 있었나요?

전혀,에 악센트를 주며 조는 평소보다 약간 반응속도가 빠른 제 대답 때문에 짜증이 났지만 병원에서 환자를 맞을 때의 표정을 흐트러뜨리진 않았다. 과체중은 조의 질문을 슬쩍 무시하고 다시 물었다.

가끔 장기적으로 집을 비운 적이 있습니까?

일년에 두어차례 해외여행 갈 때 외엔.

선생님 말고, 옆집 사시는 분.

그건 제가 잘 모르죠.

그럼 최근에 자주 방문하는 사람이 있었는지도, 잘 모르시겠군요?

그런 걸 왜 묻느냐는 표정을 노골적으로 지으려다 공손하게 대답했다.

그렇습니다.

저건, 선생님 찹니까?

정원 오른쪽의, 흰 페인트를 칠한 양철 지붕으로 된 차고를 가리키는 손가락이 닭발처럼 비쩍 말랐다. 차고는 지붕만 있고 벽은 없지만 이 위치에서는 쥐똥나무 덤불 너머 엎드린 하얀색 골프는 보이지 않는다. 그게 작게 보인다 해도 1.8이 아니라 2.0이다. 운전할 때면 구입할 때 몇푼 아끼지 않은 건 잘한 선택이었다는 생각을 하게 하는, 출고 1년이 채 안된 차다. 그런데 우리 집은 언제 둘러본 건가. 그것도 샅샅이.

네, 특별한 일이 없을 땐 운동 삼아 지하철을 이용해서 출근하는 편입니다. 종착역이 가까워 앉아서 갈 수 있거든요.

대답하고 나서 조는 그냥 네, 하고 짧게 대답하지 않은 자신에게 더욱 짜증이 났다.

어떤 분인지, 본 적은 있으시죠?

뭐, 그렇죠.

조는 무심한 듯 최소한의 제 대답이 이번엔 마음에 들었다. 도로 건너편의 잿빛 중형 승용차가 그제야 눈에 들어왔다. 저런 색상의 차를 사는 사람의 심리는 어떤 걸까, 궁금증을 가진 적이 있는데 지금 문득 알 것 같다. 썬루프 없는 차 지붕엔 이른 봄기운에 서둘러 피었다 막 지기 시작하는 목련꽃 송이들과 잔가지, 그리고 정체를 알 수 없는 검은 조각들이 너저분하게 쌓여 있었다. 아마 아침에 조간을 가지러 나왔을 때부터 차는 거기 있었을지도 모른다. 투명 망또의 재질이 꼭 투명해야 하는 건 아니군.

부럽습니다. 동네, 참 좋네요. 선생님께선 무슨 일을 하시나요?

마른 남자가 동네 전체와 조의 정원과 안에 누가 있는지 밖에선 들여다볼 수 없는 부엌 창을 찬찬히 둘러보며 물었다. 사소한 용건마저 이제 끝났다는 듯.

네, 개인병원을 하고 있습니다.

아!

과체중과 마른 남자가 동시에 꼬집힌 듯 입을 벌리며 조를 쳐다보았다. 조는 마음이 약간 가벼워졌으나 자신에 대해 이 사람들이 더 많은 걸 알고 있으며 그걸 감추려 오버하는 건지도 모르겠다는 생각이 이내 들었다.

지하철 입구에서 조는 아내에게 전화를 했다. 옆집 여자, 무슨 일 있었어? 뭔가를 먹고 있던 아내는, 무슨 일? 왜? 그걸 내가 어떻게 알아, 내가 그렇게 한가해? 화부터 낸다. 아내와 비슷한 연배의 그 여자가 몸매 관리를 아주 잘한 것 같다고 무심코 말한 후로 옆집 얘기만 나오면 이렇게 드잡이라도 할 태세다. 동네에 이상한 사람들이 보이니 문단속 잘하고, 초인종을 눌러도 아예 없는 척 굴라고 말해주었다. 어제도 해충 구제업체에서 무료서비스를 해준다기에

문도 열어주지 않았다는 아내의 짜증 섞인 말을 채 듣지도 않고 평소보다 지체된 10분 정도의 시간을 떠올리며 급하게 계단을 내려갔다.

아직 아내는 화해를 할 생각이 없는 듯하다. 옆집 여자 얘기도 그렇지만, 어젯밤에 말다툼을 좀 했었다. 발단은, 늘 그렇듯 사소했다. 무언가 얘길 하다, 신문이라도 좀 보든가, 나지막이 중얼거렸는데 그 말에 예상치 못한 격한 반응을 보였다. 똑같은 말을 지난 송년 모임에서도 하는 바람에 정말 죽고 싶었지만 화를 내기도 피곤하여 넘어갔는데 어떻게 이럴 수가 있냐고, 왜 개무시를 하냐고 악을 바락바락 써댔다. 그래놓고선 뒤통수에 대고 우유 사오란 얘긴 왜 해.

카드를 찍는데 도착 신호음이 들려와 달리다시피 승강장으로 내려갔고 막 도착해서 문이 열린 전동차 안으로 들어갔다. 몇군데 빈자리가 있었지만 평소처럼 출입문 바로 옆자리에 앉았다. 기분이 한결 나아졌다. 러시아워는 살짝 지났지만 환승역에선 여전히 붐빌 것이다.

계절 탓인지 앉아 있는 사람들의 옷차림이 유독 제각각이다. 아직 패딩을 입은 대머리 남자와 반소매티를 입고 체크셔츠를 무릎에 올려놓은 청년이 맞은편 대각선 자리에 앉아 있다. 시선은 그 옆의 여자들에게 옮겨간다. 가죽 라이더재킷을 입은 뱅헤어 여자와 페디큐어를 하지 않은 발톱을 고스란히 드러낸 검은 샌들 차림의 여자가 나란히 앉아 이어폰을 끼고 각자의 휴대폰을 들여다보고 있다. 나이는 삼십대 초반? 해부학을 해서인지 눈썰미는 꽤 있는 편인데도 요즘 여자들은 나이를 짐작하기 어렵다. 둘은, 모르는 사이처럼 보인다. 손가락 움직임으로 보아 게임을 하고 있는 듯한 검은 샌들의 이마엔 보형물 자국이 뚜렷하다. 성형외과를 하고 있는 동기 얘기로는 처음부터 대뜸 보형물부터 넣는 여자는 잘 없다나. 조는 여자의 눈과 코를 살펴보았지만 어딘가 부자연스럽다는 느낌뿐 확신은 오지 않는다. 확실히 이마가 납작한 라이더재킷보다 생기가 있어 보이는 건 사실이다.

그 옆, 자신의 바로 맞은편에 앉은 남자에게 시선이 이동되는 순간, 조는 저도 모르게 눈살을 찌푸렸다. 오십 초반의, 생물학적으론 조보다 다섯살쯤 위로 짐작되는, 그러나 조보다 열살은 훌쩍 더 들어 보이는 남자의 셔츠가 마음에 들지 않았다. 대한민국 중년 남자들이 잘 때 외엔 벗지 않는다는, 목 부분에 지퍼가 달린 등산복이었다. 조가 옷을 살 때 한번도 선택해본 적 없는 붉은 톤의 갈색인데다 그나마 단색도 아닌, 디자인이랍시고 비슷한 색조를 몇가지 뒤섞어 재단한 스타일은 조가 타인의 옷차림에 화를 내는 유일한 기준, 바로 그것이었다. 가슴과 겨드랑이 사이 세로로 길게 들어간 베이지색 때문에 조는 결정적으로 기분이 나빠졌다. 아침의 과체중이 입었던 점퍼의 색과 거의 흡사하다. 설마 어제 해충 구제업체에서 나왔다는 수상한 놈들이 아까 그놈들은 아니겠지. 그리고 무슨 사건인지 설명부터 하고 물어봤어야 되는 거 아냐. 이것들이 사람을 어찌 알고. 조는 열이 올라 후우 숨을 길게 내쉬고 다시 몇번 심호흡을 했다. 정말 옆집 여자의 어떤 근황 때문에 탐문을 한 걸까. 그들이 정말 캐고 싶은 건 조에 관한 건 아닌가. 선량한 시민에게 선진 경찰이 속임수를 쓰진 않았겠지. 그 생각 끝에 조는 새로운 의심에 사로잡혔다. 그 신분증이 위조된 건 아닌가. 나에 대해 알고 싶은 거라면 왜, 무엇 때문에?라고 생각하는 즉시 어떤 생각이 머리를 스쳤지만 이내 그 생각을 떨쳐버리고 다른 생각을 했다. 우리 눈에 바퀴벌레 한마리가 보이면 당신의 싱크대 속엔 서른마리가 숨어 있다는 광고 문구를 그려 넣은 그 업체의 차가 동네를 오가는 걸 본 기억이 있긴 하다. 조는 등산복의 넓적한 얼굴과 샌들의 도톰한 이마 사이로, 차창에 비친 제 얼굴을 쳐다보았다. 질나쁜 거울처럼 과장된 음영이 몇년 사이의 노화를 보여주긴 하지만 실제 자신은 아직 젊다. 지난해 건강검진에서는 갑상선 기능도 디스크 연골의 탄성도 콜레스테롤 수치도 정상이었다. 전체적인 건강상태는 삼십대 중반이었다. 다만 머리카락의 밀도가 약간 낮아져 알약으로 된 콜라겐을 복용하는 중이다.

열차는 어느새 지상으로 나와 강 위로 올라섰다. 무언가에 억압된 듯 갑갑하던 마음이 툭 트이는데 눈앞에서 어떤 섬광이 번쩍한 느낌에 눈을 꾹 감았다 떴다. 여전히 부시다 싶었는데 창밖으로 내다보이는 다리 때문이었다. 너저분한 콘크리트 재질 그대로였던, 오래된 그 다리의 교각을 제외한 상판 부분이 온통 노란색 천으로 감싸여 있었다. 어제 못 보았으니 아마도 밤사이의 일일 텐데. 공사를 하나. 가림막 느낌은 또 아니다. 아! 조는 얼마 전 신문에서 본 기사를 떠올렸다. 설치예술가 두 사람을 인터뷰했던. 국적은 기억나지 않는다. 스치듯 작은 제목만 보았는데도 노란 천으로 감싸인 다리를 보는 순간 그 기사와 연결되었다. 근데 왜 저런 작업을 하는 걸까. 조는 그 다리의 원래 형태가 어떠했던가 잠깐 궁리해보았지만 매일이다시피 보던 그 형상이 이상하게도 떠오르질 않았다.

강의 남쪽에 이른 전동차는 땅 아래로 들어갔다. 조가 잘못 보았다. 다른 느낌의 옷차림 때문에 알아차리지 못했지만 라이더재킷과 샌들은 아는 사이다. 게다가 살짝 돌출한 입매로 보아 둘은 자매간이다. 라이더재킷이 샌들의 어깨를 빠르게 치며 입을 딱 벌리고는 제 휴대폰 화면을 보여준다. 정작 샌들은 새침한 표정으로 그걸 들여다보고는, 무감동으로 내뱉는다.

웬일이야!

다시 휴대폰 화면에 코를 박고 있던 샌들이 등산복을 흘깃 쳐다보았다. 휴대폰을 다시 내려다보았지만 게임을 하지는 않고 가만있더니 재차 등산복을 쳐다본다. 저 눈빛 공격은 여자들이 진심 원치 않는 신체접촉을 느꼈을 때 나오는 표정이다. 상습적으로 성추행을 하는 남자들의 몸놀림은 매우 용의주도해서 제삼자가 알아차리기는 쉽지 않다. 초범인가. 조가 보기에도 남자의 태도는 어딘가 불안정하다. 벗어서 무릎 위에 둔 점퍼를 빨래 짜듯 꾸욱 틀어쥐고 있다. 샌들의 입에서 막 욕이라도 튀어나올 듯한 순간 등산복이 점퍼 주머니에서 볼펜을 하나 꺼내 들고는 그걸로 제 손바닥을 꾹꾹 찌르기 시작했다. 샌들은 아, 재수 없어, 하는 표정으로 자리에서 발딱 일어서 제 자매 앞에 섰지만 등산복은 개의치 않고 볼펜으로 손바닥을 파낼 듯 세차게 찔러댔다. 정신과 임상의로 10년 이상을 진료해왔지만 하나로 규정할 수 없는 질환을 갖고 오는 사람들이 많다. 단순하게는 수면장애로 오는 사람들이 가장 많지만 불면증과 화병을, 자살충동과 식이장애를, 소아성애와 다변증을 동시에 가진 사람도 있다. 저건, 참 애매하다. 틱도 아니고. 공황장애의 발현증상은 꽤 다양하지만 저런 식으로 자신을 공격하지는 않는다.

마침 정차한 곳은 환승역이었고 사람들이 꾸역꾸역 밀려들어오기 시작했다. 아줌마 하나가 샌들이 앉았던 자리를 차지하곤 막 배설이라도 마친 듯한 표정이더니 이내 옆자리의 이상한 기류를 본능적으로 알아채고는 엉덩이를 라이더재킷 쪽으로 바싹 옮겼다. 문득 울 듯한 얼굴로 등산복의 지퍼 부분을 움켜쥔 그의 눈과 마주쳤다. 치한은 아니다. 공포가 그 안에 어른거렸다. 감색 양복을 입은 젊은 남자가 막 승차해서 그 앞에 섰다. 이제 등산복은 보이지 않는데 쿵쿵 소리가 들렸다. 주먹으로 어딘가, 가슴 부위 같은 곳을 치는 소리였다. 감색 양복이 물었다. 아저씨 어디 불편하세요? 남자는 꺽꺽거리는 소리를 냈고 두어번 더 물어보던 감색 양복이 119에 전화를 해 상황을 간명하게 설명했다. 객실 안이 웅성거렸다. 어디선가 다산콜센터죠, 하는 여자 목소리도 들렸다.

심장이었구나. 자신이 의사로서의 촉이 많이 떨어졌다는 생각이 들었다. 등산복이 비스듬히 드러누웠다. 와중에도 점퍼를 꼭 움켜쥔 채. 아줌마와 라이더재킷이 차례로 일어났다. 막 들어선 승객들이 둥그렇게 물러서는 바람에 조와 등산복 사이가 다시 휑해졌다. 두번째 마주친 그의 눈은 그새 실핏줄이 모조리 터진 듯 붉어져 있다. 등산복은 제 가슴을 주먹으로 세차게 치고 있었다. 뒷모습만으론 아무 특징이 없는 감색 양복이 등산복을 반듯하게 눕히고 벨트를 풀었다. 아마도 첫 발작이었을 테고 이 낯선 증상이 곧 사라지리라는 낙관적인 전망을 했을 것이고 평소와 달리 제 몸을 제어할 수 없음에 어리둥절했을 것이다. 안내방송이 나왔다. 본 열차는 갑작스러운 응급환자의 발생으로 본 역에서 잠시 지체…… 바닥에 볼펜이 툭 떨어져내렸다.

병원까지는 네 정거장을 더 가야 했다. 조는 시계를 들여다보았다. 평소 같으면 가운을 갈아입고 첫 환자가 올 때까지 조간을 넘기며 커피를 마시고 있을 시간이다. 이 모든 게 아침에 느닷없이 찾아온 그놈들 때문이다. 조의 병원은, 이런 계절이면 아침부터 감기 환자가 밀려드는 내과와는 싸이클이 좀 다르다. 오전엔 수면장애로 날카로워진 주부들이, 점심 무렵엔 스트레스에 전 직장인들이, 방과 후부턴 학생들이 주가 된다. 오전엔 대체로 한가한 편인데 오늘은 예약 환자가 하나 있다. 조는 병원에 전화를 해 곧 도착하니 환자분 오면 양해를 구하라는 얘기만 하곤 끊었다. 인물도 빠지고 애까지 딸린 유 간호사를 10년째 데리고 있는 건, 이런 응급상황에 대한 대처능력 때문이다. ……원장님께서 출근하시다 가벼운 접촉사고를 당하셔서, 하지만 곧 도착하신다네요. 네, 지금 환자분 뇌파검사 중이신데 곧 끝나실 거예요. 아, 지금 수업 마치고 오시는 중이세요. 모교에서 강의를 하고 계시거든요. 그때 그때 환자를 응대하는 그녀를 보면, 그녀가 조의 전공을 공부했다면 훨씬 유능한 심리치료사가 되었으리라는 생각이 들 정도이다. 확신에 찬 거짓말을 하고 그걸 스스로도 믿어버리는, 반사회성은 없는 허언증 환자라는 생각도 든다. 등산복은 이제 아이처럼 울먹이고 있다. 울음소리는 들리지 않는다. 얼굴은 납빛이다. 손을 대보지 않아도 싸늘한 느낌이 전해지는.

오늘 첫 예약 환자는 2년째 드나드는 가짜 통증 환자다. 물론 그건 조가 간호사들과 나누는 농담 속 병명이지만. 조의 환자들은 기준을 어디에 두느냐에 따라 질병일 수도 아닐 수도 있는 사람이 태반이긴 하다. 그녀 역시 자낙스 처방보다는, 제 이야기를 들어줄 상대가 더 필요한 사람 중 하나였다. 처음 왔을 때, 그러니까 첫 진료를 여전히 기억한다. 모든 환자에 대해 다 그런 건 아니다. ……자려고 누우면 가슴이 두근거리기 시작해요. 까닭 없이, 그냥 불안해요. 눈을 감고 억지로 누워 있어봤자 정오 같은 각성상태에 이르고 말아요. 그러면서도 그녀는 항불안제나 수면제가 아니라 진통제를 요구했다. 특별히 아프신 데가? 조의 말을 자르듯 그랬다. 없어요. 그냥 저한텐 진통제가 더 맞는 것 같아요. 나이에 비해 피부 탄력이 없긴 해도 미인이었다. 옷차림에도 꽤나 신경을 쓰는 편이고. 조가 그녀의 병을 가볍게 보는 근거였다. 심각한 우울증 환자는 3주씩 머리를 감지 않기도 하니까. 하여튼 문제는 그날 이후로 단 한 번도 예약시간에 늦은 적이 없는 환자라는 사실이다.

본 열차는 갑작스러운 응급환자의…… 안내방송이 세번째 반복되기 시작할 때 조는 일어나 열려 있는 문으로 빠져나왔다. 등산복은 눈을 크게 뜨고 있었으나 이번엔 눈을 마주치진 못했다. 조는 순간 판단력이 빠른 편이다. 기둥 뒤편에서 역무원들이 달려오는 모습이 보였다. 계단을 두개씩 뛰어 오르다 하마터면 턱에 걸려 엎어질 뻔했으나 가까스로 균형을 잡았고, 밖으로 나와 마침 대기 중이던 모범택시에 올랐다. 병원 건물 엘리베이터를 타고서 조는 습관적으로 손목시계를 보았고 짧게 숨을 내쉬고는 그제야 거울 속 제 얼굴을 세심하게 쳐다보았다.

병원 출입문을 겸하는 엘리베이터 문이 열리면 나타나는, 간호사 둘이 카운터에 나란히 서 있는 풍경을 조는 사랑한다. 예약 환자는 보이지 않았다. 묻기도 전에 차 간호사가 그랬다. 아까 원장님하고 통화하고 바로 예약 취소했어요. 조는 신경질을 냈다.

전화를 해줬어야지.

가쁜 숨을 그제야 고르는데, 유 간호사가 조그맣게 말했다.

뭐 오늘 그 사고 때문에 충격이 커서 도저히 외출이 어렵다고……

가운을 갈아입고 커피를 마시고 있는데 예약 없이 온 환자가 들어섰다. 서른넷. 새파랗게 어린 나이에 아침부터 실핏줄이 터진 흰자위로 봐서는 불면증 환자다. 근무시간에 슬쩍 빠져나왔는지 재킷 없이 흰 셔츠 차림의 남자는 앉자마자 프레젠테이션 하듯 자분자분 제 병력을 들려주는데, 조의 짐작은 또 틀렸다.

선생님, 제가 공황장애가 있거든요. 책도 여러권 보고 해서 제 병에 대해선 웬만큼 알아요. 특정한 유발 인자는 없구요. 스트레스가 원인인 것 같아요. 첫 증세가 나타난 게 입사한 지 3개월 만이거든요. 아, 여기 우체국 맞은편 증권사에서 일하고 있습니다. 매번 증세는 비슷해요. 심계항진에 과호흡이 연이어 오고, 이내 숨이 막혀 죽을 것 같은 공포에 사로잡힙니다. 그전에 전조증상이 있어요. 절박한 요의. 제어할 수 없는 땀. 벌겋게 달군 무쇠 뭉치가 여기, 심장과 위장 사이쯤에 박힌 것 같은데, 진짜 뜨거움이 느껴져요. 명상, 태극권, 한방치료, 침, ……최면치료를 받아본 적도 있고요. 이건, 이전 병원 처방전이에요. 참고하시라고. 병원마다 조금씩 다르긴 하겠지만……

거기까지 말한 남자는 조를 빤히 쳐다보았다. 뭐, 더 하실 말씀이라도? 묻듯. 모니터 옆에 내려놓은 처방전을 들여다보았다. 제약회사만 다를 뿐 항불안제 계열의 신경전달물질 조절제와 특정 호르몬을 차단하는 약이 있었고, 위장관운동 촉진제 처방도 들어 있다. 물도 삼키기 힘든 식욕부진을 호소했겠지. 전형적인 의료쇼핑족인 이런 선무당 환자는, 한 병원에 두번 다시 오지 않는다.

제가 보기엔 지금 괜찮으신 것 같은데요?

아직 증상이 나타난 건 아니에요. 약간 화장실이 가고 싶긴 하지만. 처방만 해주세요.

마지막 발작이 언제였나요?

간격의 문제가 아니라, 두려워서요. 어쩐지 곧이라도, 증세가 나타날 것 같아요.

왜 그렇게 생각하십니까?

제 몸 안에는 불안이라는 장기가 하나 더 있어요. 평소엔 의식할 수 없어요. 근데, 오늘은 색채를 띠는 게 또렷이 느껴져요. 왜 과일도 익을수록 색깔이 진해지잖아요.

색채라면?

얼핏 초록 같은데, 응시해보면 노랑에 가까워요.

조는 고개를 끄덕였다. 정상은 아니다. 온통 노란 천으로 감싸놓았던 다리 풍경이 떠올랐다.

일에서 오는 스트레스 강도는 어느 정도인가요? 1부터 10. 1은 숙면 후의 이완된 상태. 10을 고압 전류에 닿은 순간처럼 신체제어 능력을 상실하는 상태라고 가정한다면.

글쎄요. 평소엔 6. 손실 폭이 커지는 순간엔 8 정도? 순간적으론 패닉에 빠질 때도 가끔 있습니다. 그러니까, 10. 판단력과 신체제어 능력이 사라지고 시야가 하얗게 되는. 포지션을 바꾸려면 마우스를 눌러야 하는데 손가락이 움직이지 않을 때가 있어요.

지속적인 스트레스에 노출된 일상이군요. 요즘 주식시장은 어때요?

남자는 꼿꼿이 세우고 있던 상체를 무너뜨리며 후, 숨을 크게 내쉬었다.

돌도 뜨는 장이죠.

그렇군요.

지금은 정기예금을 깨서 펀드를 들어야 할 때입니다.

남자는 고급스러워 보이는 붉은 가죽케이스에서 명함 한장을 꺼내 모니터 옆에 내려놓는다. 최근에 쥐어뜯은 여드름 자국 몇개가 뺨에 선명하다.

그런 장이라면, 스트레스를 받을 일도 적겠는데요?

남자는 조를 빤히 쳐다보았다.

선생님께선 어릴 때 이런 놀이를 해본 적이 있으신가요?

어떤?

둥그렇게 쌓은 모래산에 나무젓가락 같은 걸 꽂아놓고 양손으로 한껏 긁어와 제 앞에 모으는.

그럼요. 꼬챙이가 기우뚱할 때부터 스릴이 있죠.

언젠가 꼬챙이가 쓰러지면서 끝나리란 것도, 해가 저물고 손을 털고 일어나는 순간 아무짝에도 쓸모없다는 걸 알면서도, 긁어모은 모래 말입니다.

남자는 말을 잠시 멈추고 픽, 웃고는 묻는다.

심장이 쫄깃하지 않았습니까?

그랬죠.

그렇죠?

약 처방을 원하시나요?

물론이죠. 모래를 긁고 있는데 손가락이 떨리면 안되니까요.

우리를 괴롭히는 대부분의 질병들은 알고 보면 우리가 만들어놓은 여러가지 시스템에 우리 몸과 영혼이 미처 적응하지 못해서 생기는 부적응의 결과죠.

조의 말에, 그쯤은 이미 알고 있다는 듯 성의 없이 고개를 두어 번 끄덕였다. 그가 나가고 나서, 조는 왼쪽 맨 아래 서랍에서 정기 예금통장을 꺼내 만기 일자를 살펴보았다. 3개월 후면 1년 만기인 데, 지금 깨야 할까. 명함을 살펴보니 진료카드의 나이로 짐작한 거 와는 달리 부장이었다. 이건 뭐, 직급 인플레가 심한 직종이군.

오전 진료를 끝내고, 운동 삼아 5분 거리에 있는 25년 전통의 설 렁탕집까지 걸어가서 점심을 먹었다. 손님들은 다들 계산대 옆의 티브이 화면에 시선을 고정해놓고 밥을 먹고 있었다. 용케도 코로 밀어 넣지 않고. 뒤집혀 둥그런 바닥을 드러낸 배는 실사 만화영화 의 한 장면처럼 현실감이 없다. 왜인지, 티브이는 음소거 돼 있었는 데 자막 글씨가 워낙 크고 요란해 왁자지껄한 소란 속에 앉아 밥을 먹는 기분이었다. 건더기만 대충 건져먹고 병원으로 걸어오면서 집에 다시 전화를 했다.

오전에 누구 찾아온 사람 없었어?

아니?

밖에 한번 내다봐. 길 건너편에 카키색인지 회색인지 K5 아직 있 나. 없어? 목련나무 밑에.

그건 왜 자꾸 물어! 무슨 상관이야.

낮은 목소리로 짜증을 낸다.

애 학교는 갔어?

머리가 아프다고…… 지난번 있었던 일 때문에 충격이 컸나봐.

개학하고 바로, 아들이 다니는 초등학교에 어떤 미친놈이 들어와 수업 끝난 후 빈 운동장에서 놀고 있던 여학생을 끌고 가 성폭행하고 무참히 살해한 일이 있었다. 같은 반이 아니어도 악몽에 시달리고 일시적인 불안발작을 일으키는 아이들이 있어 학교는 일주일간 휴교를 했었다.

당신이 오냐오냐하니까 더한 거야. 그때도 봐, 일주일 내내 오락실에 가 있었잖아. 사내자식이 충격은 무슨. 내년엔 중학교 가.

아, 학교 갔다니까?

당신, 지금 집에 있긴 한 거야?

수업 중이야. 들어가봐야 돼.

공주 나셨네. 새삼스럽게 뭔 공부.

요즘 아내는 일어회화 매일반에 나가는 모양이다. 아니면 매일 다른 무언가를 배우든지.

이젠 토오꾜오까지 가서 뭘 사들일 생각이야? 싸돌아다니지 말고 애 좀 챙겨. 맨날 배달 치킨만 먹이니까 살이 쪄서는 더 움직이기 싫어하잖아. 도대체 누굴 닮은 건지.

아내는 거기서부터 묵비권 행사, 아니 전화를 끊어버렸다.

월요일 아침, 조가 집에 있을 때 담임이 전화를 했다. 아버님이신가요, 묻고는 대뜸 그랬다. 우종이 가방 속에 마우스하고 자판밖에 없어요. 무슨 말인지 처음엔 못 알아들었다. 네? 했더니 짜증스러움을 감추지도 않고 담임은 그랬다. 수업시간 내내 엎드려 자다 끝나면 피씨방 가는 거죠. 신경 좀 써주세요. 끊고 나니 부아가 치밀었다. 저녁때 훈계 몇마디 했더니, 내가 알아서 해요, 하곤 제 방으로 들어가버렸다. 무단결석을 심심찮게 하는 바람에 요즘은 아내가 교문 앞에서 들어가는 걸 지켜보고 있다 돌아왔다. 덩치는 커다래서 죽은 놈처럼 침대에 누워 있으면, 아내 혼자 힘으론 이길 수가 없었다. 중2병, 옛말이다. 초등학생이 더 무섭다. 진료실에서 엄마 손에 끌려온 애들 앉혀놓고 보면 그 나이에 임신을 하고, 가출하고, 음란채팅에 빠져 옷을 벗는 애들도 한둘이 아니다. 방과 후부터 학원 수업시간 사이에는 학생들로 예약이 일주일 이상 차 있다. 내원하는 학생들의 연령은 점점 내려가고 증상은 어른들과 비슷하게 복합성을 띠는 추세였다. 우울과 도벽. 틱과 과잉행동장애, 폭식과 자살충동을 동시에 앓는다. 콤비네이션 피자를 너무 먹어서 그래. 진짜 답이 없어, 요즘 애들. 학회에서 모이면 농담반 그렇게들 말했다. 늘 화난 표정으로 다니는 아들에게 조는 한동안 아무 관심을 두지 않았다기보다는 우선 피곤한 마음에 내버려두었다.

점심시간이 지난 후에도 환자는 없었다. 조는 몇개의 단어를 나열해서 검색을 해보았다. 그 등산복 남자는 병원 도착 직후에 심정지 했다. 단신 끝에, 골든타임과 심폐소생술에 관한 기사가 링크되어 있었다. 나이는 추측한 것보다 한살 적었다. 조는 서랍을 열어 굴러다니는 카드명세서들을 쓰레기통에 버리고 청첩장과 세금고지서 등이 뒤섞인 뭉치를 꺼내 버릴 것들을 따로 정리하다 서랍을 닫아버리곤 역무실에 전화를 했다. 오전의 환자 승객이 이송된 병원을 알고 싶다고 하자, 다른 사람을 바꿔주었다. 다시 처음부터 설명을 해야 했는데 듣고 난 그는 개인적인 정보라 알려드릴 수가 없다고, 공손하게 대답했다. 잘 알고 있습니다만, 아까 옆에 있었던 사람입니다. 신고를 했던 터라 궁금해서. 역무원은 잠시 망설이다 병원 이름을 알려주었다. 조는 병원 이름을 검색해 알아낸 번호로 전화를 해 기사에서 확인한 이름을 대며 물어보았다. 여직원은 병원에서 직영하는 장례식장이 있어 거기 예약을 한 걸로 되어 있지만 확실한 건 모르겠다고 친절하게 대답했다. 가볼 마음은 없었다.

오후 예약 환자 둘이 내원을 취소했고 평소엔 진료실이 비지 않을 만큼은 이어지던 외래 환자들도 없었다. 강이 전화를 했을 땐 반갑기까지 했다. 조의 집에서 10분 거리의, 비슷한 규모와 수준의 주택단지에 살고 근처 신도시에서 산부인과를 개업한 강은 의대 동기에다 같은 과학고 동기이기도 하다. 전공이 다른데도 매사 라이벌 의식을 갖고 대하는 피곤한 녀석이지만 그건 조라고 다르지 않았다. 조와 강이 여태 밟아온 일련의 이력에 가장 필요한 하나의 조건이 있다면 바로 그것일지도 모르지. 얼굴을 보거나 통화를 하게 되면 은근히 근황과 병원 동태부터 살피는 건 조도 마찬가지다.

어때, 요즘. 병원은 잘되지?

애들이 애새끼들 안 낳는 바람에 미치겠다. 넌?

난 미친놈들 없어 미치겠어.

다들 세상 돌아가는 꼴에 비하면 자신들은 너무 멀쩡하다고 생각하나부지? 넌 그래도 산모 다이어트, 산모 피부관리, 질성형이라도 하잖아.

그런가? 뭐, 산후우울증 환자 있으면 그리 보내줄게. 저녁때 모임 있는 거 알지? 우리 집이야.

글쎄, 해놓고는 후회했다. 거절할 타이밍을 놓쳤다. 그러고 보니 격주로 한번 저녁 모임이 있는 날이다. 대학동기 일곱. 모임의 틀은 공부였다. 공부가 부족해서? 이게 공부인가, 싶은 것도 있지만 여튼 모여서 공부를 했다. 장소는 각자의 집으로 돌아가면서 정한다. 학회나 여행 같은 개인 사정이 있으면 빠지기도 하지만 다들 열심이다. 조는 오늘 다른 약속은 없다. 문제는 부부동반. 아까 마지막 통화의 위세로는 일주일 냉전은 기본인데.

지난 모임 장소도 강의 집이었다. 막걸리 제조를 하기로 한 것도 강의 아이디어였다. 안동이잖아, 내 본가가. 할머니가 담근 동동주 건더기에 설탕 타서 먹던 그 맛이 가끔 그리워. 달콤했다가 핑하니 취기로 이어지던. 강이 운을 떼었을 때 누가 그랬다. 집에서 어떻게 술을 만들어? 강이 고개를 저었다. 요즘 집에서 맥주나 막걸리 만드는 게 유행이잖아. 어렵지 않아. 누룩은 어디서 구하나? 인터넷엔 처녀 불알도 나와. 반신반의하며 갔는데 지난 수업에 강은 떡하니 누룩 몇덩이에다 찹쌀까지 미리 불려두고 기다리고 있었다. 면포를 깔아 고두밥을 폭 찐 후 누룩과 버무려 옹기에 담아 따뜻한 보일러실에 넣어두었다. 그걸 먹어야 해서, 이번 수업은 자동으로 강의 집으로 결정되었다. 과발효가 될까봐, 미리 걸러놓았어. 와서 마시기만 해. 발효가 기가 막히네. 올 거지? 조가 얼른 대답을 않자 강이 그랬다. 빠지면 안돼. 간호사가 들어와 환자가 기다린다고 얘

기하는 바람에 전화를 끊었다. 아내에겐 카톡을 보냈다. 시간, 장소
만 적어서 그리로 바로 오라 했다. 가타부타 답은 없다. 안 오진 않
겠다는 거겠지. 거문고에다 고전 읽기까지 뒤늦게 공부 재미에 빠
져 있는 아내는 평소 이 모임에 조보다 열성이었다.

오전 예약을 취소했던 환자였다. 조는 들어서는 그녀를 보고 너
그럽게 미소를 지었다. 뭐 강과 그따위 농담을 했다 해서 실제로
환자를 장난으로 대하진 않는다.

여태 한번도 예약을 취소하거나 지각을 한 적이 없다는 것, 아세
요? 조의 미소에도 그 말이 지적처럼 들렸는지 그랬다.

네. 오전엔, 도저히 외출을 할 수가 없어서.

이제 좀 나아지셨나요?

아뇨. 그건 아니고, 아무래도 혼자 있을 수가 없어서……

마음이 여리시네요.

저는, 여린 사람이 아니에요. 저는, 지나치게 강한 사람이에요.

말투가 어찌나 단호한지 조는 약간 놀랐는데 이내 자신이 당황
한 건, 말투 때문이 아니라 그녀의 눈동자 때문이라는 걸 알았다.
눈을 감싼 화사한 아이섀도에도 그녀 눈동자의 느낌은 그랬다. 텅
비어 있음.

선생님, 제가 상담을 시작한 지가 7년째예요. 그동안 6개월 이상
다닌 병원이 없었어요. 그런 제가 왜 선생님 병원에 1년 넘게 다니
는지, 모르시죠? 조는 그녀가 제 얘기를 하도록 내버려두었다. 적
절한 순간에만 최소한의 반응을 보이며.

선생님은 제가 원하는 대로 해주셨거든요. 선생님은 제가 감추고 싶은 것에 관심이 없었거든요. 어쩌면 한번도, 제 마음속의 커튼을 젖혀보려 하지 않았어요. 혹시라도 선생님을 비난하는 건 아니니 개의치 마세요. 제가 진통제 처방을 원했을 때도 이의 없이 그렇게 해주셨잖아요. 네, 저도 제 몸 어디가 아픈지를 모르겠어요. 제 몸인데, 어디라고 짚을 수가 없어요. 근데 끔찍하게 아파요. 진통제를 먹고, 통증이 뭉근하게 녹아내리면 잠을 조금은 잘 수 있어요.

조는 부드럽게 고개를 끄덕여주었다. 여태 먹어온 약에 약간의 항불안제 처방이 들어 있었다는 얘긴 하지 않는다.

오늘은 그냥 제 얘기를 하고 싶어서 왔어요. 제 몫의 시간만큼만요.

세상 어느 누구에게도 들려줄 수 없는 얘기마저 털어놓을 수 있는 신전의 모퉁이처럼 느껴지는 이 공간도 시간당으로 비용이 책정되어 있다는 걸 그녀는 잘 알고 있다.

선생님. 7년 전에 저는 하나뿐인 아들을 잃었어요. 열아홉살의 아들이 제 발로 걸어가 강물 위로 몸을 던질 때까지 저는 그 아이가 그 나이에 생을 그만두고 싶을 만큼의 괴로움을 끌어안고 있다는 걸 손톱 끝만치도 눈치채지 못하고 있었어요. ……뜨거운 불 속에 서 있는데 죽어지진 않는, 그런 시간이 있었어요. 시간이 흐르고, 이젠 화상의 자국만이 남았다고, 그렇게 생각하고 있었어요. 그런데, 오늘 저는 티브이 화면을 보면서 알았어요. 그 고통은 살아 있는 한 언제까지나 현재형일 거라는 걸. 차갑게 식은 그 아이의 뺨을 어루만졌던 여름날은 제 생이 끝나는 날까지 저물지 않을 거란 걸……

거기까지 말하고 그녀는 소리 없이 그저 흘러내리는 눈물과 콧물을 손수건으로 훔치며 앉아 있었다. 그 시간은 꽤 길었고 그녀 몫의 시간을 넘어섰지만 눈물과 콧물은 좀체 바닥이 나지 않았다. 대기 환자가 없었기 때문에 조는 그녀를 내버려두었다. 1년이 넘게 드나드는 동안 그녀는 진짜 하고 싶었던 얘기는 하지 않았던 셈이다. 누구라도 과거나 현재, 시간의 흐름에 대한 감각이 없어지는 순간이 있다. 지금의 그녀처럼. 그렇게 앉아 있던 그녀가 손수건을 꼭 쥔 채 말했다.

약 처방을 좀 바꾸어주시겠어요? 지금 약으로는 통증이 사라지질 않아요.

진통제와 항우울제를 같이 처방할 땐 주의가 필요하다. 때로 과도한 각성을 일으켜 안구가 토끼눈처럼 빨갛게 되어 찾아오는 경우가 있다. 세비카와 렉사프로 용량을 약간 늘리고 소화제 처방을 더했다.

그녀가 가고 난 후 환자는 더이상 없었다. 오래전에 읽다 만 책을 펼쳐 들었으나 눈에 들어오지 않아 인터넷으로 뉴스를 이리저리 검색하다 평소보다 약간 일찍 병원을 나왔다. 지하철역 쪽으로 걸어가려던 조는 병원 앞에 서 있는 주황색 택시를 잠시 바라보다 차 문을 열고는 병원 이름을 댔다. 소규모 종합병원은 10분 거리였고 조가 오전에 달려나와 택시를 탔던 출구 맞은편 블록에 있었다.

최근에 신설한 듯 영안실은 지하주차장으로만 드나들도록 되어 있었고 시멘트 냄새와 도료 냄새가 아직 강했다. 빈소는 모두 열곳이었는데 전광판을 보니 두곳은 비어 있었다. 지하층에 차린 그의 빈소는 어수선했다. 검은 글씨로 이름만 적혀 있을 뿐 영정사진조차 준비되지 않았고 초라한 국화 장식이 빈 영정사진 자리 좌우로 놓였다. 화환도 없었고 가족도 보이지 않았다. 장례물품으로 보이는 분홍색 보자기 뭉치 두개가 입구에 던져져 있었다. 황망한 상을 당했음을 짐작게 했다. 이 모든 것을 조는 고개만 외로 틀어 아주 천천히 걸어가면서 바라보았다. 육개장과 생선전, 꽈리고추와 멸치볶음 냄새가 밴 복도를 끝까지 걸어갔으나 식욕은 전혀 일지 않았다. 검은 옷을 입은 남자들 서넛이 밖에서 담배를 피우다 조가 저희 손님인가 하여 이쪽을 살피고 있는 유리문 못 미처서 뒤돌아 바깥으로 나왔다.

지상으로 올라온 전철이 강을 지날 때 석양이 지고 있었다. 눈이 부시도록 아름다운 저녁의 빛 저편에서 노랗게 감싸인 다리가 허공에 누운 듯 평행으로 달렸다. 다리를 건너자 빛은 희미해졌고 대기는 창백하게 사위어갔다. 전철이 다시 지하로 내려가고 손잡이를 바투 잡은 한 남자의 얼굴이 검은 창에 떠올랐다. 조는 그 얼굴을 한동안 바라보다, 강의 집이 아니라 제 집으로 곧장 가고 싶다는 생각을 한다. 강을 좋아하지 않으면서 왜 지속적으로 만나는 건가. 좋아하지 않기 때문에 관계를 끊지 못하는 건가? 조는 호주머니에 있는 명함을 만지작거렸다. 오전에 왔던 젊은 남자는 공황발작이 왔을까. 만기가 남은 정기예금의 이자를 포기하고 펀드에 가입해야 할까. 집에 돌아가, 류현진이 나오지 않는 다저스 경기를 보고 싶다. 음소거를 해놓고. 만질 수 없는 어딘가의 아픔을 하소연하는 이들의 얘기를 종일 듣다 돌아오면 어떤 말소리도, 꽃노래조차 듣고 싶지가 않았다.

강의 집 정원엔 불이 환하게 밝혀져 있다. 차량통행이 그리 많지 않은 도로에 다섯대의 차가 일렬로 주차되어 있다. 오와 최의 차가 보이지 않는다. 늦는 건지 못 오는 건지는 모르겠다. 아내는, 뜻밖에 먼저 온 모양이다. 현관문에 아예 고정장치를 내려놓아 안으로 들어가니, 오픈 키친의 아일랜드 식탁을 둘러싸고 쏟아내는 수다들로 정작 강의 자부심인 골드문트 스피커가 속삭이는 첼로 협주곡은 소음처럼 뒤로 떠밀려나 있다.

기포가 살아 있네. 발효가 어쩜 이리 잘됐다니? 내가 밤마다 장독 옆에 가서 귀를 기울이며 기다렸지. 결정적 순간을. 얘들이 숨을 쉬는데, 어찌나 시끄럽던지. 그러네, 모에상동이 울고 가겠어. 다들 눈으로만 조에게 알은척을 하곤 막걸리에 홀려 있었다. 강의 아내가 살갑게 맞으며 분청 다완에 막걸리 한국자를 붓고는 진달래꽃 하나를 띄워 건네주었다. 화전은 먹어봤지만 진달래술은 처음이네요. 이런 호사가! 그새 듣고는 강이 생색을 낸다. 내가 일요일에 일부러 북한산 가서 따와서 냉장고에 모셔놨지. 시들까봐 꽃받침째

따느라 신경 좀 썼어. 막 걸러낸 술맛은, 흠잡을 데가 없었다. 잡맛도 없고 무엇보다 신선했다. 식탁에 차려진 핑거푸드 몇가지와도 아주 잘 어울렸다. 햇 두릅전과 머위쌈밥, 찐 돼지고기, 차돌박이 샐러드로 차림은 단출했지만 그릇과 맛과 색채가 어울린 식탁은 거의 섹시한 분위기였다.

강은 제 분야 외엔 거의 무식한 다른 친구들과 달리 인문학적 소양도 있고 매사에 도전적이어서 난임 분야에서 몇가지 의미있는 성과물도 내놓았다. 친구들은 그 부지런함과 열심에 감탄을 아끼지 않지만 그에겐 정작 내밀한 친구가 없다. 강이 이 모임에 이렇게 열의를 갖는 것도 그래서다. 솔직히 같은 의대를 나왔지만 치유상담이나 심리치료 분야에서 전공 교재로 쓰이는 몇권의 저서를 가진 조와는 체급이 다른 것이다.

뽀얀 분청 다완을 하나씩 든 남자들이 거실 소파에 모여앉아 아침에 일어난 사고 얘기를 나누고 있을 동안 여자들은 여전히 식탁에 둘러서서 이야기를 하고 있었다. 아내는 조가 여기 들어선 이후로 한마디도 건네지 않더니 단체로 스킨스쿠버 강습을 받자는 누군가의 제안에 솔깃해하고 있다. 차를 가지고 와서 어쩌자고 막걸리는 홀짝홀짝 마시고 있나. 조는 몇번이나 일어나 아내 옆으로 슬쩍 다가가 아까 그 인간들이 찾아오지 않았나 묻고 싶었으나 참았다.

창 반대쪽으로 프로젝트 빔과 스크린이 설치되어 있고 사람 수에 맞추어 의자도 세팅되어 있었다. 강이 오늘 수업에 관해 간단한 설명을 했다. 오늘 저희가 볼 영화는 「토리노의 말」입니다. 영화를 보고 편하게 얘기도 나누시고, 오늘 빚은 막걸리를 한병씩 담아 놓았으니 가져가서 드시고 부디 뜨거운 밤을…… 너, 아직 되나부다? 또다른 조가 농담이라는 듯 끼어들자 강은 진담이라는 듯 그랬다. 나야 인간착암기지. 강의 아내가 염화시중의 미소를 짓고 있었다. 조는 화가 불쑥 났다. 「토리노의 말」이라니. 무려 세시간 가까운 상영시간도 그렇지만 우울과 피해망상과 환각을 하소연하는 환자와의 상담도 이 영화보단 덜 피곤할 것이다. 왁자한 웃음이 가라앉자 강이 말을 이었다.

쉽지 않은 영화이니만큼 우리나라 심리철학의 권위자이며 분야의 명저, 나는 그를 치료하지 않았다,의 저자이신 조연상 박사를 모시고 짧은 강의를 듣고 시작하겠습니다.

사람 수에 비해 박수 소리는 컸다. 개새끼. 일언반구 귀띔도 안해놓고 대뜸. 강은 기회만 있으면 조를 우습게 만들고 싶어 안달이었다. 야, 칼 안 쓸 수만 있으면 의사 노릇도 할 만한데. 새벽기도 안해도 되는 목사처럼 말이다. 연상이 누구야. 손에 피 한방울 안 묻히고도 의사로 존경받잖아. 때론 칭찬으로 위장한 조롱까지 할 때도 있다. 자신이 너무 예민한 건지는 모르겠지만. 연상이 얘기 듣고 있으면 안타까워. 저 말솜씨로 무기 브로커 그런 거 하면 천문학적인 돈을 벌 텐데. 네가 콩을 팥이라고 그러면 환자들 눈에 빨간 콩깍지가 씌잖아, 응? 난 말 너무 잘하는 사람 보면 신기해. 이런 식이다. 게다가 강의라니. 잘난 척하지만 넌 결국 대학에 남지 못했다는 조소로 들렸다. 조는 앞으로 나가진 않고 제자리에서 일어섰다. 강에 대한 이런 자동 분노는 어쩌면 자신의 문제일지도 모른다.

토리노는 축구팬들에겐 유벤투스의 도시이고, 커피를 좋아하는 이들에겐 라바짜의 거리겠지요. 경건한 사람은 그리스도의 시신을 감쌌던 성의를 떠올릴 테고.

조는 그렇게 서두를 떼며 강을 한번 쳐다보았다. 허구한 날 여자들 밑구멍이나 들여다보는 너하고야 급이 다르지.

영화의 앞머리에 나오는 에피소드에서 알 수 있듯, 벨러 터르 감독은 영화의 영감을 철학자 니체로부터 가져왔습니다. 1889년의 토리노. 혹독하게 추운 어느 겨울날, 니체는 걸어가던 길 건너편에서 늙고 지친 말이 제 주인이 미친 듯 후려갈기는 채찍을 고스란히 견디고 있는 걸 보게 됩니다. 그 말은 어쩌면 병이 들었을 수도 허기져 있었을 수도 있죠. 니체는 그 광경을 목도한 순간 어떤 격정 혹은 감정의 엔트로피 상태에 빠져들죠. 굳이 도로를 가로질러 달려가 제 팔로 말의 목을 감싸안고 머리를 맞대고는 흐느껴 울기 시작합니다. ……주위 사람들의 도움으로 겨우 집으로 돌아간 이후 니체는 명징한 정신을 놓아버리게 되지요. 그때 니체는 지금 우리 나이와 같았습니다. 착한 미치광이라고나 할까. 모르겠어요, 미쳤다 안 미쳤다의 기준이란 참 애매하죠. 그렇게 10년간을 더 살다 죽게 되는데요.

조는 자신에게 주목하고 있는 이들이 그날의 광경을 상상해볼 수 있도록 잠시 말을 멈추었다가 다시 시작했다.

이 에피소드로 시작하지만, 사실 이어지는 영화의 전개와 직접적인 연관은 없어요. 이 영화는 황량하기 짝이 없는 시골, 어느 농부와 딸의 6일간에 걸친 삶의 기록이죠. 보는 것만으로도 숨이 턱막히는 거센 폭풍 속의. 이런 종말론적 시각이 너무 빤하다 생각할 수도 있지만, 어떤 원형질의 고통을 고스란히 관통해본 적이 있는 사람들은 신의 어루만짐 같은 위로를 얻을 수도 있을 것입니다. 자, 약간의 알코올로 데워졌으니, 뼛속까지 시린 영상 속으로 들어가기 위한 준비는 완벽한 것 같군요. 시작해볼까요?

준비가 없었던 데 비하면 코멘트는 나쁘지 않은 것 같다. 조는, 자신이 두개의 인생을 사는 것 같다고 가끔 느낀다. 때로는 두개의 인생을 사는 자신이, 각각 다시 둘로 나뉘어 뒷모습을 보이며 걸어가는 환영을 볼 때도 있다. 잔 바닥에 남은 막걸리를 마저 마시고 혀에 감기는 진달래꽃을 잘근잘근 씹었다. 꽃은 미끄럽고 향이 없다.

지루함에 열광하는 기이한 취향이 아니라면 내내 몰입하긴 어려운 화면이 흰 벽을 흘러가는 동안 조는 뜻밖에도 그 화면에 집중하려 애를 쓰고 있는 자신을 보았다. 영화의 마지막 부분에서, 견디기 불편한 암전의 시간이 흐르는 동안 낮의 순간순간들이 검은 화면 위로 떠올랐다 흩어졌다. 불완전한 어둠속에서 누군가 얕은 헛기침을 한번 했다.

영화가 끝나고 강이 다시 거실 등을 켠 후에도 사람들은 한동안 말없이 앉아 있었다. 무언가 심오한 것 같긴 한데 그게 무언지는 모호하다는 듯. 강이 얼굴을 손바닥으로 쓸며 그랬다.

뻔한데 말이다, 응?

단순하고 상스럽긴. 장의 아내가 조를 쳐다보며 물었다.

니체는, 그럼 맥거핀 같은 건가요?

맥거핀이라기보다는, 글쎄, 배면 같은 거라고 할까요? 저렇게, 화면을 받쳐주는.

조는 흰 스크린을 가리켰다. 목이 좀 마른 듯한 표정으로 장의 아내가 다시 물었다.

니체가 정신을 놓기 전에 마지막으로 했던 그 말의 의미는 무엇일까요?

조가 고개를 끄덕이며, 심오한 의미를 내포한, 짧고도 인상적인 문장 하나를 머릿속으로 다듬고 있는데 강이 다시 끼어들었다.

그건 오늘 집에 돌아가 각자 생각해보기로 하고. 우리 내년 설 여행은 토리노로 할까? 저 거리도 한번 걸어보고.

조는 그 순간 아주 강한 혐오감을 느꼈다. 강의 아내가 마개 부분만 한지로 포장한 막걸리 한병씩을 들려주었는데 트로피처럼 그걸 두 손으로 받아 든 채로 최의 아내, 평소 있는 듯 없는 듯 조용하던 그녀가 조와 눈을 맞추며 말했다.

오늘 수업은 유난히 가슴 깊숙이 파고드네요. 정말 알찬 시간이었어요.

깊숙이, 알찬…… 미소를 띠며 고개를 끄덕이고 조는 생각했다.

난 뭘 놓친 건가?

운전은 조가 했다. 아내는 차가 출발하자마자 차창에 기대 눈을 감아버리는 바람에 조는 아까부터 묻고 싶어 조바심쳤던 몇가지를 묻지 못했다. 진료실에서 사람들이 자신에게 무언가를 물어볼 때 딱히 답을 듣고 싶은 건 아닐지도 모르겠다. 숨을 쉴 때마다 삭은 술내가 났다.

조에겐 거리낄 게 없었다. 단 한가지 외엔. 스물일곱살이 어린 그 아이. 너무도 귀엽고 천진난만하여 함께 있을 때면 조 역시 소년처럼 되어버리는. 가끔은 그녀와의 어떤 순간을 위해 지금의 자신을 포기할 수 있다는 생각이 들 때도 있다. 치킨이 좋아, 피자가 좋아? 물어볼 때보단, 풍랑 이는 바다에서 배에 같이 탄 동물들 중 한마리를 버려야 한다면 뭐부터 버리겠느냐 묻는 진지한 눈빛이 더 사랑스럽다. 조의 알몸을 처음 보았을 때, 두번째 발가락이 더 기네? 놀라던 표정이라니. 그 순간을 잠시 멈추고 싶었지.

조가 원하는 것이 그녀 자체인가. 그렇다고 하기엔 그녀는 너무 불완전하다. 어느 영화 속에서 조는 머리통이 완벽하게 둥근 한 남자가 무거운 광택이 나는 파이프에 잎담배를 채우고 천천히 불을 붙인 후 한모금을 깊이 빨아들이는 표정을 보았을 때 자신에게도 저런 어떤 것이 필요하다는 생각을 한 적이 있다. 조는 흡연을 하지 않았고 그 남자를 위로하는 것이 정확히 무엇인지는 알 수 없었다. 피어오르는 청회색 연기인지 손바닥이 따끈해지는 파이프의 온기인지. 그 아이 역시 그러하다. 다만 그 맨살을 어루만지면, 눈을 감은 채로, 막 죽은 생쥐의 털을 만지는 것 같다. 지독하게 보드랍고 동시에 끔찍한.

그 아이와 사복경찰, 그 아이와 등산복 사내, 그 아이와 강은 서로 모른다. 조는 보드랍고도 끔찍한 것을 꼭 쥔 손바닥을 펴고 싶진 않다. 아마도 옆집 여자는 사기나 횡령, 아니면 그 비슷한 일에 연루되어 잠적했을 것이다. 사복경찰은 마침 집을 나서던 조에게 하릴없이 그녀의 행방을 물어보았을 것이다. 창을 열자 상쾌한 밤공기가 뺨을 어루만진다. 종일 붙들려 있던 까닭 모를 불안감이 가볍게 흩어진다. 아주 긴, 하루였다.

옆집 앞을 천천히 지나며 보니 창이 캄캄하다. 그전에 조는 도로의 양옆, 어둠속에 파묻혀 있을지 모르는 회색 승용차의 없음을 확인했다. 조의 집 역시 불이 꺼져 있다. 외출할 때 등을 하나 켜놓으라고 그렇게 일렀는데. 아내는 안전벨트를 풀고는 막걸리 병을 챙겨 들었다.

앤 도대체 어디 간 거야, 이 시간까지. 통화 안해봤어, 아까? 이거봐. 보안 시스템도 안 켜놨네. 담이라곤 시늉뿐인데, 응?

아내는 못 들은 척 번호키를 익숙하게 눌렀다. 현관을 들어서는데, 집 안이 비어 있지 않은 느낌이 들었다. 아내는 계단 위쪽을 흘깃 올려다보곤 거보란 듯 말했다.

자고 있나봐. 올라가볼게.

내가 올라가볼게.

조는 계단을 올라가 살며시 방문을 열었다. 아이는 커튼도 치지 않고 침대에 누워 있었다. 조의 등 뒤로 희미한 빛이 비추었다. 비스듬히 서 있는 모습이 창유리에 떠오른다. 그건 보이지 않는 위쪽으로부터 천천히 내려오다 이제 막 창을 지나는 것처럼 보였다. 방 안 가득 어떤 기운이 일렁이고 있었다. 마치 음소거를 해놓고 공을 던지고 방망이를 휘두르는 게임을 지켜볼 때처럼, 고요해서 더 선명했다. 갑자기 볼륨을 올린 듯, 어둠속에서 목소리가 들려왔다.

내가, 죽였어. 아빠.

잠이 든 모양이다. 사춘기 청소년들은 일시적으로 몽유병을 겪기도 하고 꿈을 꾸며 의미있는 대화를 나누기도 한다. 꿈을 꾸는 아이와 대화를 나누어보면 아주 재미있다. 최면상태처럼 어떤 비밀을 알아낼 수도 있다. 그렇지만 조는 아무 말도 하지 않았다. 꿈이라도 그렇지. 하필 그런.

그렇게 많은 피가 영재의 몸속에 들어 있을 줄 몰랐어.

농담이라도. 조는 미간을 찌푸렸다. 뺨을 때려 깨우고 싶다.

손을 아무리 씻어도 지워지지 않아. 피가.

아이는 지금 자고 있지 않다. 희미한 어둠속에서, 물에 불은 듯 살진 윤곽만을 겨우 알아볼 수 있지만, 알 수 있다. 몸에서 일순 피가 빠져나가는 느낌이 들었다. 조는 아이의 목소리처럼, 졸린 듯 잠긴 목소리로 물었다.

지금, 어디 있는데, 영재는.

뒤뜰에.

학교?

아니, 여기.

여기, 우리 집?

어.

조는 아이에게 순간 지독한 증오와 가없는 연민을 동시에 느꼈다.

왜, 무엇 때문에.

조는 침대가 아니라, 창 바깥에 기우뚱 떠 있는 남자를 향해 물어보았다.

왜, 무엇 때문에, 여기, 내 집에서.

학교를 안 가고 싶었어. 지난번 그때처럼, 일주일 내내 안 갈 수 있다면, 그냥 그 생각만 했어. 그렇게 많은 피가 들어 있을 줄, 몰랐어.

떠듬떠듬 말하는데, 씽글침대가 가득 찰 만큼 커다란 덩치가 비로소 아이처럼 보였다. 조는 무언가를 더 묻고 싶었으나 그게 무언지 알 수 없었다. 천천히 바닥으로 내려가던 남자가 얼굴을 창에 바짝 붙이고 안을 들여다보았다. 희미했지만, 미소를 지음으로써 어떤 걸 감추려는 것처럼 보이는 그에게, 조는 겨우 물어보았다.

왜, 지금이지?

새벽까지 희미하게

"이거 나만 그런가? 눈꺼풀 안에서 정전기가 일어나."

정이 인공눈물을 정성껏 떨어뜨리고는 거울을 들여다보았다.

"직업병이지. 내 피부는 뱀 껍질 같아. 첫날밤이 걱정이야."

그래픽 화면을 손질하며 천연덕스럽게 받는 오는 유부녀다. 직업병 맞다. 일본 출장이라도 다녀올 때면 면세점에서 안약을 한 박스씩 사들고 와서 나눠주어야 했다. 누구는 눈 안에 미세한 모래알갱이가 구르는 것 같다며 이물감을 호소했다. 겨울이면 머리카락이 올올이 서 있기도 했다. 가습기도 소용없었다. 컴퓨터 때문이라는 오의 추측이 맞을지도 모르지. 한 사람 앞에 모니터가 서너대씩 놓여 있으니.

"그래도 입안이 건조한 것보단 낫지 않을까. 침이 안 나오면 맛을 못 느낀대.”

유석의 농담을 무시하고 정이 제 모니터를 가리켰다. 실장님 얘 패션 어때요? 새로 출시할 게임 캐릭터일 것이다. 유석은 이제 개발 쪽 실무는 손을 놨다. 그래도 진행상황에 대해서는 숙지하고 있어야 한다. 강주 형이 언제 전화를 해서 무얼 질문할지 알 수 없으니까. 무기의 살상력은 매번 업그레이드되지만 여주인공은 좀체 상투적인 전형을 벗어나지 못한다. 9등신 몸매에 노출 패션. 화면에 보이는 금속제 속옷 역시 대동소이.

“이거 원조는 마돈나잖아. 저작권료나 내고 있나 몰라.”

“저희가 그런 얘기 할 입장은 아니잖아요. 스토리다 캐릭터다 뭐 아웃소싱 안하는 게 없는데. 저희도 뇌즙을 짜고 있어요. 획기적인 아이디어 있으면 실장님부터 까보세요.”

“치마도 거기서 더 짧아질 데가 없고…… 녹색당 성향의 여주인공은 어떨까?”

“녹색당? 포인트를 어떻게 잡으면 되는데요?”

정이 코를 살짝 찌푸리며 묻는다.

“포인트랄 게 있겠어. 패션의 일종이지. 안구 정화용 관엽 화분이나 하나 들려주고.”

“여자들은 뭣도 모르면서 이데올로기를 액세서리로 걸친다, 그거죠?”

얘가 또 그날인가. 한달이 빠르기도 하네. 문화 쪽 일하는 것들은 윗사람 존경할 줄을 통 몰라. 자리로 돌아와 유석도 고개를 젖히고

인공눈물 몇방울을 눈에 떨어뜨렸다. 쾌감이 한기처럼 퍼지다 이내 사라진다. 큰 제목만 훑어보며 신문을 슬슬 넘기던 유석의 손이 멈추었다.

송이.

그 송이인가. 맞다. 그럴 필요가 없다는 걸 알면서도 눈을 꾹 감았다 떠본 건 신문지면과 이 낯익은 얼굴이 너무 멀고 느닷없었기 때문이다. 뉴질랜드 마운틴 쿡 협곡에 사는 돌고래의 울음소리만큼이나.

송이는 유독 먼 곳의 얘기, 먼 데 사는 사람 얘기를 곧잘 했었다.

……북극 만년설 언저리에 사는 사람들은 화가 나거나 슬픔에 사로잡히면 그냥 눈밭 위를 걷는대요. 무작정 계속. 걷고 또 걷다가 마음이 다시 사그라들면 그 자리에 긴 막대를 하나 꽂아놓고 돌아온대요. 다음에 가면 그 막대들이 어떤 마음의 깃발인지 기억 안 날 것 같지 않아요? ……아이슬란드 사람들은 은근 화려한 속옷을 입는다데요. 무뚝뚝하게 생긴 남자들도 놀랍도록 명랑한 색깔의 속옷을 입는대요. 1년의 절반이 밤이라면 그럴 것 같긴 해요. ……더블린 거리에 있는 아파트들은 현관문 색깔이 다 다르대요. 술꾼 남편들이 밤늦게 들어올 때 헷갈리지 말라고 그렇게 칠했다는데, 더 헷갈릴 것 같지 않아요? 뉴질랜드의 협만 얘기를 한 적도 있었다. 뉴질랜드는 새로운 네덜란드라는 뜻이래요. 처음 발견한 사람의

이름을 딴 마운틴 쿡 협곡엔 일흔여섯마리의 돌고래가 살고 있대요. 그곳엔 오억년 동안 진화하지 않은 먹장어가 놀러 다니고 백년에 1센티미터 자라는 산호가지에 물뱀이 노끈처럼 친친 감겨 있는데, 하여튼 그 돌고래 울음소리는 너무 아름다워서 우주로 보낸 타임머신에 그걸 실어 보냈대요. 사무실에서 송이가 그런 얘길 하면 유석은 퉁이나 주었다. 『먼나라 이웃나라』야? 가서 세어봤어? 일흔여섯마린지, 열여섯마린지……

납기에 쫓겨 며칠째 야근을 하는 중에 G1은 사후경직 상태의 피자를 콜라 속 탄산의 힘으로 분쇄하고 있고 G2는 어떻게든 오늘은 퇴근해보겠다는 각오로 라이트박스 위에 코를 박고 있고 G3은 마우스를 움켜쥐고 천진난만한 토막잠에 빠져 있는 상황에서 송이가 툭 던지는 그 시공초월 대사가 나쁘지는 않았다. 물론 그 뜬금없는 얘길 듣고 있으면 이상하게 엉킨 마음이 빗질이 되더라는 Q1의 말은 좀 오버라고 생각했지만 그 얘기들을 깨알같이 써먹은 건 사실이다. 다단계업체의 교육용 영상, 여름성경학교 교재, 인터넷업체들의 스폿 영상에 그 이미지들을 약간 손보아서 사용하기도 했다.

그 특별할 것 없는 얘기들은 더이상 송이의 모습을 볼 일이 없어진 후에 오히려 더 또렷하게 떠오르곤 했다. 시간이 한동안 흐른 후에야 글자가 하나씩 떠올라 문장을 이루는, 어떤 특수용액으로 쓴 편지와 비슷하달까.

『미루나무 꼭대기에 걸린 팬티』. 유럽의 어느 아동도서전에서 큰 상을 받았다는 이 그림책은 송이의 책으로는 벌써 세번째란다. 송이는 그사이 그림책 작가가 되어 있었다. 몰랐다. 기사가 난 적도 없었고 유석이 아동서적 코너에 갈 일도 없었으니까.

봄소풍을 간 토끼가 찬 음료를 너무 먹어 배탈이 났다. 그만 팬티에 똥을 지리게 되어 당황한 나머지 몰래 산모퉁이를 돌아 팬티를 벗어 산 아래로 던져버렸다. 돌아오는 길에 동네 입구 미루나무 꼭대기에 제 똥 묻은 팬티가 걸려 나부끼는 걸 보게 된 토끼는 사색이 되고…… 그걸 남몰래 수거하기 위한 노력이 번번이 실패로 돌아가면서 토끼는 팬티가 인도하는 낯선 곳으로 멀고도 눈물겨운 여행을 하게 되는데 이 과정에서 토끼는……

간략한 소개 끝에 기자는 이렇게 써놓았다.

줄거리만 보면 화장실 유머인데 이 책 묘하게 따뜻하고 대책 없이 웃긴다. 옆에 두고 우울하거나 의기소침할 때면 한번씩 펼쳐보고 싶어지는 중독성 주의. 무엇보다 토끼와 함께 그 길을 같이 가고 싶게 만드는 책. 토끼는 그 부끄러운 팬티를 되찾을 수 있을까?

박스기사 가운데 실린 사진은 제법 큼지막했으나 작업실 풍경 전체를 담느라 그랬는지 송이 얼굴은 엄지손톱만 했다. 가무잡잡

한 피부, 쌍꺼풀이 뚜렷한 눈, 높은 이마 때문에 수줍음 타는 인도 소년 같았던 얼굴은 선이 살짝 무뎌지긴 했어도 한눈에 알아볼 수 있었다. 그림책 작가라니. 내 밑에 있던 덕을 뒤늦게 보네. 쌍꺼풀 아래 크고 까맣던 눈동자 역시 기억났다. 맨 처음 마주쳤을 때 그 눈동자는 차오른 물기 너머로 유석을 바라봤었다. 그렁그렁한 눈물은 유석이 던진 말 때문이었다. 뭐라 했더라.

언니. 내가 여기 사장이야. 정수기 오더 내린 적 없어. 수돗물 먹어도 안 죽어. 아리수가 시판 생수보다 깨끗하단 논문도 못 봤어?

그러고 보니 7년쯤 전의 일이다. 흘러가버린 시간에 비해서는 기억이 꽤나 또렷했다. 어쨌든 지금보단 젊었으니까.

그렁한 눈물을 보자 문득 아침부터 비가 세차게 쏟아지고 있다는 생각이, 100미터도 넘는 골목길을 이걸 들고 들어왔나 하는 생각이 연이어 들었다. 아침에 출근한 Q1 Q2 할 것 없이 다들 웅덩이에서 막 걸어나온 오리새끼들같이 머리카락이 함초롬히 들러붙어서는 아우성이었다. 구두 속까지 다 젖었어요. 머리에서 쉰내 나요. 눈 오고 빙판 되면 여길 어떻게 걸어다녀요. 사무실 재계약일이 돌아오자 당장 임대료를 10프로나 올려달라는 건물주 보란 듯 방을 빼 이쪽으로 옮길 때는 괜찮은 선택이라고 생각했다. 큰길에서 조금만 걸으면 되는데 임대료는 50만원 차이가 났다. 둘러보러 왔던 날 비가 왔더라면 절대 계약하지 않았을 것이다. 분화구처럼 팬 길을 걸어들어오느라 유석의 바지 뒷자락도 종아리에 척하니 들러붙어 있었다. 그래도 그렇지.

에헤이 언니, 눈물로 밀어붙이면 안되지. 세일즈 하면서 눈물이라니. 최악이다, 최악. 유석이 눙치는 순간 눈물은 범람을 시작했다. 그때 유석의 뒤에 붙어서서 무어라무어라 속삭인 게 누구였더라. 어제 이삿짐 나르느라 정신이 없는데…… 사장님은 안 나오셨잖아요. 한참 옮기다보니 이분이 저희 짐을 같이 옮기고 있더라고요. 먼지구덩이에서 짐 다 풀고 그랬는데. 말이 2층이지 백번 넘게 오르내리다보니 다리가 진짜…… 우리 맘대로 결정 못한다 했는데 그래도 상관없다고. 그렇게 짐 다 올려놓고 커피라도 끓여마시려고 물을 트니까 녹물이 나와요. 건물이 너무 낡아서 그런지 아무리 틀어봐도 계속 녹물이…… 생수 사먹는 값이면 렌트할 수 있다 해서…… 오늘부터 당장 급할 것 같아 들고 오셨다고. 세상에, 이게 20킬로는 되는 거 같고. 우산 겸 이고 오셨다는데 참 안된다고 그러기도…… 이미 필터도 젖어버려서…… 사실 저희도 설치할 마음은 없었어요. 유석은 명색이 스토리 담당하는 애가 앞뒤 안 맞는 말을 밑도 끝도 없이 늘어놓는 데 열이 솟구쳤고 필터가 이미 젖었다는 말에 더럭 역정이 났다.

언니 사정은 딱한데 도로 가져가요. 언제부터 정수기야.

렌트비 34000원 못 낼 지경은 아니었다. 그보다는 이 늙은 여우 셋이 사장 알기를 얼마나 우습게 알면 저희들 마음대로 이런단 말인가 싶었다. 범람하는 눈물보다 더 곤란했던 건 버벅거리며 항의를 하는 젖은 목소리였다. 잘 알아들을 수는 없었으나 대략 이런 내용이었다. 이러시면 안되죠. 사무실에 재고가 없어서 본사 가서 받아오는 길인데. 이거 들고 지하철 두번 갈아타고 왔고요. 포장 뜯은 필터는 반품도 안되고…… 뺨이 다 젖어 울먹이는데 유석의 짜증지수는 급상승을 했다. 에헤이 못한다니까 그러네. Q2가 심 박힌 목소리로 종알거렸다. 벼룩의 간을 내먹지. 유석도 지지 않았다. 벼룩의 간이 별미이긴 하지. 팩하는 성격이 있는 Q1이 분연히 외쳤다.

됐어요, 언니. 그냥 설치해놓고 가요. 우리 셋이 한달에 만원씩 부담할게요.

그 말에 Q2와 Q3이 확연히 원망스러운 눈빛으로 Q1을 쳐다보았다. 우리가 물을 마시면 얼마나 마신다고, 하는 표정. 유석은 좀 당황했다. 그것마저 안된다 할 수도, 기다렸다는 듯 그럼 그래라 할 수도 없었다.

에헤이, 언니. 남의 사무실 이전한 날 화환은 못 보낼망정 눈물바람은 아니지. 고만 울어요. 그거 하나 팔아서 몇푼 남아. 정수기도 다 대기업들이 쥐고 있는데 인지도도 없는 그런 걸 누가 사주겠어. 백날 울고 다녀봤자 아무도 안 사. 그쪽 정리하고 여기 나와서 일해요.

말을 하고 보니 유석도 제가 왜 그랬나 싶었다. 막무가내로 버티기엔 송이가 너무도 서글프게 울고 있었다. 아니다. 그쯤에서 늙은 여우 셋이 유석을 싸이코패스 쳐다보듯 보기 시작했다. 일손이야 늘 모자랐지만 새로 사람을 더 들일 형편은 아니었다.

두어달 지나 야근을 마치고 단체로 몰려간 돼지껍데기 집에서 유석이 그 얘기를 끄집어내 놀렸더니 송이가 남 얘기하듯 그랬다.

그날 왜 그렇게 울었나 몰라요. 거절당한 게 처음도 아닌데. 그냥 내가 잡상인이 되어 있구나, 이게 앵벌이구나, 그 생각이 들었어요. 아휴, 사람들 앞에서 우는 건 그때가 끝이에요. 아니다. 혼자 있을 때도 끝.

주제에 막내랍시고 집게와 가위를 들고 익은 돼지껍데기를 자르던 송이는 하필 문 맞은편에 앉아 연기를 정통으로 맞으며 그 말이 끝나기도 전에 눈물을 철철 흘려 늙은 여우들의 지탄을 샀다.

유석은 그즈음 강주 형 밑에서 뛰쳐나온 걸 뼈저리게 후회하고 있었다. 딴에는 어렵게 독립해보겠다 말을 꺼냈을 때 형이 아쉬워하는 기색 없이 그러라 했던 까닭을 막 깨달은 참이기도 했다. 서른여덟의 형이 왜 고지혈증과 당뇨 끝에 심장스텐트 시술까지 해야 했는지도. 어쨌든 형은 포르셰를 타고 다녔고 밤마다 고급한 술자리에 있었고 발망 스니커즈를 신고 다녔다. 유석과 세살 차이였는데 유석이 앞으로 3년 동안 어떤 방향, 어떤 속도로 굴러도 결코 도달할 수 없는 지점에 형은 가 있었다.

강주 형은 처음에 애니메이션 원화 하청으로 시작했다. 하도급의 재하청이었다. 디즈니 쪽 일이었는데 섬세함과 완성도, 불가사의한 작업속도에 감명받은 그쪽으로부터 안정적으로 일을 받게 되었고 그 과정에서 노하우를 얻게 되면서 차츰 국내시장 쪽으로 눈을 돌렸다. 정보 전달의 소프트화가 시작되면서 데이터를 시각적으로 표현하는 인포그래픽에 대한 수요가 폭발하던 시기였다. 일감은 넘쳐났고 뒤늦게 업체들이 뛰어들었지만 전문성에서 확연히 차이가 났다. 제작 노하우와 숙련된 인적 시스템도 기반이 되었지만 성공의 가장 큰 디딤돌은 남보다 두발 앞을 내다보는 형의 감각이었다. 첫 사무실은 다섯평으로 시작했다는데 유석이 있을 땐 건물 두층을 쓰고 있었다. 이건 형한테 직접 들은 얘긴 아니고 업계에 떠도는 신화의 요약본이었다.

사무실엔 종일 상담전화만 응대하는 콜 직원이 하나 있었는데 나긋나긋한 그녀 목소리를 듣고 있으면 사업규모가 거의 파악되었다. 대충 따져보아도 운영비 제하고 한달에 칠팔천 수익이 지속적으로 나올 것으로 추정되었다. 의뢰물의 콘텐츠는 매번 달라지지만 그 작업만을 위한 새 틀을 짤 필요도 없었다. 아이디어 회의를 하고 레이아웃 콘티를 짜고 나면 그다음은 기계적인 작업이었다. 유석의 눈에 그 시스템은 길이 잘 든 만능 떡기계와 비슷했다. 적당량의 팥이나 쑥, 찹쌀이나 수수를 넣고 기다리면 기계의 아래쪽으로 완성된 떡이 밀려나오는. 2년 남짓 근무하고 나니 이 정도 떡기계는 세팅할 자신이 생겼다. 사무실에 일렬로 앉아 종일 작업하는 직원들이 일개미나 일벌처럼 보였다. 헐값에 사용할 수 있는 IT 인력은 주위에 얼마든지 있었다.

왜? 왜 나가려고. 형이 붙드는 기색 없이 그렇게 물었을 때 농담이랍시고 그랬다.

저도 강남에서 저녁 먹고 강남에서 술 마시려고요.

그래? 어떤 강남? 강남에도 청담이 있고 잠실이 있는데. 미국서 살다 온 사람은 미국이라고 하지 않아. 미시간호 옆에 살았는데 뒈지게 추웠지,라든가 샌디에이고에 한동안 있었는데 거기가 기후는 정말 천국이야. 애리조나에선 까만 애들하고 술 마신 기억밖엔 없어, 그렇게 장소를 특정해서 말하지.

왜 형이 빙긋 웃으며 그 말을 했는지 그땐 몰랐다. 중고로라도 포르셰를 타보고 싶어서요,라는 유석의 마음을 읽었다면 또 그렇게 말했을지도. 어떤 포르셰? 카이엔, 마칸, 파네마라…… 응?

사무실을 열었을 때 형은 공기정화용 선인장 화분을 하나 보내주었다. 썰렁한 사무실에 유일한 축하화분이었다. 기대하지 않았는데 일감도 하나 주었다. 대형교회 여름성경학교에서 쓸 30초짜리 동영상 열두편이었다. 요청서 내용이 구체적이어서 일은 까다롭지 않았다. 음성 없는 2D 작업에 교회 측에서 보내준 문서를 자막 처리하는 수준이었다. 일 끝내고 정산하면서 보니 형 몫을 떼지 않았다. 사무실 3개월 유지비는 되었다. 인사전화를 했더니 형은 그랬다. 그런 종류는 제작하는 쪽에서 내용에 개입하면 안돼. 튀어도 안되고. 가장 간단한 유형이야. 그냥 고객의 니즈에 충실하면 돼.

그럭저럭 꾸려갈 수 있을 것 같았는데 아는 사람 곶감 빼먹듯 하고 나자 연줄은 금세 바닥났다. 그 연줄이라는 것도 형 밑에서 이어진 줄이었으니 예견된 사태이긴 했다. 누군가 흘린 고기조각을 찾기 위해 눈에 불을 켠 하이에나가 되어야 했고 이 정도의 업체는 널려 있다는 걸, 매일 한두 업체는 문을 닫는다는 것도 알게 되었다. 골목 끝 사무실로 옮길 무렵엔 자신감을 잃었다기보다는 좀 절박해 있었다. 언젠가는 명작 애니메이션을 만들겠다는 포부 같은 건 처음부터 없었다. 있는 시스템으로 작업할 수 있는 일이라면 무조건 받았다. 유석은 자신이 왜 송이에게 여기서 일하란 말을 했는지 사실은 알고 있었다. 세상에 아무나 할 수 있는 일이 대개 그러하듯 제작 단가는 박했다. 작업량이 넘쳐도 사람을 더 쓸 순 없었다.

전에, 애니메이션 제작사에서 일한 적이 있어요. 거기서 원화 채색을 무한 반복하는 일을 한동안 했어요. 사실 개인적으로는 앞이 안 보이는 상황이었거든요. 그 단순한 반복이 절 버티게 해주었다는 생각을 나중에야 했어요. 그림 명상이라고나 할까. 색과 디자인이 어우러져 무한대에 가까운 세계를 표현할 수 있는 것. 색을 쓰는 방식. 글자로 감정을 표현하는 법. 실무적으로 배운 것도 많지만 무엇보다 제가 그 일을 좋아한다는 걸 거기서 알게 되었죠.

그랬나. 그럴 수도. 애초에 송이에게 기대한 건 일용직 도우미 정도의 역할이었다. 급한 상차림을 준비하는 옆에서 시키는 대로 마늘을 까거나 고기를 다지는 일 같은. 처음엔 세일즈 경력을 쳐주어 소모품 매입과 관리로 시작해 소소한 잡무까지 하나씩 떠넘겼다. 재활용품이나 쓰레기 배출은 기본이었고 언제부턴가 송이는 원화 채색을 하고 있었다.

그때 사무실에 있던 셋은 모두 대학을 나왔고 그중 하나는 유학

파였다. 물론 하청받은 애니 밑그림 그리려고 간 유학은 아니었겠지만. 시간강사 한 7년 다니다 끝이 안 보여 접었다는 그녀는 내가 캘리포니아에 있을 때는, 소리를 입에 달고 살았다. 식품영양학을 전공했다는데 어찌된 게 믹스커피 농도 하나를 못 맞추었다. 똑같은 일을 하지만 다른 직원들과는 급이 다르다는 현수막을 이마에 붙이고 살았는데, 저희들끼리 간식을 먹으며 키득거렸다. 열흘을 못 채운다. 아니다 어영부영 3주는 버틸 것이다. 송이를 두고 하는 말이었는데 셋 다 한달을 넘기진 않는다는 데에 의견일치를 보는 듯했다. 가사도우미 수준의 보수를 두고 하는 소리였다. 유석 역시 송이에게 뭘 전공했나 그런 걸 물어보지 않았다. 비슷한 이유에서였다.

1분짜리 동영상을 만드는 데 원래는 1440장의 밑그림이 필요했다. 한 장면에 24장이 들어가면 자연스럽지만 요령껏 줄여서 제작을 했다. 그래도 시리즈물이라도 들어가면 당연히 야근이었다. 야근 끝에 송이 혼자 남아 일을 하기도 했다. 집이 가깝다는 이유였다. 걸어서 20분 거리라는데 사실 20분이 걷기에 만만한 거리는 아니었다.

유석은 중고 컴퓨터에 기본 프로그램만 깔아 송이 책상을 마련해주었다. 잘할 수 있을지 모르겠어요. 제 뇌구조가 울트라 인문계거든요, 중학교 때 두 점 사이 거리를 구하라는 수학문제를 못 풀어서 자로 잰 적도 있어요. 근데 희한하게 그게 맞은 거 있죠. 유석은 생각했다. 천진난만하긴. 그거랑 아무 상관 없단다. 첫 월급을 주면서는 좀 조마조마했다. 다음 날 아침 송이가 제 자리에 앉아 사장님 나오셨어요, 하는 소리에 눈시울이 다 뜨거워졌다. 눈시울이 뜨거운 거와는 별개로 유석은 그 시기에 신경질을 달고 살았다. PT까지 하고선 막판에 다른 회사와 계약하는 업체가 있으면 그 자료 만든 직원이 눈물을 보일 때까지 꾸중을 했다. 콘텐츠가 마음에 안 든다며 퇴짜를 놓는 업체가 있으면 그거 하나를 못 맞춰주냐며 들들 볶았다. 이러면 안되는데 생각하면서도 분노조절이 되지 않았다. 아예 구체적으로 지시를 해주세요. 저희는 더이상 아이디어가 없어요. 목소리가 기어들어가는 직원들에게 소리를 질렀다.

아이디어가 없어! 없다고! 그 머리엔 아이디어가 없지, 당연히. 당신들이 천재야? 레오나르도 다빈치야? 어디서건 가져와. 정 없으면 훔쳐와.

셋 다 유석과 나이가 비슷하거나 위여서 대놓고 반말은 못해도 대충 그렇게 윽박질렀다. 처음엔 긴장하는 눈치더니 언젠가부터 다들 복식호흡을 하며 이 또한 지나가리라, 하는 표정으로 바닥만 내려다보고 있었다. 바쁠 땐 담당이 따로 없었다. 송이가 아동용 국악 뮤지컬 광고에 쓰일 캐릭터와 삽화 이미지라며 들고 온 걸 흘깃 본 유석이 한숨부터 쉬었다. 이건 또 어디서 가지고 왔나. 어린이용 애니의 캐릭터는 너무 뻔해서 그걸로 차별화를 하겠다는 생각은 하지 않는 게 상식이다. 그런데 송이가 가져온 스케치는 독특했다. 딱히 어디 때문인지는 알 수 없었으나 마음을 사로잡았다. 유석은 속으로 감탄했다. 예술이네. 아이디어 드로잉에 불과한데도 생동감이 있었다. 소박하면서도 명료했다. 들고 있는 태평소, 피리, 장고, 소고 같은 것들에서는 날개옷처럼 가벼운 선율이 흘러나왔다. 이차원의 세계를 찢고 허공으로 날아오를 듯한 아이들의 옷깃에선 사삭사삭 소리가 들려왔다.

가져오랬다고 남들이 쓰는 거 막 들고 오고 그러면 우리 한방에 훅 간다.

제가 그냥 해봤어요.

명백히 제 일을 덜어주었는데도 S1은 고개를 갸웃거렸다. 어디서 훔쳐온 거 아냐? 딴 사람은 몰라도 S1이 할 소리는 아니었다. 그때 사무실에서 디자인 담당이 하는 일이 그랬다. 일감을 슥 훑어보고는 잠시 고민하다 자료실로 들어갔다. 자료실엔 오래된 디자인 잡지들, 해외판 미술 잡지, 사진집, 팸플릿 같은 것들이 선반에 정리되어 있었다. 거기서 적당한 사진이나 레터링 같은 걸 찾으면 그 자료의 일부분을 변형하는 작업에 들어갔다. 가운데 혹은 가장자리 일부분을 잘라 그대로 확대해서 사용할 때도 있었고 바탕색을 바꾸거나 두세가지를 조합하는 식으로 시안을 세개쯤 만들었다. S1이 주로 그 일을 해냈다. 유석은 그 시안들을 살펴본 후에 하나를 골라주며 강주 형이 했던 말을 습관적으로 중얼거리곤 했다. 튀겠다는 생각은 하지 마. 중요한 건 고객의 니즈에 접근하는 거지. 독립하고 보니 그 고객의 니즈,라는 게 배고픈 호랑이였다.

그래놓고 S1은 시안 퇴짜맞으면 또 남의 탓을 했다. 담당 새끼가 작업공정에 대한 이해라곤 하나도 없이 뭐 절편 자르듯 잘라서 아무 데나 끼워넣으면 되는 줄 알아. 떡고물이나 챙기려 들고. S1이 입 하나는 남부럽지 않게 험했다. 그럴 때면 S2는 이상한 논리로 편을 들었다. 그래서 시안을 일찍 줄 필요 없다니까? 애들이 습관적으로 빠꾸를 놔요. S3이 마무리를 했다. 그러면 지가 감각있는 걸로 보이는 줄 알아.

　이렇게 부르면 직원이 무척 많았던 것 같지만 이 셋이 다였다. 그러니까 1, 2, 3. 다만 새 프로젝트 들어갈 때마다 알파벳만 바꾸었다. 그건 유석의 아이디어였는데 제 생각에도 꽤나 합리적인 호명 방식이었다. 사무실 벽면의 화이트보드에 이름을 쓰고는 그 아래 작업내용, 일정, 특기사항 등을 기록해놓으면 진행 상황을 한눈에 파악할 수 있었다. A, B, C 순이었는데 X는 사용하지 않았다. 일이 여러개 겹쳐도 호칭만으로 어떤 일에 대한 질문인지 지시인지 알 수 있었다. Z3과 B3은 그러니까 동일인물인 것이다. 알파벳은 변수이고 아라비아숫자는 상수. 송이는, 그냥 송이였다.

　모듈 인생, 레고쪼가리, 저글링, 마린. 내 몸값, 미네랄 오십……B1이나 C3으로 부르면 그렇게 엄살들을 떨었지만 정말 미네랄 오십 정도로 부려먹었던 건 제 이름으로 불렸던 송이였다. 송이는, B4나 F4로 불리고 싶었을까. 언젠가 알파벳 A 차례가 돌아왔을 때 장난처럼 어이 에이포, 불렀을 때 송이 얼굴에 떠올랐던 웃음이 참 그랬지. 얼굴이 살짝 부서지듯 웃던. 계산도 격의도 없이. 이내 사라지긴 했지만.

두번째까진 사실 폭망이었죠. 상처요? 그건 별로. 워낙 제 인생이 폭망의 연속이었거든요. 작업은 즐겁게 했고 제 마음에도 들었고. 그럼 된 거죠. 어쨌든 그 두권이 있었으니 세번째가 나올 수 있었던 거고. 출판사에는, 미안했죠.

원래부터 애가 내숭이랄까 그런 게 없었다. 때로는 그게 지나쳐 상대방을 당황하게 하기도 했고 그런 것들이 모여 스스로의 존엄을 흩어버리기조차 했으니까. 송이의 폭망 인생에 대해선 그 시절에 이미 알고 있었다.

사무실 바로 옆에 손바닥공원이 있었다. 공원이라기엔 작은 공터에 불과한. 시유지라는데 한번도 건물을 안아본 적이 없는지 제법 둥치가 아름을 넘는 나무들이 뜬금없는 자리에 몇그루 서 있었다. 구석엔 플라스틱 미끄럼틀과 그네가 있었지만 주변이 상업지역으로 바뀐 지 오래라 거기서 노는 아이들을 본 적은 없었다. 점심시간이면 근처 사무실 사람들이 나와서 해바라기를 하며 담배를 피웠다. 밤늦게는 부둥켜안고 있는 중학생 커플들이 종종 보였다. 한마디로 심란한 장소였다. 어느 밤에 나오니 송이가 뭔가를 끌어안고 있었다. 놀이터 한가운데 있는 나무였다. 너 뭐하냐? 충전 중이에요. 듣고 보니 그렇게 보였다. 둥치가 제법 굵었다. 유석은 그쪽으로 담배연기를 뿜으며 놀렸다.

그걸로 충전이 돼?

워낙 텅 비어서 뭐로든 충전이 돼요.

좋겠다, 넌. 배터리가 아직 살아 있으니.

힘들다 소리 좀 입에 달고 살지 마세요. 말이 씨 된다잖아요.

거기까지만 하면 될 걸 송이는 또 제 밑천을 죄 들추었다. 그게 얼마나 남루한지 냄새나는지 징그러운지 저만 모르고.

그래도 사장님은 빚잔치가 뭔지 모르죠? 전 철들고만 세번이에요. 우리 엄마가 좀 그래요. 사주팔자가 무재(無財)라나 뭐라나. 벽에 달걀이 붙으면 붙었지 엄마한테는 돈이 안 모인대요. 그래도 그게 파산신청보다는 인간미가 있어요. 마지막 잔치 하고 탈탈 모으니 이백만원쯤 되더라고요. 남아서 남은 게 아니라⋯⋯ 다 아는 사람들이니까. 이모고 삼촌이고 조카들이고⋯⋯ 핏줄이니까. 다시 안 볼 듯 저주를 퍼붓던 끝에 또 제 몫에서 조금씩 떼놓고 일어서더라고요. 그래서 빚잔친가?

누가 지나가다 들으면 둘이 돌잔치 의논이라도 하는 줄 알았을 텐데 유석은 이 여자가 말끝에 돈이나 빌려달라 하면 어쩌나 그런 걱정도 했었고 또 좀체 남 앞에 드러내지 않는 제 얘기를 분위기에 휩쓸려 털어놓고는 후회를 하기도 했다.

속을 들여다보면 다 그래. 우리 아버지는 5년째 암투병 중이거든. 곧 돌아가실 것 같더니 병원에서 무슨 요법이라도 받고 나면 데쳐놓은 시래기 같긴 해도 또 고비를 넘기고. 요즘은 솔직히 마음이 그렇다. 왜 우리 아버지는 오지도 않고 가지도 않으시나. 이 사무실 열면서 엄마한테는 곧 치킨집 차려준다 큰소리했는데 여전히 엄마는 남의 치킨집 주방보조 하고 있고.

매정하게도 송이는 나무를 끌어안고는 맞장구 한번 쳐주는 법이 없었고 유석은 미끄럼틀 위에 쪼그리고 앉아 그만해야지 하면서도 또 이런저런 얘기를 하고 있었다. 그런 밤이 몇번이었더라. 송이는 그 나무를 사랑하는 것처럼 보였다. 오직 그 나무였다. 나무를 껴안고 잠든 듯 가만히 있을 때도, 웃음명상이라도 하듯 혼자서 하하 웃고 있을 때도 있었다. 자꾸 보니 그냥 그런가보다 하게 되었다. 언젠가는 10시쯤 나갔더니 썬글라스를 끼고는 나무를 안고 있었다. 꺼멓긴 한데 렌즈가 크진 않아 어찌 보면 맹인용 안경 같았다. 그건 심오하게 웃기는 광경이었는데 왜 그걸 쓰고 있는지 물어보면 안될 것 같았다.

그게 무슨 나무야?

이거요. 모과나무예요.

어? 어떻게 알았어?

유석이 아는 건 꽃 핀 벚나무와 물든 단풍나무가 고작이었다. 송이가 마지못한 듯 손가락으로 하늘을 찔렀다. 올려다보니 노랗게 익은 모과 두개가 보였다. 내내 달려 있었을 텐데 유석은 보지 못했다. 송이는 또 그걸 노리고 있었던 모양이다. 어느 저녁에 혼자 나갔더니 모과 하나가 모래 바닥에 떨어져 있었다. 들고 왔더니 송이가 한숨을 푸 쉬었다.

그 모과 저 주시면 안돼요?

책상에 올려두면 한 열흘 향이 좋겠지만 나중엔 꺼멓게 될 거다. 차 담그려고? 건네주며 물었더니 뚱한 얼굴로 그랬다.

안고 자려고요.

한동안 그렇게 색칠하는 일에 푹 빠져서 지냈어요. 한참 빠져 있을 땐 지나가는 사람이 컷으로 미분돼서 보이기도 했죠. 아니마,라는 라틴어가 생기 숨결 뭐 그런 뜻이라는데 그 밑그림들에 색칠을 하고 그것들이 살아 있는 것처럼 움직이는 걸 보면 아 내 마음대로 되는 게 있구나, 그런 행복감도 분명 있었어요. 제 상황이 그렇다보니, 네, 마음이 갔죠. 작은 회사였어요. 가족적인 분위기였고 무엇보다도 같이 일했던 분들이 정말 좋았어요. 그분들이 참 여러가지로 도와주셨어요.

처음엔 그랬지.

1과 2와 3이. 성냥팔이 소녀의 언 손을 녹여주고 싶어하는 마음으로. 정수기를 퇴짜놓은 유석을 한목소리로 닦아세운 것처럼.

송이는 참 여러가지를 팔아보았다 했다.

오오! 세일즈 아무나 하나. 세일즈는 자본주의의 꽃이지.

놀리는 줄도 모르고 송이가 하는 얘기를 오다가다 들어보면 세일즈라고 하기엔 좀 그랬다. 마지막 일자리는 오피스가 많은 이 동네에 맞춤한 만물상 같은 가게였다. 정수기만 판 건 아니라 했다. 다양한 사이즈의 서류봉투와 포스트잇, 접착제, 파일북이나 복사지 같은 소모품부터 페트병 가습기, 전동드릴 같은 소형가전도 취급했고 망하거나 이사하는 사무실 비품을 헐값으로 넘겨받아 프린터, 컴퓨터 등을 대여하기도 했는데 그리 크지 않은 가게 안에 없는 게 없다 했다. 그게 자기 가게도 아닌데 그날 울긴 왜 울었어? 위기탈출용 쇼? 아니면 전략? 사실 실적제라 아무래도 좀 필사적일 때가 있긴 했어요. 그날도 딱히 정수기 팔리던 게 아니라 고객 확보 차원에서 나왔거든요. 전화하면 배달도 해주는데 다들 급해서 찾다보니 제법 센 가격에도 가게는 꽤 잘 돌아갔어요. 그 얘길 듣고 1과 2와 3은 단체로 몰려가서는 중고 소형가습기와 전기포트 같은 걸 싸게 샀다며 희희낙락 돌아오기도 했다.

정수기는 약과예요. 프린터 출력까지 해보고는 안하겠다는 데도 있어요.

아주 개새끼들이네. 컬러잉크가 돈이 얼만데. 별별 진상 다 있지?

들어와서 백가지를 물어보고는 멀티콘센트 하나 달랑 들고 반값으로 깎기도 하죠. 그런 사람 오전 오후에 하나씩 꼭 있어요.

다이소로 가든가.

안 판다고, 꺼지라고 했어요.

그때쯤은 꺼지란 말 대신 소심하게 고개를 저었을 뿐임을 알고 있었다. 1과 2와 3은 제 몫의 일들을 살짝살짝 송이한테 미루고는 가끔 쥐 생각 해주는 고양이 같은 말을 던지기도 했다.

송이씨도 이제 자기를 좀 챙겨. 사람들이 이기적인데 그중에서도 가족이 제일 이기적이야. 끝없이 해줘봐. 이제 됐다고 그만하란 소리 하나.

그러고 있어요. 따로 저축도 좀 하려고요.

아니 그런 거 말고 셰이프적인 거. 체중관리도 하고 화장도 좀 하고. 월급 받아서 뭐해. 옷도 좀 사 입어. 너 그러다 젊어보지도 못하고 아줌마 된다?

앞에서 보면 동그란 눈매 때문에 그나마 나은데 뒤에서 보면 어째 애 하나 낳은 아줌마 느낌이긴 했다. 늘 생각없이 말부터 던지는 3의 입바른 소리에 송이의 대답이 참 무심했다.

아줌만데요, 뭐.

그 말끝에 이상하게 유석을 포함한 네 사람은 더이상 말이 없었다. 질문 폭탄이 이어졌을 법한데도. 어머, 자기 결혼한 거야? 남편은 뭐해. 그렇게 일찍? 그런데 송이의 그 말을 썰렁한 농담으로 치부하겠다는 듯 반응이 없었다. 못 들은 걸로 할래, 뭐 그런 기류. 그게 처음은 아니었다. 조용한 실내에 송이가 통화하는 소리가 가끔 들리기도 했다. 그래봤자 멀고 가까운 가족뻘인 듯했지만. 나한테 이러면 안돼요. 그럴 때의 목소리는 한껏 낮출수록 더 또렷이 들려왔다. 셋은 그 막무가내 인간이 누군지 묻지 않았다. 경멸이라는 말은 정확하지 않다. 정체 모를 점성의 질퍽거림에서 얼마간 떨어져 있고 싶었던 건 유석도 마찬가지였다. 그건 송이 탓도 없진 않았다. 어떤 얘기를 할 때면 유석도 속으로 생각했다.

저런 얘긴 밤에 썬글라스 끼고 나무한테나 들려주지.

어느 오후에는 누군가와 아주 반갑게 통화를 했다. 거기서 가까워. 나가진 못해. 잠시는 괜찮아. 얼마 되지 않아 누가 찾아왔는데 한눈에 딱 봐도 날라리였다. 친구 맞아? 싶었다. 믹스커피를 타들고 둘이 자료실에 들어가 30분쯤 있다 나와서는 그 친구는 돌아갔다. 바래다주고 돌아와서 그랬다. 죄송해요. 중학교 때 짝인데 진짜 오랜만에 연락이 돼서. 교우관계가 되게 유연한가봐. 그래야 인생이 재밌긴 하지. 중학교 때 보고 첨이야? 다단계 조심해. 아니, 그런 애 아니에요. 고3 때도 한번 봤어요. 쟤가 제 생일이라고 찾아온 거예요. 전 생일인 줄도 모르고 있었는데, 수업 마치고 나오니 교문 앞에서 기다리고 있더라고요. 애는 참 착했는데. 고등학교는 중간에 그만뒀다 하더라고요. 생일이라고 저녁 사준다고 왔대요. 둘이 명동 나와서 명동 입구에서 잠시 기다리라 하더니 좀 이따 지갑을 세개나 들고 왔더라고요. 뭔 지갑? 1이 물었다. 송이가 무심한 목소리로 대답했다. 남의 지갑이죠. 2가 입을 딱 벌렸다. 남의 지갑! 아무나 사무실 들이고 그러지 마, 송이씨. 1은 서랍 속에 넣어둔 초코바를 똑똑 분질러 제 입에만 넣으며 말했다. 거봐. 내가 뭐랬어. 3이 목소리를 착 깔았다. 출입문 비번 바꿔야 되는 거 아냐? 그만들 하라고, 당신들은 남의 지갑이라도 털어 생일 챙겨주는 그런 뜨거운 친구 돼본 적이 있느냐고 유석이 나섰는데 매사에 아는 척이 습관인 2가 끼어들었다. 그거 안도현 시잖아요. 광화문 글판에도 걸렸던. 연탄재 뭐 그거? 버스 타고 지나다 그 글판 보이면 기분이 좋아. 이렇게 저희들끼리 어쩌고 떠드는 바람에 그냥 넘어간 적도 있었다.

기사 전문이 실려 있다는 인터넷 페이지로 들어가보았다. 그림책 사진이 사이사이 들어가 있었다. 스토리에 맞춘 삽화는 그림이 아니라 사진이었다. 사진인데 그림처럼 보였다. 사진 속 아이템들은 송이가 직접 만들었다 했다. 재질은 아주 다양했다. 종이죽이나 점토로 만들어 색칠을 하거나 연근이나 딸기, 돌 같은 것들을 그대로 사용하기도 했다. 빗줄기는, 국수가락을 썼다. 손박음질로 만든 헝겊 토끼는 썬글라스를 끼고 있었는데 검은색이라 토끼 눈은 보이지 않았다. 뭐 오밤중에도 쓰는데 비 오는 날쯤이야.

시간 엄청 걸리긴 해요. 조금만 타협하면 진도도 빠르고 편해지는 거 아는데 그냥 다 만들어요. 제 손이 이래요. 찍히고 데고 피가 나고. 하고 있을 땐 몰라요. 제가 현실에서도 많이 무뎌요. 원래 무뎠나? 그렇기도 했겠지만 둔감해지지 않고는 견딜 수 없는 굴곡이 좀 있었으니까.

솟구쳤다 푹 꺼지던, 푹 꺼지기 위해 잠시 평탄하곤 하던 그녀의 굴곡에 대해 유석은 안다. 그게 '좀'이 아니란 것도. 늦가을엔 한동안 점심시간에 조퇴가 잦았다. 아버지가 구치소에 들어가 있다 했다. 사정을 물어보면 참 소상히도 얘기를 했다.

산에서 같이 술 마시던 사람을 칼로 찔렀다데요. 그 사람이 술에 취해 무어라 큰 소리를 지르는 걸 자기한테 화를 낸다고 생각한 것 같아요. 팔자 좋으시다. 산에 놀러 다니시고. 그건 아니고 등산로에 아이스박스 놓고 뭘 좀 팔아요. 여름엔 아이스케키 박스 몇군데 두면 그게 괜찮거든요. 한개 2000원인데 밤에 맞춰보면 사람들이 되게 정직해요. 근데 아주 가끔씩 털어가는 놈도 있긴 해요. 아이스 케키 팔면서 술은 왜 마셨대? 아이스케키는 여름 한철이죠. 컵라면 이나 막걸리도 같이 파는데 그걸 조금씩…… 알코홀릭이셔? 중독 이냐고. 그것보다는, 정신이 좀. 타인에 대한 공감력이 부족하대요. 그게 싸이코패슨데. 싸이코패스는 아니고요. 공사판에서 일하실 때 높은 데서 떨어진 적이 있거든요. 겉으로 티가 안 나서 그냥 넘 어갔는데 그때 전두엽인가, 어디 뇌를 조금 다친 것 같대요. 멀쩡하 다가 갑자기 폭발하듯 화를 막 낼 때가 있어요. 자주는 아닌데 그 럴 땐 대화가 안돼요.

지하철을 두번 갈아타고 의왕까지 가서 면회를 하고 돌아오면 오후가 다 지나갔다. 물론 빠진 시간만큼 야근을 하긴 했지만. 송이 가 그렇게 의왕까지 뛰어다닐 때 셋은 또 송이를 뜨악하게 대했다. 송이가 멀쩡하다 갑자기 칼을 들고 덤비기라도 할 것처럼.

그해 초겨울에 강주 형이 한번 보자 전화를 했다. 청담동에서 저 녁을 먹었는데 유석 혼자 허겁지겁 먹다보니 형은 깨작거리기만 하고 별로 먹질 않았다. 소믈리에가 와서 와인을 추천하는데 자신 은 와인에 대해 모른다며 그가 권하는 걸 주문하는 형이 되게 팬찮 아 보였다. 형은 세계를 떠돌다 며칠 전에 돌아왔다 했다. 한걸음 앞서 미래를 맞이하기 위해. 연초부터 배낭을 메고 떠돌았다는 형 이 시간여행자처럼 보였다.

런던과 토오꾜오와 상하이를 거쳐 여름부터는 뉴욕에서 머물렀어. 눈앞에 코를 박고 있다간 한순간 도태돼버릴 것 같아서.

아 진짜. 형이 그런 얘기 하면 어떡해. 뭐가 무서워요?

다 무서워. 가장 무서운 건 이거야. 유일무이한 신.

형은 손바닥에 놓인 휴대폰을 내려다보았다. 멀찍이. 팔을 늘어뜨린 채.

사무실은 잘되니?

압구정에서 사람을 만나고 신사동에서 술을 마시지만 중고 포르셰를 사지는 못했다는 농담을 할까 하다 그냥 웃었다.

지금 하는 걸로는 미래가 없어. 휴대폰을 플랫폼으로 하는 사업을 준비하고 있어. 먼저 매력적인 게임을 만들어 시장에 돌풍을 일으키고, 그걸로 애니메이션을 만들 거야. 그게 잘되면 캐릭터를 출시할 거고. 게임 자체는 아주 단순하게 갈 거야. 그렇지만 세상의 단순명료한 일들이 다 그렇듯이 엄청나게 복잡하고 힘든 준비작업이 필요하겠지.

게임은 형이 해온 일이 아닌데.

다행인 건 게임의 진화 속도가 너무 빨라서 오히려 승산이 있어. 그걸 따라잡으려 하지 말고 다른 방향으로 슬쩍 디뎌보는 거지. 시스템도 거의 만들어놨고 앞으로는 회사도 클러스터 시스템으로 갈까 해. 각각 다른 일을 하는 팀을 모으는 거지. 포도송이처럼. 그래서.

형은 비로소 와인의 첫 모금을 마셨다.

너도 한번 참여해보라고.

에이 제가 어떻게요.

겸손이 아니라 실제로 깜냥이 안된다 생각했다.

너보고 직접 집까지 지으라는 게 아냐. 설계도를 그려보라는 거지. 한번 들어서면 출구를 찾고 싶지 않은 미로를 설계해봐. 결과와 상관없이 기본 경비는 부담해줄게. 출시까지 이어지게 되면 그때부턴 러닝개런티 방식이고.

형 목소리가 한층 달콤했다. 마스터플랜 제출 시한은 9주 후였다. 기본적인 업무를 하면서 가외로 작업을 해야 했으나 사무실 분위기는 나쁘지 않았다. 형은 약속대로 세부정산이 필요없는 사업비를 입금해주었고 유석은 그중 일부로 시간외근무 수당을 따로 지급했다.

뭐 스토리 시안만이라면 널널한 거 아니에요? 제작이 머리 쥐나는 거지. 2의 태평스러운 전망과 달리 처음엔 막연했다. 우린 그냥 색칠하는 게 속 편해요. 그건 사장님이 해보세요. 3이 현실을 일깨웠다. 끼어들 자리가 아니라고 생각했는지 송이가 조심스레 말했다. 어차피 채택 안될 거다 생각하고 자유롭게 의견들을 내다보면 뜻밖의 아이디어가 나올 수도 있어요. 그러니까 이런 식이었다.

……로케이션은 외딴 섬. 도입부에서 위성 시점으로 섬을 내려다보면 아주 긴 다리로 육지와 연결된 섬은 막대사탕처럼 보여. 북쪽엔 무성한 방풍림이 있어. 그 반대편엔 휴양시설의 불빛이 화려하게 반짝이고. 계절은, 여름 저녁이 좋겠네요. 피서객을 위한 축

제가 시작된 걸로 하면 자연스러우니까. 높이 쏘아올린 불꽃 하나가 펼친 우산모양 하늘에 잠시 머무는 걸 시작으로 미친 듯이 불꽃이 터져. 연기에 가려 한동안 섬이 보이지 않아. 암울한 상황에 대한 복선이야. 상징이겠지. 보는 사람의 간이 서늘해지도록 시점이 순간 낙하하면서 실내 장면으로 들어오는 거야. 축제를 끔찍이 싫어해서 당번을 자처한 여주인공이 새우깡을 먹으면서 만화를 읽고 있어. 벽 한면을 가득 채운 폐쇄회로 화면에 가끔 시선을 주면서. 과자 종류나 만화는 사용자가 선택할 수 있어. 물론 비용이 들지. 뱅헤어에 패션은 흑백의 한복. 치렁한 거 말고 유관순 스타일. 오렌지색 머리는 가발이야. 나쁘지 않네. 제어시스템에서 경보가 울리고 여주인공이 만화책을 집어던지고 일어서면서 오렌지색 가발을 벗어던지는 걸로 오프닝. 갈등구조는요? 별일 있으랴 하고 활단층 위에 세운 구조물인데 가까운 대륙붕에서 진도 7의 지진이 발생한 거지. 이 구조물은 사실 핵폐기물 저장시설이고 유관순 한복은 핵 전문가야. 님비 때문에 시설의 존재는 국가기밀에 부쳐져 있어. 당황한 여주인공은 일단 사내 비밀연애 중인 연구원 유석에게 전화를 하지만 가족을 만나러 서울 간다고 거짓말하고는 휴양지 클럽으로 놀러 간 그의 휴대폰은 꺼져 있어. 딱 우리 사장님 캐릭터네. 내가 뭘? 공포에 사로잡힌 여주인공은 스포츠카를 타고 시속 180으로 섬을 탈출하다 결국은 다리 진입로에서 유턴을 해. 마침 심상찮은 흔들림을 느낀 유석도 급히 복귀하고. 나를 지킬 것인가 지구를 지킬 것인가 갈등하면서 상황을 타개하는 게 기본구조야. 차라리 시끌벅적한 여주인공의 스물아홉번째 생일을 오프닝으로 하면 어때요? 행복과 재앙의 보색대비 같은. 좋아, 첫 장면은 여주인공 생일파티로. 「반지의 제왕」 오프닝 씬을 떠올리는 사람이 있겠는데? 그런가, 생일파티는 누구나 하는 건데. 사실 거기서 아이디어를 얻은 거 맞아요. 그렇게 중구난방 떠들다가 누군가의 한숨과 비관론이 대두되고 종내는 무산되는 식이었다. 아휴 핵이라니. 너무 암울해요. 에헤이. 그거야 그냥 패션 같은 거지. 플랫폼이 스마트폰이라면 좀더 미니멀해야 되는 거 아니에요……?

숱한 스토리들이 만들어졌다가 다양한 이유로 폐기되었지만 괜찮은 방식이었다. 겨울 동안 사무실은 활기에 차 있었고 그중 출시까지 연결된 건 호박공주님 시리즈였다. 연애 시뮬레이션 게임은 어때요? 송이가 처음 아이디어를 꺼냈을 땐 다들 반대하는 분위기였다. 아이고 그게 언제적 유행인데. 나 중3 때 전성기였지. 그거 하다 재수할 뻔했잖아. 일단 남자들은 안할 거 아냐? 거기다 주인공이 장애인이라니, 응? 송이가 은근히 고집을 부렸다. 새로운 살인 방식만 창조하느니 좀 살냄새 나는 것도 좋잖아요. 송이가 짜놓은 스토리를 보니 독특한 물건이 나올 것 같기도 했다. 그러네. 그러면 되겠네. 브레인스토밍이 이래서 필요하다니까. 유석이 애매하게 눙치고 나면 송이의 아이디어는 공동의 것이 되었다. 송이 말처럼 어차피 안될 거다 생각하면서 접근하니 조바심에서 나오는 자체 검열도 없었다.

단순함의 미학이 있네. 뭐 이쪽으로 전공한 거 아냐?

유석이 말 한마디로 천냥 빚을 갚아보겠다고 날린 립서비스였는데 송이가 면접생 분위기로 대답했다.

전공까지는 아니고요. 특성화고가 있어요. 애니메이션 고등학교라고⋯⋯

주도권을 빼앗겼다 생각했는지 은근히 불편한 기색이었던 1과 2와 3이 기다렸다는 듯 각을 세웠다. 어머, 왜 여태 얘기 안했어? 우리 하는 게 속으로 되게 우스웠겠다? 1이 그게 아니라, 하는 송이의 말을 자르고 단정했다. 감쪽같이 속였네! 에헤이 그게 뭘. 속이긴 뭘 속여. 유석의 말에 2가 퍼르르했다. 말 안하는 게 속이는 거죠. 송이가 없는 데선 더했다. 애가 비밀이 많아. 미혼모 아니겠어? 사실 우리야 디자인이지 애니 쪽은 아니잖아. 셋은 급조된 결속감으로 뭉쳐서는 심지어 송이가 뭘 쳐다보는 방식까지 트집을 잡기 시작했다.

이상하게 사람하고 눈을 못 맞춘다? 애가 좀 숩해.

결정적으로 틀어진 건 출근한 1이 제 모니터에서 낯선 시놉시스와 캐릭터를 발견한 일 때문이었다. 누가 내 컴퓨터 해킹했나? 1의 말에 송이가 아, 하면서 벌떡 일어섰다. 어제 제가 좀⋯⋯ 죄송해요. 일요일에 나와서 거기서 뭘 좀 만들어본 모양이었다. 제 컴퓨터엔 깔려 있지 않은 프로그램이 필요했겠지. 저장장치에 옮기고는 지우는 걸 깜박한 것 같았다. 그 자리에선 아무 대답을 안해 송이를 더 불편하게 해놓고는 뒷말을 했다. 쟤 다른 일 받아와서 하나봐. 월급 받으면서 그러면 안되지. 애가 사람을 배신할 눈빛이야. 자료실에라도 들어가면 문이 닫히기도 전에 차갑게 그랬다.

내가 쟤 뒤통수만 봐도 갑상선 기능이 떨어지는 거 같아. 막 오슬오슬 떨려.

최종적으로 네편의 시놉시스를 보냈다. 설마 그게 채택되리라고는 생각하지 않았는데 형은 호박공주님 스토리가 아주 좋다고 했다.

사실 청각장애인용 게임은 이미 나온 게 있어. 내용은 이거와 완전 다르지만. 이이노 겐지라는 일본 사람이 만들었지. 소리를 시각적 자극으로 바꾸어서 보여주는 아이디어가 아주 신선했는데.

잠시 화면 멈추고 피를 걸레로 훔쳐내고 싶어지던 그 살상게임 만든 애요?

그렇지. 애는 아니고. 이미 고인이야. 이건 또다른 감성이네. 캐릭터도 아주 매력적이고 진짜 장애인 가족이 만든 것 같아. 디테일이 좋아. 몇가지 수익장치 넣기도 좋은 구조야.

기술적으로 가능해요? 소리를 시각이미지로 만든다는 게?

뭐, 장애인을 위한 게임이라는 이미지가 중요한 거지. 실제 청각장애인을 위한 건 아니지. 몇가지 포인트만 살리면 돼. 예를 들면 가쁜 숨소리를 가슴의 오르내림으로 표현한다든가 바람소리 대신 헐렁한 외투자락을 펄럭이게 하는 식이지.

짐작은 했지만 형이 프로젝트에 참여를 권유한 팀은 유석만이 아니었다. 스마트폰 기반의 게임은 동시에 3종이 출시되었다. 셋

다 시장 반응이 기대 이상이었지만 호박공주님은 여러가지로 이슈가 되었다. 청각장애인용이라는 호기심으로 촉발된 시장은 비장애인들이 더 열광하면서 기대 이상의 파란을 일으켰다. 셋 중에서 캐릭터 판매가 가장 많이 된 것도, 배너광고가 가장 많이 들어온 것도 호박공주님이었다. 유석으로선 기쁜 한편 어리둥절했다. 게임 영상은 일부러 그런 듯 실사 느낌을 덜어낸 터라 첫인상이 철 지난 만화 느낌이었다. 부진을 예언했던 게임평론가들 역시 고개를 갸웃거렸다. 형은 아이디어가 좋았다고 공을 유석에게 돌렸다.

무엇보다 청각장애인용이라는, 엄청나게 작은 시장규모를 알면서도 개발했다는 공적 가치가 기폭제가 된 거지. 한번 거품이 흘러넘치면 사소한 결점들은 다 덮여버리게 되는 거고. 정치적 올바름이라고나 할까. 조금 각도가 다르긴 하지만. 네가 트렌드에 대한 감각이 있어.

정신없는 시간이 지나고 형이 한번 찾아왔다. 오후에 와서 사무실을 둘러보고는 저녁을 거하게 샀는데 생선회와 초밥이 차려진 식탁 앞에서 어찌나 이야기를 재미있게 했는지. 게임에서 뮤지컬로, 영화로, 세상의 모든 애니 캐릭터를 만나볼 수 있는 시부야의 쇼핑몰로 종횡무진 오간 대화에 늙은 여우들의 눈에선 하트가 비눗방울처럼 퐁퐁 솟아나왔다. 헤어지고 밤늦게 형은 따로 전화를 했다.

잘 들어갔지? 그럼요. 형 고마웠어요. 고맙긴. 내가 고맙지. 근데, 네가 원래 여자사람 취향이 좀 빈티지했나? 그건 아니고요. 월급도 많이 못 주고 하니까. 그래도 다들 성실하긴 해요. 네가 인간성이 좋다. 너도 알겠지만 여기 직원들 지난해부터 공채야. 유학파도 여럿 있고. 일단 너 혼자 전략본부로 들어와. 총괄업무를 맡게 될 거야. 한명만 데리고 가는 건 어때요? 파티에 가면서 식은 도시락 들고 가겠니.

형은 처음의 두가지 약속을 지킨 셈이다. 출시한 첫 분기부터 러닝개런티를 지급했다. 개발비용과 경상비 분담금, 광고비 등을 제하고 계산한데다 세금까지 원천징수 하고 나니 예상보단 적은 액수이긴 했으나 유석이 벌던 것과는 규모가 달랐다. 통화할 때와는 달리 클러스터로 들어오는 방식에 대해선 유석에게 알아서 하라고 했다. 팀으로 오든 혼자 오든. 유석은 일단 혼자 들어가기로 했다. 제 팀을 따로 관리한다는 게 얼마나 고달픈 일인지 뼈저리게 느낀 끝이기도 했고 혼자 온다면 개발팀 아닌 전략본부 쪽 일을 맡기겠다는 형의 말이 유혹적이었다. 봄이 한창일 때 저간의 사정을 쏙 빼고 경영난으로 사무실을 접는 걸로 마무리했다. 단체로 마지막 회식을 했고 송이와는 따로 한번 저녁을 먹었다. 밥집에서 나와 헤어지기 전 유석이 바퀴벌레 턱 넘어가듯 말했다.

자기도 열심히 해서 앞으로 성공해야지.

그래야죠.

말하는 사람이나 받는 사람이나 어째 힘이 하나도 안 들어가 있던 인사. 말하는 사람이나 받는 사람이나 전혀 믿지 않았던 인사를 나누고 걸어가다 뒤를 돌아보았다. 사람들 사이로 섞여드는 뒷모습에 무슨 계시처럼 그런 생각이 떠올랐다. 저 여자, 앞으로의 삶도 지금과 달라지지 않을 것이다. 절대로.

　같은 건물에 있는데도 강주 형의 얼굴을 회사보다는 신문지면에서 보는 일이 더 잦아졌다. 회사 이름은 미래전략 기업으로 오르내렸고 지난해 가을엔 서초동의 5층짜리 건물을 사들여 사옥을 이전했다. 그래놓고 형은 배낭을 메고 바깥으로 떠돌았다. 미국인지 중국인지, 상하이인지 뉴욕인지, 왕징 거리인지 맨해튼인지 행선지는 말하지 않았다. 불안해서. 무엇에 대한 불안인지는 정작 모르겠고. 확실한 건 또 얼마 지나지 않아 완전히 새로운 플랫폼이 나온다는 것, 그게 무언지 짐작할 수도 없다는 것뿐이야. 화두처럼 그런 말을 던져놓았을 뿐이었다. 대학과 기업의 특강초청을 가려서 거절하고 대출을 해주겠다는 지점장들의 전화를 요령껏 피하는 일은 유석이 맡았다. 그외에도 유석이 하는 일은 아주 다양했다.

　언젠가는 그곳 얘기를 그림책으로 만들어보고 싶긴 해요. 그 시간이 없었더라면 지금의 저도 없을 테니까. 캐릭터는 다 만들어놨는데. 별명도 있어요. 알고보면소심쟁이, 입냄새대박, 수전노, 어차피대머리. 아, 그분들이 이 기사 보면 안되는데.(웃음)

활짝 웃는 송이 손바닥에 인형 네개가 놓여 있었다.
그 시절, 간이침대에서 자고 일어나 손바닥으로 얼굴을 쓱 비비고는 그만이었던, 야식 사오라며 만원 한장을 내밀던, 떡진 머리카락 사이로 두피가 허옇게 드러나 있던 유석은 그 넷 전부이기도 했다. 그래도 유석은 저를 곧바로 알아보았다. 실제보다 머리카락이 많이 부족하고 실제보다 나이 들어 보이고 실제보다 약아 보이지만 남자인형은 하나뿐이었다. 그땐 빠지는 머리카락쯤은 신경 쓸 상황이 아니었지. 그러니까 선택의 여지 없이 '어차피대머리'. 하지만 머리카락보다는 그 양손에 하나씩 들려 있는 당근.

그 밤의 놀이터가 떠올랐다.
청담동에서 강주 형을 만나기 전날 밤. 아니다. 자정을 훌쩍 넘겼으니 같은 날이구나. 다들 돌아가고 집이 가까운 송이와 둘이서 끝이 안 보이는 노가다를 하고 있었다. 바람 좀 쐬고 오겠다고 나간 송이가 들어오질 않아 슬그머니 찾아나선 참이었다. 송이는 예의 썬글라스를 쓰고 모과나무를 껴안고 있었다. 날도 추운데. 유석은 미끄럼틀 위에 올라앉아 담배를 한대 피웠다. 달이 떠 있었고 날이 흐린지 달의 윤곽은 희미했다. 흐릿한 달은 아득히 멀어 손 닿지 않는 어떤 구멍, 여기보단 환하고 따뜻한 곳으로의 출구 같기도 했다. 언제쯤부터 유석은 옷소매로 눈두덩을 문지르고 있었다. 눈두덩을 문지르며 속 얘기를 늘어놓고 있었다. 그때쯤 피차 속을 너무 까발리는 바람에 더이상 털어놓을 게 없으면 좋았으련만 둘 다 그러질 못했다.
송이는 또 무슨 얘기를 더했더라. 하나 있는 남동생이 장애가 있다는 얘기. 지금 엄마와는 같이 살지 않는다는 얘기. 아버지도 동생도 가끔은 저도 모르게 송이를 엄마라고 부른다는 얘기. 동생은 안 보이니 그런다지만 아버지가 눈 번히 뜨고 그럴 땐 참 무어라 말로 할 수 없는 마음이라는 얘기. 뭐 그런 것들. 송이가 아줌마도 미혼모도 아니라는 얘길 사무실 여우들에게 해주진 않았다. 유석이 보기엔 그게 그거였다. 그나마 송이의 아버지는 구치소에서 나와 집으로 돌아왔는데 유석의 아버지는 다시 병원에 들어갔고 엄마는 치킨집 주방보조마저 내려놓고 간병을 하러 따라갔다, 뭐 그런 얘기도.

사무실은 남은 보증금을 까면 봄까지는 버틸 수 있는데도 건물주는 월세 3개월치가 연체된 시점부터 착실히 내용증명을 보냈다. 월급날이 다가오면 두피에 쥐가 났다. 납기가 정해진 일을 받을 땐 스케줄을 확인하며 받아야 하는데 당시엔 그럴 수가 없었다. 어떻게 되겠지. 쫓길 줄 뻔히 알면서 학습교재 신제품 론칭에 쓸 영상물을 덥석 계약한 게 있었는데 말도 안되게 까다롭게 굴었다. 기본적인 스토리보드를 주면서 나머지는 자유롭게 해달라더니 절반쯤 진행된 상태에서 바뀐 스토리보드를 보내왔다. 어찌어찌 마무리해서 샘플을 보냈더니 엄청 맘에 든다 해놓고는 말끝에 자잘한 요구사항을 덧붙였다. 전무님 영상 레퍼런스 하나만 짧게 넣어주세요. 타이포 좀 강하게 고쳐주세요. 저희는 괜찮은데 사장님이 마음에 안 드신다 해서. 다른 시안을 하나 더…… 피드백 들어갈 때마다 말짱한 얼굴로 사람 팔짝 뛰게 만들었다. 인건비와 디자인 비용을 추가로 요구했더니 계약서를 내밀었다. 추가비용 협상은 없다는 조항까진 괜찮은데 납기가 늦어지면 하루에 1프로씩 위약금이 부과되는 조항이 들어 있었다. 설마 이렇게 늦어질 줄은 꿈에도 몰랐고 그런 조항이 있다는 사실조차 잊고 있었다. 어떻게 인간이 이럴 수 있어, 엉? 사무실에서 하소연하면 까만 눈동자 네쌍이 그런 유석을 강 건너 불 보듯 쳐다보았다. 자료실에서 쪽잠을 자면서 버티는 중이었다. 너무 피곤한데도 누우면 밀린 일감이 가슴에 턱 얹히면서 눈이 말똥말똥해졌다. 전날 오후에 유석은 열한번째 퇴짜를 맞고 돌아왔다. 그 밤에 유석은 다 집어치우고 어디로 달아나버리고 싶었다. 달을 올려다보고 있으니 앞뒤 없는 말이 불쑥 나왔다.

아까 내가, 양손에 총이 있었으면 거기 있는 놈들 다 쏴죽이고 나도 죽었을 거야.

송이는 모과나무를 끌어안은 채로 언제나처럼 못 들은 척 제 얘기만 했다.

아버지가요. 같이 술 마시던 사람을 칼로 찌른 얘긴 했죠? 그게 원래 구형이 세다데요. 근데 멘탈이 정상이 아니란 진단을 받았어요. 나라에서 다 해주더라고요. 그게 참작이 돼서 그냥 나왔거든요. 선택할 수 있는 거면, 사장님은 어떤 걸 선택하시겠어요?

그 새끼들이 생글생글 웃으며 얘기하는 게 한두번 돈 떼어먹은 내공이 아니야. 결국은 잔금 안 주겠다는 거지.

그러니까 말짱한 정신으로 형기를 꽉 채우는 게 나을까요, 실성한 사람이라는 표지를 붙이고 바깥에 있는 게 나을까요? 아버지 입장이 아니라 제 입장에서요, 네?

지난여름에 왜, 원화를 너무 줄여서 영상이 툭툭 끊기는 성경학교 교재 있었잖아. 암말 않고 받아간 전도사님들이 천사였다는 생각이 새삼 들더라니까.

샌드백을 끌어안은 권투선수처럼 나무를 안은 채로 송이가 달래듯 그랬다.

사장님이나 저나, 그래서 양손에 총이 아니라 당근을 들고 있어야 되는 거예요, 네?

눈앞이 희끗하더니 콧등에 무언가 내려앉았다. 차가운 점. 첫눈이었다. 올려다본 하늘엔 여전히 달이 떠 있었다.

그러니까 썬글라스를 낀 채로 모과나무를 안고 있던 송이.

기억의 멀고 가까움이 물리적인 시간이 아니라 강렬함으로 정해지는 거라면 그건 아마도 가장 가까운 기억이겠다. 새벽까지 희미하게 달이 떠 있던 놀이터는 줄이 한량없이 긴 괘종시계의 추처럼 예고 없이 스윽 떠오르곤 했다. 날것의 밑바닥을 누군가에게 들켰다고 느끼는 순간, 무릎이 꺾일 만큼 힘든 순간, 어떤 석연치 않은 순간, 그리고 또…… 그 새벽에 송이는 서로가 한층 가까워졌다고 생각했을까? 유석은? 잘 모르겠다. 다만 그 새벽에 유석이 가장 힘든 시간을 지나고 있었던 건 사실이다.

유석은 자잘한 모래알갱이가 굴러다니는 듯한 눈에 인공눈물을 한방울씩 떨어뜨렸다. 쾌감이 한기처럼 퍼져나갔고 언제나처럼 빠르게 사라졌다. 유석은 그림책 페이지를 확대해 숨은 그림이라도 찾듯 들여다보았다.

근데 애들은 똥 묻은 팬티를 찾아 어디까지 가고 있는 거야? 도로도 없는 어디 황량한 사막. 성한 데가 한군데도 없는 지프를 타고. 앞유리는 왕창 깨져 달아나버렸는데, 비는 쏟아지는데. 조수석에 앉은 토끼는 깜깜한 썬글라스를 끼고 대가 긴 우산을 바깥으로 펼쳐들어 들이치는 비를 막아주고 있었다. 근데 사막에 비는 또 왜 와? 유석은 송이가 옆에 있는 것처럼 뚱하게 중얼거렸다. 그거야 시적 허용이죠. 옆에 있었다면 언제나처럼 또 멀고 뜬금없는 소리를 했겠지. 새벽까지 희미하게 떠 있던 달만큼이나.

목
놓
아

우
네

비어 있음을 알리며 조금씩 열린 아홉개의 문을 지나쳐 맨 안쪽 칸엘 들어가 문을 닫고는 변기커버를 내리고 그 위에 엉덩이를 내려놓았다. 약간 선득하지만 곧 체온으로 데워져 이물감이 없어질 것이다. 심은 숨을 죽이고 잠시 귀를 기울여본다.

낮과 달라진 게 없을 텐데도 이 시간의 화장실 불빛은 탐조등의 그것처럼 집요하다. 청소부들이 퇴근하기 전 말끔히 닦아놓은 바닥의 타일들이 만년빙처럼 차가워 보인다. 맞은편까지 모두 스무 칸인 화장실에는 지금 아무도 없다. 딱 한번 누가 문을 두드린 적이 있었지만 지금보다 이른, 8시 무렵이었던 걸로 기억된다. 목을 뒤로 깊숙이 젖혔다가 세우며 등을 기댔다. 누군가 단단한 손으로 받쳐주는 듯한 이 느낌이 좋다.

심은 무릎 위에 올려놓은 검은 봉지를 열어 투명한 비닐봉지를 끄집어낸다. 엄지손가락 크기의 김밥 몇개가 들어 있다. 하나를 손으로 집어 입에 넣는다. 눅눅해진 김에서 비릿한 향이 나지만 두어번 씹으면 특유의 맛이 입안에 번지기 시작한다. 매사에 계산이 빠른 황은 지하철 출구에 미니트럭을 세워놓고 이 김밥을 파는 남자의 수입이 엄청나다고 했다. 출근시간에 나와 준비해온 김밥이 다 팔리면 트럭은 사라지는데, 황의 추정은 이랬다. 계산을 해봤는데 하루 매출이 120만원 안팎, 원가는 넉넉잡아 25프로. 오후엔 포르셰 타고 청담동에서 놀아요. 언젠가 본 적이 있어요. 둘러서서 김밥을 집어 먹던 사람들이 다 웃었다. 3500원짜리 이 김밥엔 구운 스팸만 들어 있다. 맛은 나쁘지 않다. 사실 나쁘지 않은 정도가 아니라 중독성이 있어 일요일 오후엔 특유의 잔향이 그리워지기도 한다.

김밥을 씹으면서 습관처럼 왼손에 든 휴대폰의 문자함을 열어 읽다 시선이 멈춘다. 그리 오래되진 않았지만 까마득한 시간 저편의 상형문자처럼 그건 매번 독해가 쉽지 않다.

우리 사이의 일이 프로젝트 때문이라고 생각하는 건 아니겠지요. 나로선 사랑하지만 같이할 수 없는 사람도 있다는 걸 알았어요. 무언가 극복할 수 없는 다름이 있었어요. 정작 둘만 있을 땐 없는 사람과 함께 있는 것 같았고.

사랑. 사랑하는 사이라면 다름이란 극복하는 게 아니라 인정해야 하는 게 아닌가. 심은 그때 그렇게 쓴 답을 보내지 못했다. 이 자리에 앉아 목을 뒤로 한껏 젖혔다 세우고는 김밥을 입에 넣고 꼭꼭 씹을 때의 느낌에 꼭 들어맞는 단어가 없는 것처럼, 세상에는 사랑이라는 단어에 꼭 들어맞는 관계는 없을지도 모른다고 생각했다. 언제나처럼 김밥을 완전히 삼킨 후에야 새 걸 입에 넣는다. 바깥으로 밤참을 먹으러 나간 동료들은 심이 이를 닦고 커피를 가글하듯 마시고 스피어향의 치클껌 세개를 한꺼번에 씹어 김밥의 흔적을 지운 후에야 들어올 것이다. 밥에는 가다랑어, 설탕, 식초로 짐작되는 맛이 희미하게 섞여 있다. 아마도 약간의 인공조미료도 들어 있겠지. 팀원들에겐 요즘 역류성 식도염이 재발하여 야식을 못한다고 말해두었다. 역류성 식도염의 증상이 실제로 어떤지는 알지 못한다. 그 병엔 짜고 매운 음식, 특히 야식이 가장 나쁘다는 신문기사를 읽었을 때 심은 만성 역류성 식도염 환자가 되기로 했다.

김밥은 느리고도 빠르게 줄어든다. 바싹 구운 스팸의 풍미도 매혹의 근원이겠지만 다 먹어도 포만감이 느껴지지 않는 이 애매한 분량이 중독의 비밀일 수도 있겠다. 마지막 하나를 입에 넣고 비닐봉지를 구겨 쥐고는 더 천천히 씹었다. 김밥 파는 남자의 얼굴을 떠올려보려 했는데 김밥을 살 때마다 그가 한번도 이쪽 얼굴을 쳐다보지 않았다는 생각이 들자 포르셰를 탄다는 황의 말이 사실일 수도 있겠다 싶었다. 문자메시지가 들어온다. 모르는 번호였고 두번 읽고는 잘못 보낸 거란 걸 알았다.

이제 추풍령. 속이 쓰려 국수 한그릇. 식도를 잘라버릴까봐. 역류성 식도염엔 밤참이 쥐약이라는데. 찍찍! 불 켜놓고 나가. 퇴근할 때 항생제 몇 알만.

심은 식사의 마지막 여운이 흐트러진 것에 약간 짜증이 났으나 평소의 심이라면 결코 하지 않았을 짓을 하고 있었다. 변기커버 위에서 김밥을 오물거리며 짧지 않은 문자를 입력한 건, 역류성 식도염 때문이었을 것이다. 어쨌거나 동병상련이란 옛말도 있지 않은가.

*

아, 좋다!

코끝이 촉촉해진다. 마약중독자처럼 컵을 코 아래 대고 숨을 깊이 들이마시던 심은 그만 참지 못하고 한모금을 홀짝 마셔버린다. 헌 식도로 뜨거운 커피가 흘러가는 느낌이 부르르 떨리도록 좋다. 날렵한 하현달의 흰빛이 환하게 흩뿌려진 하늘을 올려다보았다. 실외에 있는 매대들은 이 시간엔 영업을 하지 않는다. 대형 유리창 안쪽, 환한 조명 아래 와글거리는 사람들이 현미경 아래 샬레의 세균처럼 보인다. 끊임없이 무언가를 먹고 꿈틀거리는, 개별성이 없는 무리. 잠 같은 건 자지 않는 싸이보그처럼 느껴지는 건 금속성의 조명 탓이겠지.

한 손에 컵을 든 채 오른팔을 뒤로 조심조심 돌려보았다. 견갑골 사이에 시멘트 반죽을 부어놓은 것처럼 팔은 어느 지점에서 멈춘다. 운전대를 잡고 있으면 통증은 팔을 따라 내려와 손가락까지 뻣뻣해진다. 등이 굳으면 꼭 체증이 같이 오고 식도염 증상도 덩달아

심해진다. 못 견딜 지경이면 들르는 지압원 원장은 사람의 몸은 바깥과 안이 유기적으로 연결되어 있다며 쇄골 아래쪽을 손가락으로 아주 살짝 누른다. 심은 기절할 것 같은 통증에 그의 손을 확 뜯어내고 말았다.

냄새만 맡고 버려야지 하고 뽑아온 커피를 다 마셔버렸다. 의사는 당분간 죽을 먹으라 권했지만 병원을 다녀온 후로 한끼도 먹지 않았다. 심은 죽어도 죽을 먹기가 싫다. 호주머니에서 문자 도착음이 들려왔지만 확인하지 않았다. 응, 아니면 몰라. 둘 중 하나일 것이고 무엇이든 상관없다. 심 역시 집에 있는 가족에게 안부문자를 보내는 심정으로 날렸으니까. 몰라,는 윤의 부정문이다. 응,이라고 했다 해서 그녀가 약속을 지키는 것도 아니다. 나가는 길에 세탁물을 맡겨달라거나 밀린 설거지를 해놓으라거나 하진 않았으니 보나마나 응,이겠지.

그녀와 이렇게 오래 같이 지내게 될 줄은 몰랐다. 다가구 연립의 2층인 심의 집엔 방이 두개였고 하나는 비워둔 채로 지냈다. 동료 기사가 관만 한 크기의 방 월세가 50이라며, 그래도 자기는 도저히 고시원 생활은 못하겠다고 푸념하는 걸 듣고는 부동산 사이트에 올려놓았었다. 제대로 된 가구가 없어 막 이사 나간 집 같은 실내를 휴대폰으로 찍은 사진을 보니 휑뎅그렁한 게 살상게임의 배경화면처럼 보여 벤자민 화분 하나를 컴퓨터 그래픽으로 집어넣었다. 화분 하나에 거실 풍경이 어찌나 풍요로워 보이는지 진짜로 사다놓을까 생각도 해봤다. 혹 클레임을 걸까봐 화분 구석에 깨알 같은 글씨로 '이미지'라고 무늬처럼 써놓았는데 와보지도 않고 계약한 윤은 화분 따위 기억도 못했다. 지나가는 말로 화분이나 하나 들여놓을까, 물어보았더니 물도 줘야 하고 생각만 해도 귀찮아, 그랬다. 이사 들어오고서야 대학병원의 간호사란 걸 알았는데 근무가 없는 시간엔 잠만 자니 부딪칠 일도 없었다. 각자의 방에 있을 때보다는 이렇게 심야의 휴게소에서 혼자 커피를 홀짝이다 청결한 병원 복도를 걸어가는 윤의 모습을 상상할 때가 훨씬 친밀한 느낌이 들었다. 혼자 지낼 때 강아지 한마리를 입양했다가 석달 만에 차에 태우고 나가 화물을 실으러 간 부둣가에 내려놓고 돌아왔다. 이틀 만에 집에 돌아와보면 벽지를 죄다 할퀴어 뜯어놓거나 모노륨장판을 갈기갈기 찢어놓았다. 발톱이 빠진 자리에 피가 엉겨 있었고 어린 게 늘 분노에 차 있었다. 어디에 있든 여기보단 낫겠다 싶었다. 컵을 버리고 트럭에 올라 시동을 걸고는 습관처럼 오일 게이지를 확인한 뒤 기어를 넣기 전에 무심코 메시지를 열어보았다. 이런.

ㅎ 잘못 보내셨네요. 역류성 식도염엔 밀가루 음식도 좋지 않습니다.

윤에게 다시 문자를 보낼까 하다 휴대폰을 조수석에 던져버렸다.

심은 길 위에서의 삶이 짐작보다 나쁘지 않다고 생각한다. 키가 작아 트럭에 오를 땐 한껏 다리를 치켜들고 허벅지에 힘을 주어야 하지만 지상에서 1미터쯤 떠 있는 이 닫힌 공간을 심은 좋아한다. 다른 직업을 꿈꾸어본 적도 없다. 꼬박 뜬눈으로 새우는 한이 있어도 시간은 꼭 지켜왔다. 한번 일을 맡겨본 사람들은 계속 일을 맡겼다. 서울의 동쪽 끝에 스물두평짜리 집을 마련할 수 있었던 것도 이 트럭 덕분이다. 열살이 넘은 이 차와는 정이 깊었다. 한밤중 똑같은 화물트럭들이 줄줄이 서 있어도 한눈에 알아볼 수 있다. 도로에 차가 너무 없어도 심야운전은 힘들다. 지금처럼 적당히, 저만치 앞에서 유도하듯 달리는 차도 있고 백미러 속으로 멀찌감치 따라오는 불빛도 보여야 마음이 편안하다.

　손가락이 쥐가 나듯 저리기 시작한다. 심은 핸들을 잡은 제 손을 내려다보았다. 손은 크고 두툼할뿐더러 화물을 부릴 때 입은 상처들이 굳은살로 남았다. 손가락은 어떤 반지도 들어가지 않을 만큼 울퉁불퉁하다. 영락없는 남자 손이다. 손뿐인가. 10년 넘게 이 일을 해오는 동안 외모는 천천히 변해갔다. 귓불이 드러나도록 짧게 친 머리야 기르면 되겠지만, 턱선은 근육에 묻히고 목도 두꺼워졌다. 나뭇가지 모양의 자벌레가 색깔마저 나뭇등걸 빛깔로 진화한 것과 같은 까닭이겠지. 대놓고 말하진 않아도 차에서 내리는 심을 본 사람들은 비어 있는 운전석과 심을 새삼 번갈아 쳐다보곤 했다. 짧게 커트한 머리와 립스틱조차 바르지 않은 심을 보고 누군가는 농담처럼 그랬지. 여잔 줄 알았어요. 심은 그런 농담이 하나도 아프지 않다. 그보다는 커피가 건드려놓은 식도가 뻐근하더니 명치끝이 찌르듯 아파온다. 문자를 보낸 사람은 어떤 사람일까. 역류성 식도염을 앓는 심심한 아줌마? 마음이 따스한 사람이네. 심은 조수석에 쌓인 잡동사니들을 손바닥으로 더듬어 겔포스 봉지 하나를 찾아 앞니로 쭉 찢었다. 콘솔박스를 열어보면 윤이 병원에서 챙겨다준 알약이 있겠지만 우선은 이게 빠르다.

거대한 컨테이너 트럭이 질주해서 스치자 몸이 두어번 출렁인다. 그래도 이 안은 세상에서 가장 안전한 곳. 심에겐 그랬다. 충청도의 소도시에서 식당을 하던 부모님은 교통사고로 즉사했다. 일을 마치고 돌아오던 밤에 집에서 그리 멀지 않은 국도의 교차로에서 생긴 사고였다. 사고 후로도 심은 고향을 떠날 때까지 그 교차로를 여러번 지나쳐야 했다. 통행하는 차량이 별로 없는 교차로는 10시 이후엔 점멸신호로 바뀌었다. 피곤에 전 아버지는 어쩌면 약간 졸았을지도 모른다. 교차로는 컴컴했고 마침 좌측으로 진행 중이던 트럭이 빠지는 속도를 가늠하며 그대로 직진했을 것이다. 대형 컨테이너를 운반하는 트럭의 후미는 아버지의 짐작보다 훨씬 길었고 비어 있었으며 점멸등은 없었다. 심이 여섯살 때였다. 마지막 모습은 보지 못했다. 오랜 시간이 흐른 후에, 큰고모는 찐고구마를 먹으며 말했다. 보여주려야 보여줄 게 없었어. 산산이 흩어져버렸지. 심은 큰고모 외엔 누굴 미워해본 적이 없다. 미워하는 마음이 생길 수 있는 감정의 자기장 안에 들어온 사람이 없어서였을 것이다. 문방구에서 분홍색의 모조 진주목걸이를 훔쳤을 때, 훔쳤다기보다는 지불의 개념이 없던 여섯살짜리 딸의 뺨을 아프게 후려쳤던 아버지의 손길이 애착이었다는 걸 나중에야 깨달았을 때 몹시 보고 싶던 이후로, 이제는 그 기억마저 죽은 자의 살처럼 흩어져버린 지 오래되었다.

빈 겔포스 봉지를 조수석 바닥에 던져버리고 심은 오디오 버튼을 눌렀다. 썸바디 썸바디 썸바디…… 노래 제목은 모른다. 언제나 그 부분만 따라 부른다. 썸바디 썸바디 썸바디…… 이번엔 입을 닫고 노래에 귀를 기울이다 문득 또렷한 목소리로 중얼거린다. 완벽해. 다른 CD를 사야겠다는 생각은 해본 적이 없다.

*

"지적된 두곳의 공정은 개스킷의 연결방식에서 발생 가능한 문제점을 찾아내기 위한 의도된 오류로 봐주시기 바랍니다. 우리 나라에선 처음 시도하는 방식이기 때문에 저희로선 엄청난 부담을 가지고 진행했습니다. 공사가 시작된 후에 접합부분의 오차가 30밀리미터 이상 벌어지면 완전히 제로베이스로 돌아가야 합니다. 제로베이스가 무엇입니까? 투입된 콘크리트 구조물을 다시 50미터의 해저에서 지상으로 끌어올려야 되는 작업입니다. 자, 그 장면을 한번 상상해봅시다."

심은 말을 멈추고 비로소 타원형의 긴 테이블에 앉아 자신을 쳐다보는 사람들을 내려다보았다. 이렇게 매번 심이 프레젠테이션을 담당하는 건, 논리적이면서도 결정적인 순간엔 마음을 뒤흔드는 감성적인 말재주 때문일 것이다. 한결 마음의 여유가 생기면서 문이 입은 원피스의 실루엣과 색깔까지 또렷이 보인다. 새로 샀을까. 그 주황색 원피스 덕분에 회의장 전체가 화사할 지경인데 정작 문의 표정은 그리 밝지가 않다. 어쩌면 저 표정을 보기 위해 에너지

음료를 보약처럼 들이켜며 밤을 새웠을지도.

"돌이켜보면 교량설계에 관한 한 최고의 기술과 경험이 축적되었다고 자부하는 저희들이지만 한순간도 긴장을 늦출 수 없는 과정이었습니다. 솔직히 이 최종판의 완성도는 저희가 수차 변경했던 설계의 오류 부분이 아니었다면 도달하기 어려웠음을, 이제는 고백할 수 있습니다."

앉아 있는 사람들 중 몇이 감회에 젖은 표정을 지었다.

"기술축적과 피드백 효과를 생각해보면 그동안의 몇가지 문제의 발생이 오히려 축복이라는 생각이 들더군요. 모든 실패에는 운명적 요소가 있고, 동시에 그런 상황에서 영감을 받아 획기적인 기술도약을 이룰 만큼의 잠재력이 저희에게 있다는 걸 확인할 수 있는 기회였습니다. 사실 저로서는……"

어쩜 이렇게 말을 잘할까. 심은 끊임없이 말을 토해내는 한편 그런 스스로에게 경탄한다. 파워포인트와 청중을 적절히 오가며 듣는 사람을 쥐락펴락하는 사람이 자신이 아닌 것 같다. 겨우 삼십대 중반에 경영의 실권을 쥐고 있다는 본부장의 표정도 느낌이 괜찮다. 교량과 해저터널이 결합된 이 거대 프로젝트의 실제 결정권자는 그의 아버지일 것이다. 아무리 갑이지만 너무 싸가지 없는 거 아냐? 회식자리에서 누군가 그의 말투를 욕하자 문이 말했지. 싸가지 있으면, 그거 위선 아닌가요? 심과 단둘이 있을 때 그녀는 그런 똑부러진 모습을 보여준 적이 없었다. 어떡하지? 왜 프로그램이 멈추나 모르겠네. 솜털 뽀송한 어린 새처럼 늘 고개를 갸웃거리거나 손가락을 살짝 깨물며 쳐다보았다. 마무리를 하고 내려와 자리에 앉자 비로소 심장이 쪼그라드는 듯한 긴장이 밀려온다. 무엇보다도, 문은 이 양복을 기억하고 있을까.

사내의 설계기획팀은 모두 다섯인데 입찰을 준비하는 방식이 조금 특이하다. 회사 차원에서 공모참여가 결정되면 프로젝트는 두 개 팀이 동시에 진행해나간다. 어느 시기까지는 정보를 공유하며 기본설계도 같이 진행한다. 서로 문제점을 지적하고 보완해가는 동안 설계의 완성도는 높아간다. 그렇게 시너지효과를 누리다가 어느 시점부터 분리해서 진행하고 입찰도 따로 들어간다. 회사로선 수주 확률이 두배로 높아지지만 시간이 흐를수록 초기의 가족적 분위기는 흔적 없이 사라지고 살기 찬 전투에 돌입한다. 사무실을 같이 쓰는 건, 상대에게 빼오고 싶은 게 있으면 수단과 방법을 가리지 말라는 사측의 권유처럼 보였다. 팀원은 고정되어 있지 않고 프로젝트마다 매번 새로 팀을 꾸렸다. 그렇긴 해도 어느정도까지 진행된 상태에서 팀을 바꾸는 경우는 없었다.

2년 전 신입으로 들어와 심의 팀에 배정된 것이 문과의 첫 만남이었다. 영리하고 눈치가 빨랐다. 프로젝트의 틀이 잡히면 전체를 돋보이게 해줄 만한 감각적인 아이디어들을 곧잘 내놓았다. 외모에 대한 평가는 편차가 컸으나 심의 눈엔 예뻤다. 뽀얀 피부 때문인지 문에게 호감을 가진 남자 사원들이 많았지만 문은 심만 따라다녔다. 알을 깨고 눈을 뜨는 순간 심을 본 오리처럼. 오리 오리 꽥꽥, 동료들이 대놓고 놀렸다.

그때라고 심의 성격이 지금과 다르진 않았다. 회사 사람들과 일을 진행하는 데는 어려움이 없었지만 막상 친하게 지내는 동료는 하나도 없었다. 프레젠테이션이 맡겨지면 열정적으로 능숙하게 치러냈지만 사적인 대인관계에서는 늘 서투르다 못해 먼저 도망치곤 했다. 누군가와 단둘이 있게 되면 등이 축축해지곤 했다. 후배가 여자를 소개시켜주겠다 했을 때 만나는 사람이 있다고 거짓말을 한 적도 있다. 그런 심의 성격을 아는 사람은 심 외엔 아무도 없다. 심지어 심의 부모조차도.

　그 오후의 사무실엔 둘뿐이었다. 내내 그랬던 건 아니고 사람들이 들락거리던 틈새였을 것이다. 출근길에 계절답지 않은 폭우가 쏟아졌고 점심때가 되기 전에 비가 그치자 사무실 안으로 늦봄의 햇살이 찬란하게 부서져 들어왔다. 앉아 있던 심에게 다가온 문이 허리를 숙여 속삭이듯 말했다. 옷 사러 가시면 엘리베이터에서 가장 가까운 매장에 들어가서 처음 입어본 걸로 사들고 나오죠? 심은 화들짝 놀라, 날 본 적 있어요? 물어볼 뻔했다. 월요일 PT 있잖아요. 팀장님에겐 블랙보다는 감청색 양복이 어울릴 것 같아요. 이제 여름이잖아요. 그러고 문은 제자리로 돌아갔는데 심은 귀뿌리가 타는 듯 뜨거웠다. 지난번에 입은 게 칙칙해 보였나? 하긴 그 옷은 좋이 3년은 되었다. 심은 한 계절에 두벌의 양복으로 지냈다. 봄 가을은 구분조차 없었지만 부족하다고 여긴 적은 없었다. 그날 퇴근 후에 택시를 타고 백화점으로 갔다. 엘리베이터 옆 매장에 들어가서 줄무늬 없는 검정 양복을 고르는 걸로 끝이었던 평소와 달리 남성복 매장 전체를 천천히 둘러보았다. 모든 옷들이 다 똑같아 보였다. 한번 더 돌다 적극적으로 호객을 하지 않는 매장으로 들어가 감청색 양복을 보여달라고 하자 판매원은 세벌의 옷을 펼쳐 보였다. 줄무늬가 들어가지 않은 두벌 중에서 판매원은 더 비싼 쪽을 권했다. 지불할 만한 가치가 있죠. 그렇게 말하는 판매원이 전문가처럼 보였다. 세일을 하지 않는 양복을 산 건 처음이었다. 옷 한벌을 사는 데 한시간 반이나 투자한 것도 처음이었다. 월요일 그 옷을 입고 프레젠테이션을 했고, 복도에서 지나치던 문이 속삭였다. 다른 사람처럼 보였어요. 다른 사람처럼 보인 게 발표 때문인지, 아니면 새 양복 때문인지, 혹은 새 양복을 입고 발표를 하는 모습이었는지 알 수 없었지만 양복에 들인 돈과 시간이 아깝지 않았다. 그 무렵이 일에 있어서도 심에겐 절정의 시기였다. 직전 분기엔 200프로의 성과급이 비공식적으로 심의 팀에 지급되었지만 그건 회사 내에서 비밀도 아니었다.

이어진 도 팀장의 발표가 진행되는 동안 심은 테이블 위의 작은 흠집을 찾아내서 노려보고 있었다. 세부가 조금 다를 뿐 심의 것과 비슷하다. 연결오차를 줄이기 위한 타설 공법도, 개스킷을 연결하는 플렌지 방식도. 그럴 수밖에. 문이 도의 팀으로 옮겨가기 전 진행하던 부분이었다. 심에겐 도 팀장의 설명이 한층 차분해 보인다. 심의 것보다 한단계 더 나아간 보완책도 들어 있다. 구조적인 차이는 없으나 건축주의 마음을 끌 만한 디테일이다. 예를 들자면, 쌍둥이 주상복합 건물의 한쪽 옥상은 시멘트로 마무리되고 한쪽은 야생화와 등나무 테라스가 있는 것 같은. 손바닥에 땀이 났고 혀 뿌리에 침이 고인다. 배는 고프지 않은데 스팸김밥 생각이 간절하다. 출근할 때 PT에 온통 정신이 팔려 그걸 사오지 않았다는 생각이 들자 더 초조해진다. 오른쪽 다리를 달달 떨고 있다는 걸 깨닫고 심은 손바닥으로 제 허벅지를 지그시 눌렀다. 종아리에 쥐가 나는 것 같다. 모두들 앞에 있는 도가 아니라 자신을 주시하고 있는 것 같다. 마침 전화가 오기라도 한 듯 심은 휴대폰을 꺼내들었다. 대출업체로 추정되는 부재중 번호가 두개였고 입력되지 않은 번호가 찍힌 문자가 하나 와 있다.

국수! 그래도 역류성 식도염에 가장 나쁜 건 스트레스와 철야라는군요. ㅠㅠ

국수. 국수. 맨 끝에 달린 우는 모습의 이모티콘을 보자 누구인지 짐작이 되었다. 같은 병을 앓고 있다고 생각하는 걸까. 심은 끈끈한 손바닥으로 액정을 문질렀다. 역류성 식도염의 증상은 어떤 걸까. 검색을 해보니 5분만 읽으면 전문의 노릇도 하겠다 싶었다. 위산의 역류로 인한 식도 상피세포의 손상으로 인한 염증. 새벽에 증상이 심해지며 통증 부위가 비슷해 심근경색과 혼동할 수도. 불규칙한 생활과 스트레스…… 심은, 저 역시 스트레스와 철야가 일용하는 양식이지만 이 병을 앓고 있지는 않습니다,라고 썼다가 지운다. 민간요법에 의존하기보다는 병원에서 꾸준히 치료받아야 하며 완치가 쉽지 않습니다,라고 썼다가 지운 후에도 도의 발표는 끝나지 않는다. 식도염엔 사과가 특별한 효과가 있습니다. 그래도 속쓰림엔

양배추즙보다 좋은 게 없는 것 같아요. 즙 만들기가 어려우면 성분을 담은 일본산 알약도 나와 있어요. 도의 말이 문자 사이로 파고든다. 침매방식에서 구조물 연결부위의 틈은 현실적으로 불가피한 것이며 가상의 오차 수치는 별 의미가 없고…… 저 새끼가. 목이 졸린 듯 숨쉬기가 어렵다. 심은 쓰고 있던 문자를 전송해버렸다.

　문과는 복합상영관에서 영화를 본 게 첫 데이트였다. 그전에 어정쩡한 저녁 약속이 두어번 있었고, 밥을 먹으면서도 일 얘기를 나누었지만 세번째 저녁을 먹으면서 더이상 일 때문인 척할 수 없다는 걸 알았다. 단둘이 있는데도 심박동이 불규칙해진다거나 얼굴로 피가 몰리고 커다란 손이 가슴을 꽉 쥐어짜는 듯한 압박감을 느끼지 않는다는 걸 깨달았던 날이다. 그녀는 심의 성격을 치유해주었다. 떠남으로써 그 증상은 급격히 그리고 치명적으로 재발했지만.

　먼저 보자고 해놓고 한시간이나 늦게 온 문은 모임이 그렇게 늦게 끝날 줄은 몰랐다면서도 무슨 자리였는지 말하지 않았다. 이미 저녁을 먹었다기에 심도 먹었다고 거짓말을 하고 들어간 까페는 유난히 들락거리는 손님이 많았다. 원두 가는 소리와 스팀 내는 소리가 끊임없어 정신이 하나도 없었다. 문이 얘기를 할 때 몇번이나 되물어야 했는데 꼭 소음 때문은 아니었다. 도의 팀으로 옮긴다는 게 무슨 소린지 이해되지 않았고 자기가 진행해온 부분은 갖고 가겠다고 했을 땐 더욱 이해가 되지 않았다. 심이, 안된다고 대놓고 말하지 못하고 그건 우리 팀이 여태껏, 그러니까 공동의…… 더듬거리자 문은 말을 자르며 조근조근 말했다. 사실 저도 힘들었어요. 어느 지점부터 이건 아니다, 이렇게 해서는 어렵다는 확신이 들었어요. 제가 몇번이나 문제를 지적했지만 받아들여지질 않았어요. 팀장님이야 다 모르셨겠지만. 문은 무언가 더 말을 하려다 차라리 말을 말자 하는 표정을 지으며 곧추세우고 있던 등을 의자에 기댔다. 심은 말하는 도중에 자기가 말을 더듬고 있는 걸 알았고 그러자 더 심하게 버벅거렸다. 이, 이건 치, 칠개월 동안 내가, 우리가 같이…… 핵심적인 부분은 이미, 끄, 끄, 끝…… 갑자기 말을 더듬자 문은 놀란 듯 동그랗게 눈을 떴지만 귀엽다는 생각은 들지 않았다. 사실상 설계는 끝난 단계이고 이제 모형제작에 들어갈 때란 걸 알고 있지 않느냐는 말은 꺼내지도 못했다. 그렇게 생각하고 계시는구나. 이 방식은 특허도 아니고 뭣도 아니에요. 모든 교량설계에 어떤 방식으로 적용하느냐에 따라 기능이 달라지는, 만능볼트에 가까운 거죠. 그녀가 그렇게 말할 때 심의 머릿속으로 몇개의 장면이 슬라이드처럼 연결되었다. 그의 어깨에 양복을 대보면서 색깔의 조화를 가늠하던 표정, 밤을 새워 수정한 부분을 보여주자, 어떻게 이런 아이디어가 나올 수 있는 거죠? 할 때의 표정, 심의 옆에서 뒤늦게 잠이 깬 문이 부신 듯 콧등을 찌푸리던 얼굴, 그리고, 그리고……

  이후로 심은 하룻밤 사이 푹 꺼져버린 구덩이에 물이 고인 우물처럼 변해버렸다. 아니다. 그 우물은 심의 내부에 원래부터 있던 우물이었다. 다만 조금 더 깊고 차갑고 어두워졌을 뿐.

새벽에 들어와 샤워도 귀찮아서 바로 침대에 쓰러졌다. 통증 때문에 잠이 깼는데도 좀체 일어나질 못하겠다. 냉장고에 우유가 있을라나. 암막을 덧댄 커튼을 쳐두어 한밤중처럼 어둡지만 늦은 오전일 것이다. 비 맞은 볏짚처럼 한동안 널브러져 있다가 철수세미로 속을 싹싹 문대는 듯한 통증을 더는 견딜 수 없어 일어났다. 우선 물이라도 한잔 마셔야지. 현관에 함부로 벗어던진 윤의 주황색 구두가 보인다. 지금 막 잠들었겠구나. 심은 발소리를 죽여 냉장고 쪽으로 걸어갔다. 식탁 위엔, 아마도 윤이 가져다놓았을 약 봉투 하나가 놓여 있다. 고마워라.

대놓고 말한 적은 없지만 심은 윤이 좋았다. 윤은 5월의 흔한 하루처럼 밝았고 다감하고 단순했다. 심에겐 없는 면모였다. 이를테면, 밤근무 때도 분장에 가까운 화장을 하고 나서는 까닭을 물었을 때 진지한 표정으로 그랬다. 사실 한시도 긴장을 늦출 수가 없어. 심이, 병원이란 데가 그렇긴 하지, 언제 곡소리가 날지, 맞장구를 치자 역시 진지한 얼굴로 오해를 정정해주었다. 그게 아니고, 어느 모퉁이에서 씽글인 의사와 맞닥뜨릴지 모른다고.

하루 종일 앉아 있는 게 흡연보다 나빠. 심혈관계 질환으로 사망할 확률이 35프로나 높다니까. 휴게소에 자주 들르고 맨손체조라도 해. 밤낮을 바꿔 사는 것도 안 좋은데 깨어 있는 내내 앉아 있으니. 그 말이 얼마나 애틋하게 느껴졌는지 윤은 모를 것이다. 병원

갈 시간을 맞추기 어려운 심을 위해 이렇게 약을 챙겨다주기도 했다. 밤당번 다음 날이면 조금이라도 더 자게 해주려고 가스레인지도 켜지 않고 티브이도 안 켜는 걸 저는 모르겠지만.

조심조심 걸어서 소리 안 나게 냉장고 문을 열려고 손목에 한껏 힘을 주고 있는데 윤의 목소리가 들린다. 통 잔소리가 없어서 편하긴 한데, 남자 아닌가 몰라. 가까이서 얼굴을 마주치면 화들짝 놀란다니까. 목소린 또 어떻고. 소파에 앉아 있을 땐 고래 한마리가 턱 누워 있는 것 같아. 보나마나 천연기념물이지. 어느 남자가…… 심이 방문 여는 소리를 못 듣기도 했을 테고 제 방문 틈이 약간 열려 있는 줄도 모르는 모양이다. 쪼로록. 좁은 빨대로 공기와 액체가 뒤섞여 끓어오르는 소리. 그녀가 좋아하는 다이어트 콜라가 바닥을 드러냈나보다. 냉장고와 방 사이가 아득하니 멀게 느껴지는데 윤의 목소리는 사정없이 거실로 쏟아져나온다. 내 방에 가끔 들어온다니까. 다 알아. 엄마가 보낸 유자차를 절반이나 덜어갔는데 그건 뭐 괜찮아. 팬티도 하나 없어진 것 같아. 큰맘 먹고 세트로 산 건데 아무리 찾아도 없어. 너무 징그러운 거 있지. 의뭉스러운데다 미련하기까지 하다니까. 심은 왼손에 들고 있던 약 봉투를 식탁 위에 도로 내려놓았다. 까치발을 하고 방으로 돌아와 문을 닫고는 이불을 뒤집어썼다. 심장이 쿵쾅거린다. 모르는 줄 알았는데. 그녀의 말은 맞기도 하고 틀리기도 하다. 유자차는 윤이 먼저 타주었다. 마트에서 산 것과는 묘하게 맛이 달랐다. 어떻게 다르다고 표현할 수 없는 차이였다. 며칠 전에 속이 아파 따뜻하게 한잔 마시려고 냉장고를 보니 병이 보이질 않았다. 제 방 책꽂이 아래칸에 놓아둔 걸 두어번 타서 마셨다. 심이 사들고 온 귤이나 호두과자를 식탁에 올려놓고 너나없이 먹어온 것처럼. 다 먹고 나면 제가 하나 사다놓을 참이었다.

그리고 팬티. 그건 할 말이 없다. 걷어온 빨래를 개키다 섞여 들어온 그 손바닥만 한 게 윤의 것인 줄 알면서도 심은 도로 내다놓질 않았다. 왜 그랬는지 저도 모르겠다. 그것뿐이다. 그 작은 천 조각은 어떤 마술의 소품처럼 여겨졌다. 자신에겐 애초부터 없었거나 저도 모르는 이유로 사라져버린 어떤 것을 되돌려줄 바로 그것 같다는 건 나중 생각이었고 그 순간엔 그냥 꺼내놓고 싶지가 않았다. 유자차라면 몰라도 그건 설명이 불가능하다는 생각이 들었고 문자 신호음이 들려왔을 때는 절망적인 심정이었다. 심이 마루에 나왔던 걸 알아챘을 거란 생각이 들었다. ……사과, 그리고 양배추. 심은 또박또박 읽어보았다. 가만히 들여다보았다. 다시 읽어보았다. 좋아하지도 않는 양배추라는 이름을 소리 내어 읽자 왜 가슴이 뻐근하면서 눈물이 차츰 차오르는지 알 수 없었다.

*

늦을세라 연신 시계를 들여다보며 줄을 서서 사가는 사람들은 알까. 이 김밥의 맛이 매일 달라진다는 걸. 배합초의 비율에 따라 단맛이나 신맛이 도드라지는 날도 있고 김의 두께도 미세하게 달라져 살짝 질기거나 너무 얇아서 아쉬움이 느껴지기도 한다. 다 괜찮다. 스팸의 기름기가 쭉 빠지지 않았을 땐 늦잠을 잤구나, 이해한다. 그래도 입에 넣고 꼭꼭 씹다보면 달달한 맛이 나면서 그 모든 차이들이 사라지니까. 삼키고 나면 잠깐 식도가 뻐근하지만 물까지 챙겨올 순 없다. 입에 김밥을 밀어넣고 쓰기 시작한 문자를, 꿀꺽 삼키는 순간 전송하고 다시 하나를 집어넣는다. 이 리듬이 심은 마음에 든다. 통화를 위해 채 씹지 않은 김밥을 급히 삼켜버리지 않아도 되고 전화를 끊기 전에 저녁이나 한번 같이하자는 말을 하지 않아도 된다. 무엇보다도, 불과 일주일 사이 우리는 서로에 대해 놀랍도록 많은 것을 알게 되었다. 일주일 동안 낮밤을 내리 같이 지낸 것보다 훨씬 더.

언제부턴가 사무실 사람들은 단체로 야참을 먹으러 갈 때도 심에겐 아예 같이 나가잔 말을 하지 않는다. 그들이 심의 역류성 식도염을 내심 좋아한다는 억하심정이 들 때도 있다. 들어올 때 간혹 전복죽이나 호박죽을 사다주는 그들의 옷에서 풍기는 냄새만으로도 무엇을 먹었는지 알 수 있었고 냄새가 사람을 외롭게 만들기도 한다는 걸 알았다. 문은 이 김밥을 좋아하지 않는다. 막내가 언젠가 나누어 먹겠다고 넉넉히 사들고 와 펼쳐놓았을 때, 심은 제 서랍 속에 똑같은 게 들어 있다는 얘기는 하지 않고 두어개 집어 먹었다. 문은 고개를 가로저었다. 그거 쓰레기야. 황이 포르세 얘기를 한 게 그날이다. 황이 정작 하고 싶은 말은 이거였겠지. 이 김밥 우습게 보지 마.

문과 만나는 동안 심은 두벌의 양복을 더 구입했다. 그중 하나는 문이 같이 가서 골라주었다. 옷을 사고 난 심이 마음에 드는 옷을 하나 골라보라고 하자 문은 말했다. 여자들은 옷 사는 데 시간이 좀 걸려요. 한벌 사는 데 보통 마라톤 풀코스를 완주하죠. 심은 백화점을 좋아하지 않았다. 양복 한벌을 샀을 뿐인데 피로가 밀려왔다. 옷 대신 문이 평소에 갖고 싶었다던 핸드백을 사는 데는 채 10분이 걸리지 않아 심도 문만큼이나 만족스러웠다. 물론 누구나 쇼핑에 동행해주었다고 고가의 핸드백을 선물하진 않는다. 사실은 그 전날 밤의 이야기를 하지 않으면 백화점에서의 일련의 구매행위는 잘 이해가 되지 않는다. 그러니까 둘이 하나의 괄호 속에 묶인 날이라고나 할까. 보통의 젊은이들에겐 드물지 않을 그런 일이 개인적인 관계 맺기에 극심한 두려움을 느끼는 심에겐 코페르니쿠스적인 전복의 경험이었다는 걸 문 역시 알지 못했을 것이다.

중간보고서 때문에 팀 전체가 차려자세로 서서 대표에게 완전히 깨지고 사무실로 돌아왔을 때 황이 볼멘소리로 말했다. 오늘이제 생일이에요. 우리 집에서 술이나 푸죠. 그렇게 깨지지 않았더라면, 황이 지방 출신인데다 미역국 한그릇 끓여줄 사람 없는 씽글이 아니었다면, 황의 오피스텔이 회사에서 5분 거리가 아니었다면, 무엇보다도 팀의 책임자라는 자신의 입장이 아니었다면 무슨 핑계를 만들어 봉투만 하나 내밀고는 빠졌을 것이다. 얼마씩 돈을 모아 급히 차린 생일상은 제법 풍성했다. 닭튀김과 초밥, 방울토마토와 수박, 피자까지 펼쳐놓으니 작은 앉은뱅이 탁자가 꽉 찼다. 먼저 케이

크에 촛불을 켜고 악악거리며 축하송을 부른 후엔 폭탄주 담당인 막내가 소주와 맥주를 쫓기듯 말아서 돌렸고 초밥을 안주 삼아 취해갔다.

문은 특이하게도 소주잔에 맥주를 부어 계속 원샷을 하며 방글방글 웃고 있었고 심에겐 그게 그렇게 귀엽게 보였다. 라면 몇개를 끓여 냄비 위에 머리를 맞댄 채 먹기도 했는데, 그게 먼저인지 갑자기 막내가 무어라 무어라 떠들다 울음을 터뜨린 게 먼저인지는 모르겠다. 누군가 막내를 꼭 안아주자 마치 취중의 게임처럼 돌아가면서 안아주었는데, 오직 심만이 안아주지 않았다는 걸 혹시 누가 눈치채진 않았을까, 내내 신경이 쓰였다. 그날 씽글인 남자들은 심 외엔 모두 거기 쓰러져 잤고 막내는 다시 말짱해져서 언니나 데려다주라며 씩씩하게 손을 흔들고는 택시를 잡았다. 문이 많이 취했지만 그날 심의 집에서 밤을 보낸 게 심 멋대로 벌인 일만은 아니라고 생각했다. 심은, 그럴 배포가 못 되었다. 그날 우리는 사랑을 나누었다. 사랑을 나누다니. 참으로 진부한 표현이다. 그래도 그렇게 말할 수밖에 없는 건, 이전의 다른 여자들과는 사랑을 나눈 게 아니라 다만 섹스를 했을 뿐이었다는 생각이 들어서다. 그러나 그녀 역시 사랑을 나누었다고 생각했는지는 모르겠다.

지난해 시작된 이번 프로젝트가 심으로선 어쩐지 궁합이 맞질 않는다는 느낌이었다. 겨울도 끝인가 싶었던 2월 초에 가파르지도 않은 집 앞 골목에서 흙 사이에 박혀 있던 얼음에 미끄러져 나동그라지는 바람에 새끼발가락에 금이 가 한달 동안 깁스를 하고 지내야 했고, 중간보고서를 제출할 때마다 이런저런 트집과 함께 반려되어 매번 수정해서 제출해야 했다. 공간디자인 파트를 문에게 맡긴 건 발가락을 다쳐 거동이 불편하다거나 시간에 쫓겨서 그랬던 건 아니다. 그래보고 싶다는 말을 문이 먼저 꺼냈다. 듣고 보니 수석 디자인팀에 이름을 올린다면 상당한 경력이 되어주리라는 생각이 들어 심이 더욱 서둘러 물밑 작업을 했다. 공식적으로는 공동설계였지만 비공식적으론 심이 주로 작업을 하고 완성된 파일을 그녀에게 건네주는 식이었다. 공간디자인과 기초설계의 접목방식을 가르쳐주려는데, 문은 손가락으로 제 귀 뒤를 콕 찔렀다. 그냥 다운로드해줘, 여기다. 서른이 넘은 지 한참인 여자가 이렇게 귀여울 수 있다니. 심은 고개를 끄덕이고 말았다. 이제 마음을 다 정리했다 해놓고도 어떤 장면이 불쑥불쑥 떠오르는 건 어쩔 수가 없다.

사무실 사람들은 요즘 공공연히 그녀의 욕을 늘어놓는다. 학교 다닐 때부터 유명했다는데. 어떻게 그 많은 남자들과 놀아나면서 학위를 받은 건지 동기들이 경악했다더군. 능력자야! 심과 그녀 사이의 일을 모르는 걸까? 아니면 그런 여자와 찢어진 걸 위로하는 방식일까. 팀뿐만이 아니라 회사 전체가 알고 있지는 않을까. 내가 없는 자리에선 모두들 내 얘기를 하며 웃지 않을까. 요즈음 심이 자신을 부려놓을 수 있는 곳은 이 좁은 칸막이 안쪽뿐이다.

심씨는 모두 동성동본인 거 알고 계시죠?

여자가 보낸 문자에 심이 웃는 얼굴의 이모티콘을 막 전송하자마자 똑같은 이모티콘이 금세 도착한다. 이심전심. 동성동본이란 게 결혼을 염두에 둔 사이가 아니라면 무슨 의미가 있겠는가. 둘 사이엔 안전거리가 있고 그러니 골치 아프게 엮일 가능성일랑 애초에 없다는 선언 같은. 어쩌다 이름은 모르는 채 서로의 성만을 알게 되었는지 모르겠다. 어쩌다 이름도 모르는 채 그렇게 많은 것들을 털어놓았는지도.

서른 초반의 종합병원 소아과 간호사. 전주가 고향이며 서울에서 간호전문대학을 나왔다. 두번의 연애가 있었다기에 잤느냐고 물어보자 그럼 이 나이에,라는 답이 주저 없이 왔을 때 심은 약간의 고통과 흥분을 느끼기까지 했다. 마주 보고는 하지 못했을 이야기를 솔직하게 털어놓고 나면 거의 마술적인 친밀감이 생겨났다.

혼자 푸르스름한 모니터의 빛에 갇혀 작업을 하고 있을 때, 자요? 문자가 오면 각이 서 있던 어깨가 툭 떨어졌다. 사소한 질문과 대답들, 예를 들면 뭘 좋아해요? 김치찌개. 진짜 맛있는 햄버거집을 알아요. 어딘데? 같은 문자를 주고받을 때면 세상 사람들이 모두 잠든 가운데 둘만 깨어 있는 것 같은 기분이 들었다. 하얀 캡을 쓴 그녀 얼굴은 상상 속에서도 흐릿했으나 그건 그리 중요하지 않다. 그녀의 목소리는 초콜릿 무스케이크처럼 달콤할 거라 상상했지만 굳이 듣고 싶다는 갈망 역시 없다. 오늘은 스팸이 약간 탄 듯하다. 오히려 더 구수한 맛이 난다. 뜻밖의 발견이다.

*

　오후 3시가 지나도록 심은 내처 누워 있었다. 1시쯤 잠이 깼지만 윤이 현관을 나가고 자동 잠금장치의 전자음이 들리기를 기다리고 있었다. 아무렇지 않게 대하려 했지만 쉽지가 않다. 윤이 없을 때 팬티를 몰래 가져다놓을까 하는 생각을 안해본 건 아니지만 이번에야말로 완전히 이상한 사람이 될 것 같아 그만두었다. 윤의 방 문고리를 돌려보았다. 잠겨 있지 않다. 문고리를 잡은 채로 방 안을 둘러보았다. 모든 게 그대로다. 유자차 병은 책꽂이 아래 선반에, 푸른색 땡땡이무늬 잠옷은 화장대 의자에. 사진을 찍듯 그 광경들을 한동안 바라보다 문을 닫고는 라면을 하나 끓여 먹고 집을 나왔다.

　택시를 타고 공연장에 도착했을 땐 시간이 40분이나 남아 있었지만 이미 긴 뱀처럼 구불거리는 줄은 끝이 보이지 않았고 그걸 보는 순간 후회했다. 티켓을 사서 공연장에 직접 온 건 심의 인생에서 처음 있는 일이다. 첫 내한공연이라는 기사를 보았을 때 충동적으로 예매를 했고 이날을 기다리기까지 했다. 심보다 나이가 훨씬 위로 보이는 사람들이 많았고 동행이 없는 건 심 혼자인 듯 했다.

　공연이 시작되기도 전에 사람들은 전부 일어서 있었다. 처음부터 끝까지 눌어붙은 듯 자리에 앉아 있는 건 심이 유일했다. 둥근 천장을 뚫고 나갈 듯한 환호와 광란의 한가운데 동그마니 앉아서 심은 적재함이 텅 빈 트럭의 운전석을 떠올렸다. 자정이 지난 고속도로를 달리며 창문을 닫고 듣는 게 더 좋았다. 심은 코앞에서 방방 뜨는 앞사람의 엉덩이를 멍하니 바라보았다. 엉덩이 사이로 세번째 앙코르송이 터져나왔다. 그때였다. 차에서 무수하게 들었던 노래의 한구절이, 한숨처럼 따라 불렀던 한구절이 해일처럼 심을 덮쳤다. 심이, 어딘가에 있는 또다른 심에게 사랑을 느낀 건 바로 그 순간이었다. 특별한 가사는 아니었다. 어쩌면 세상의 모든 유행가에는 비슷한 내용이 들어 있을 것이다. 누군가에 대한 사랑을, 혼자 간 공연장에서 모르는 사람들의 엉덩이를 쳐다보며 느꼈다고 하면 아무도 이해하지 못할 것이다. 왜 윤의 팬티를 들고 왔는지 누구도 이해시킬 수 없는 것처럼. 유 돈 노우 왓 유 민 투 미. 그 부분이었다. 눈에서 눈물 한방울이 흘러내렸다. 빼곡한 엉덩이도, 고막을 터뜨릴 듯한 함성도 아득히 멀어져갔다. 심은 사람들이 모두 빠져나갈 때까지 손바닥으로 심장을 누르고 눈을 감고 앉아 있었다.

공연장 바깥엔 여름이 와 있었다. 어둠속에서도 이파리들이 반짝이고 그 사이로 햇살이 쏟아져내리는 것 같아 멈추어 서서 하늘을 올려다보았다. 너는 모를 거야. 네가 내게 어떤 존재인지. 윤이 어떤 오해를 한다 해도 상관없다고 생각한다. 심은 어제까지의 세상은 차갑고 납작하고 황폐했다고 생각한다. 그 사람만은 자신의 모든 것을 알고 모든 걸 이해하고 있을 거라는 생각을 하며 밤의 공원을 빠져나왔다.

*

 모처럼의 늦잠에서 깬 순간, 미열이 있나, 감기는 정말 싫은데, 그런 생각이 들었다. 그러나 이 열기는 감기와는 좀 다르다. 몸뚱이가 쨍한 햇볕에 내놓은 밀폐용기처럼 느껴진다. 희박해진 공기가 꽉 차 있는 듯한 그 느낌은 간지러움과 흡사했다. 심은 홑이불을 폭 뒤집어썼다. 이 느낌을 조금만 더 어루만지고 싶다. 그녀는 솔직한 사람일 것이다. 밝고 유머감각도 있고, 무엇보다 마음이 따스한 사람일 것이다. 심은 베개 옆에 두었던 휴대폰을 집어 도착한 문자가 없나 열어보았고 하나도 없음에 약간 실망했으나 동시에 그만큼의 편안함을 느꼈다. 그녀는 어떻게 생겼을까. 간호사라니 손이 유난히 청결하고 희겠지. 얼굴은 조그맣고 고양이처럼 생겼을지도. 그렇다면 새침한 성격일지도. 심은 그 상상이 썩 마음에 든다.
 그 새침한 고양이를 밀폐된 상자 속에 집어넣는다. 상자 안에는 고양이를 즉시 죽일 수 있는 독가스 장치가 있고 그 작동은 순전히 우연에 맡겨진다. 가스는 이미 1분 전에 분사되었을 수도, 그렇지 않을 수도 있다. 상자 바깥에선 그 안에서 일어나는 일을 알 수 없다. 고전물리학에서는 그 고양이는 죽거나 죽지 않았거나 둘 중 하나이다. 그러나 양자의 세계는 다르다. 상자 속을 들여다보기 전까지 고양이는 천국도 지옥도 아닌 곳에 있다. 살아 있지도 죽지도 않았으며, 실재한다고조차 할 수 없다. 누군가 상자 안을 들여다보기 전엔 고양이의 운명도 결정되지 않는다. 심은 슈뢰딩거의 고양이 이야기를 좋아한다. 원자 이하의 세계를 다루는 양자역학은 과학이 아니라 철학이다. 액정 속 문자로 연결된 여자는 실재하지도 부재하지도 않는다.

해저터널 설계와도 비슷하다. 1밀리미터의 틈도 없는 완전무결한 설계도를 그릴 순 있지만 거대한 콘크리트 구조물을 투입하여 실제로 만드는 과정에서 설계도와는 달리 오차가 생길 수밖에 없다. 오차를 최소화하기 위해 설계와 시공방식을 거듭 변경하지만 사실을 말하자면 상자를 열어보기 전엔 누구도 틈의 크기를 알 수 없다. 그 오차에 대한 압박감은 이루 말할 수가 없다. 심은 모든 상자가 무섭다. 열지 않아도 되는 상자라면 마지막까지 열고 싶지 않다. 무엇보다도 사람 사이의 1밀리미터에 대해서는 도무지 자신의 역량 바깥이라는 생각이 든다.

휴일이지만 특별한 외출 계획은 없다. 오후엔 빈 사무실에 나가 도면의 세부를 검토하고 수정할 것이다. 잠들기 전 맥주 두 캔을 마시고 갔더니 방광이 터질 듯 팽팽한데 속은 헛헛하다. 스팸을 넣은 김밥의 냄새가 코끝을 감돈다. 자신이 그리워하는 게 그 김밥인지, 처음엔 서늘했다가 이내 체온과 같아지는 변기커버의 느낌인지는 잘 모르겠다.

그녀와 같이 지낸다면 이 아침풍경은 달라질까. 눈을 떴을 때 스팸김밥이 아닌, 구수한 된장찌개나 북엇국 냄새가 흘러들어오고 아침을 준비하는 다정한 소음들이 또닥또닥 들려오겠지. 간밤의 숙취를 단숨에 걷어내줄 듯 알비노니의 상큼한 오보에 소리가 배경음으로 흐른다면 더할 나위가 없을 것이다. 그 풍경을 상상하자 명상의 상태처럼 온몸이 이완되었다. 상상 속의 풍경이기에 더욱 그러했다. 설계 중인 교각의 전체 이미지를 떠올려본다. 접합부위 오차를 2밀리미터만 더 줄일 수 있다면 최종안으로 선정될 가능성이 높은데. 최종입찰에서 선정된다면 앓지도 않았던 역류성 식도염은 공식적으로 치유될 것이다. 회식자리에 나가 유쾌한 농담으로 분위기를 띄우고 문이 맞은편에 앉아 있어도 냉동오징어처럼 뻣뻣해지지 않을 것이다. 그나저나 오늘은 김밥트럭이 쉬는 날이네. 그 생각을 하자 빈 우물 같은 허기가 몰려든다.

*

시속 80킬로미터 정도를 유지하면서 문자를 보내는 일은, 운전을 하면서 음악을 듣는 것과 별다르지 않다. 오른손 엄지손가락은 자음과 모음 위치를 정확히 알고 있다. 문자를 손가락으로 읽을 순 없지만 앞차와의 거리를 가늠하며 액정을 들여다보는 것도 힘든 일은 아니다. 어쩌면, 언젠가는 이 손바닥으로 문자를 읽을 수도 있을 것 같아.

그와 알게 된 이후로 트럭의 시속은 평균 10킬로미터쯤 떨어졌다. 이 속도에 평화가 있다는 걸 문자를 주고받기 전엔 알지 못했다. 언제 지나칠 일이 있으면 그럴게요. 막 그렇게 문자를 보낸 참이다. 테헤란로 근처를 지날 일이 있으면 연락하세요. 맛있는 밥을 살게요. 그의 문자에 대한 답이었다. 그럴 일은 없으리란 걸 심은 알고 있지만 김이 오르는 식탁에 마주 앉아 밥을 먹는 듯한 훈훈함은 남는다.

액정 속의 그는, 보고 싶은데 보지 못하는 안타까움이 어떤 것인지 알게 해주었다. 잠들기 전 외로운 욕정을 혼자 해결하는 순간에도 이 느낌은 여전해서 가슴으로 느끼는 오르가슴이 어떤 것인지 알게 해주었다. 휴게소에서 허기를 채우기 급급해 국수를 밀어 넣는 순간에도 그는 옆자리에 앉아 있다. 비가 오는 고속도로 위에서도 그는 같이 달렸다. 심지어 그를 의식하지 않는 순간조차 그는 함께 있다. 그는 어디에나 있다. 시간이 지날수록 자신도 믿을 수 없을 만큼 그에게 솔직해진다. 간호사라고 한 것 외엔. 자부심도 수치도 없이 살아왔지만 트럭을 운전한다는 말은 하고 싶지 않았다.

자신이 좋아하는 일을 찾아라. 그 일에 몰입하고 열정적으로 일할 때 세상은 당신을 존경할 것이다. 개나 소나 그렇게 말하지. 그렇게 말하는 인간들에겐 엿 먹으라고 하고 싶다. 최선을 다해왔지만 존경은커녕 최소한의 존중조차 받아본 적이 없다. 8년, 아니 7년 전이었나. 휴게소 부근 갓길에 트럭을 세우고 늦은 저녁을 먹으려 걸어가는데 뒤에서 누가 알은척을 했다. 일을 하면서 얼굴이 익은 남자였다. 혼자 먹는 밥의 서글픔이 사무치던 나이였다. 식당에서 같이 수다를 떨며 국밥을 먹었다. 그가 뽑아준 커피를 마실 땐 오래 알아온 사람처럼 느껴졌다. 그의 트럭은 심의 것보다 세대 뒤에 있었다. 그는 용도가 불분명한 모포 위에서 바지를 반쯤만 밀어 내린 채 심의 배 위로 올라왔다. 금속 버클이 무릎에 쓸려 아팠지만 무릎보다 아래쪽이 더 아팠다. 짧은 관계가 끝나자 그는 한마디도 하지 않고 벌렁 누워 숨을 세번 쉬고는 가볍게 코를 골기 시작했고 이내 깨어나더니 부스럭거리며 담배를 피워 물었다. 원래 그런 사람인지 화가 난 건지 알 수 없었다. 처음이긴 했지만 출혈이 있으리라고는 생각지 않았다. 느낌이 이상했는지 바지를 입으려던 남자가 어둠속에서도 심란한 표정으로 제 아래쪽을 내려다보았다. 벨트까지 맨 그가 말했다. 내려. 네? 놀라는 심에게 다시 말했다. 내려. 덤불인지 개천인지 분간할 수 없이 어두운 갓길 쪽으로 내려설 때 발목이 시큰했다. 어떤 기억은 영원히 지워지지 않는다.

　연결구조의 틈이 30밀리미터가 넘으면 철거하고 다시 시공을 해야 합니다. 그 일은 때로 불가능하게 여겨지기도 합니다만, 그래도 사람과 사람 사이의 1밀리미터를 메꾸는 일보다는 쉽다고 생각합니다. 열어보지 않아도 외우는 그의 문자들이 가슴속에 꽃처럼 피어난다. 숨소리가 들리도록 가까이 다가왔던 어느 누구도 그렇게 말해주지 않았다. 세상이 나를 오려낸 도화지, 화려하게 채색된 커다란 도화지처럼 느껴집니다. 그렇게 문자를 보내면서도 그게 무슨 의미인지 모를 거라고 생각했는데. 소를 실은 소형트럭 하나가 추월을 한다. 나란히 달리던 짧은 순간, 누렁소와 눈이 마주친다. 커다란 눈은 닥쳐올 운명을 알고 있는 듯 담담한 슬픔에 차 있다.

*

왜 이런 이상한 생각을 하게 되었을까. 심은 액정을 들여다보았다. 내 아이의 아빠가 되어줄래요? 고개를 갸웃하는 사이 다시 들어온 문자. 그러니까, 그냥 아이의 아빠만. 처음엔 농담을 하나보다, 했다. 이런 식의 농담엔 어떻게 답을 해야 감각있는 사람으로 보일까. 손가락을 꼼지락거리고 있을 때 다시 문자가 도착했다. 아니 다시 말할게요. 내가 엄마가 되는 걸 도와주기만 하면 돼요. 이게 다른 말이라고 생각하는 건가. 심은 헐,이라고 썼다가 지웠다. 김밥을 씹으며 심이 화장실 벽에 비치된 손바닥만 한 잡지에서 베껴 보낸 시구절 때문일까.

왜인지 어디서부터인지도 모르는 채 당신을 사랑했네.

사랑했네. 당신을 바라보지도 가늠해보지도 않고서.

끝에 네루다라고 적었던 것 같은데. 설마. 심은 농담으로 치부하기로 했다.

우리가 동성동본이란 걸 잊었나요?

생각해보면 이 이상한 제안엔 성적인 암시가 핵심인 게 분명하지만 이전에 주고받던 문자들과 달리 조금도 에로틱하지도 달콤하지도 않았다.

너무 무겁게 했나요? 사실은 나도 썩 내키진 않아요. 뭐랄까, 당신이 싫다는 게 아니라, 누군지 모르면 좋겠어요. 이전에도 몰랐고 앞으로도 모를 사람, 다시 마주치지 않을 사람 말이에요. 어둠속에서 만나 어둠속에서 헤어지고.

취하지도 않은 술이 깨는 느낌이었다. 신나게 달리던 차가 어딘가에 추돌을 하고 에어백이 삐질삐질 펼쳐지는 걸 지켜보는 기분이었다.

불임클리닉엘 가지 그래요? 훨씬 전문적이고 비밀이 보장되는 시스템일 텐데.

근데 아이는 왜?

연이은 문자에도 더이상 답이 오지 않는다. 근데 그런 얘기를 문자로 해요? 다시 심은 그렇게 쓰고 물음표까지 찍었다가 지워버린다. 문자가 아니면, 일식집 호젓한 룸? 밤의 한강변? 백화점 커피숍? 이런 얘기를 주고받기에 카카오톡보다 더 맞춤한 공간은 없다는 생각이 들어서다. 심의 손가락이 허공에서 머뭇거리는 사이 다시 문자가 날아온다.

길 위를 떠도는 동안만은 내가 사는 방식이 이상하다는 걸 잊게 돼요. 그렇다고 언제까지나 길 위에서 살 순 없잖아요.

길 위라니. 종합병원이 아니라 이동진료소인가. 슬슬 엉덩이가 아파온다. 변기커버가 편안한 건 아홉개의 김밥을 먹는 딱 그만큼의 시간 동안이다. 언제나 그랬다. 어느 게 마지막 문자가 될지는 서로가 모른다. 심은 비닐봉지를 챙겨 호주머니에 넣고 화장실을 나온 후에야 아차 싶다. 쓰레기통에 버렸어야 했는데.

하행차선 쪽에 길게 이어진 경광등 불빛이 소란스럽다. 심은 제 의지와는 상관없이 옆을 돌아보았다. 추월차선으로 끼어드는 쏘나타를 승합차는 보지 못했든지, 아니면 네가 이기나 내가 이기나 보자, 위협적으로 상향등을 번쩍이며 속력을 올렸을 것이다. 분리벽에 처박은 쏘나타의 앞부분이 활짝 벌어져 강철로 만든 꽃처럼 보인다. 눈이 가늘어지는 건 절반만 보겠다는 건 아니다. 차의 속도는 100미터쯤 전부터 조금씩 줄어든다. 누군가 설치해놓은 대형 포르노 화면 앞을 지나치는 사내처럼.

일을 해오는 동안 섬뜩한 광경들을 무수히 보아왔다. 보여줄 게 없었다는 고모의 말은 보여줄 수 없었다는 말이었다는 걸 길 위에서 알게 되었다. 차의 흐름이 전체적으로 느려진다. 도로의 운전자들이 확인하고 싶어하는 건 으깨어진 타인의 육체가 아니라 자신이 그 세계로부터 얼마나 멀리 있나일 것이다. 검고 기다란 적재함을 매단 트럭의 운전석 외엔 세계는 불안의 심해이다.

현장이 뒤로 밀려나자 심은 좀더 따뜻한 세계를 떠올려보려 애쓴다. 그는 양배추를 먹어보라고 했다. 밀가루 음식은 좋지 않다고 알려주었다. 장난기 가득한, 그러나 얼굴이 보이지 않는 두장의 사진도 보내주었다. 처음 온 건 머리 위로 손을 쭉 뻗어서 찍은 것이었다. 헝클어진 머리카락만 화면에 가득 찬. 그다음 사진은, 처음엔 잘 알아볼 수 없었으나 그곳을 찍은 것이었다. 풍성한 음모 사이로

발기하지 않은 성기가 보였으나 에로틱하게 느껴지지 않았다. 그 사진을 보낸 날은 술을 좀 마신 것 같았다. 이번엔 당신 차례,라고 문자가 왔지만 심은 픽 웃어버렸다. 며칠째 그에겐 문자가 없다. 마지막 문자를 보낸 건 자신이니, 답이 없는 셈이다. 전화를 해볼 생각은 없다. 길어지는 침묵이 짐작보다 훨씬 아프다. 어떤 고통의 감각을 고스란히 표현할 수 있는 단어는 존재하지 않는다는 생각이 심을 고통스럽게 했다. 한가지 사실만 빼곤 그에게 놀랍도록 솔직하게 자신을 드러냈다고 생각했으나 진짜 자신은 그에게 말했던 것들과 말하지 못했던 것들 사이에 있다는 생각을 내내 하고 지냈다.

나는 당신과 나의 문자 사이에서 흩어져내리는 모래 부스러기예요. 심은 그렇게 썼다가 지워버린다. 캄캄한 액정을 엄지손가락으로 내내 어루만지고 있자 어떤 격렬한 파도 같은 아픔이 속에서 치밀어오른다. 역류성 식도염과는 다른, 점점 커져서 자신을 부수어버릴 것 같은 커다란 덩어리의 아픔. 진득한 땀이 손바닥에서 솟는다. 돌아보면 자신을 스쳐간 것들에 대해 한번도 제대로 애도해본 적이 없었다. 흩어져내리는 모래 부스러기 같은 자신에 대해서는 더욱. 그 생각이 들자 심은 갓길을 어림하여 핸들을 오른쪽으로 돌렸다. 가로등이 없는 구간이었다.

*

"단체관광을 갔던 버스가 벼랑에서 굴러 돌아가신 목사님이 천국문 앞에 도착했어. 마침 화장실에 가고 싶었던 베드로가 자신의 권한을 대행시켰지. 오는 사람이 누구든 한가지 질문을 해서 맞히면 천국으로, 틀리면 지옥으로 보내시면 돼요. 같이 버스를 탔던 친구 목사가 맨 처음으로 도착했고 목사님이 물었어. 수요예배가 열리는 요일은? 친구 목사는 함정이 있지 않을까 5초쯤 생각하다 다른 대답은 있을 수 없다는 듯 수요일이라고 대답하고는 천국문으로 들어갔어. 뒤이어 자신의 아내가 도착한 거야. 목사님이 조용히 말했어. 체코슬로바키아의 정확한 스펠링을 대시오.”

나갈 준비를 하던 팀원들이 서거나 앉은 채 까르르 웃는다. 작년에는 체코슬로바키아 대신 차이꼽스끼라고 했고 그때도 다들 이렇게 웃었다. 이런 우스개는 물 흐르듯 터져나오는 게 아니었다. 심은 자신의 부재가 선명하지 않도록 몇개의 농담을 늘 준비해두었다.

“아, 팀장님이 같이 가셔야 재밌는데. 병을 너무 오냐오냐해주시는 거 아니에요? 술 마신 다음 날 속 안 쓰리면 그게 이상한 거지. 역류성 식도염엔 아귀찜이 특효예요.”

입으로는 그렇게 말하지만 막내를 비롯하여 누구의 얼굴에도 아쉬움은 보이지 않는다. 사람들이 나가고 혼자 남자 피로가 밀려온다.

옷차림이 점점 가벼워지면서 김밥을 넣을 호주머니도 마땅치가 않다. 심은 왼손에 비닐봉지를 쥐고 빈 복도를 걸어 화장실로 갔다. 비어 있는 아홉개를 지나 맨 안쪽 칸으로 들어가 변기커버를 내리고 앉았다. 비닐봉지를 열어 김밥을 하나 집어 입에 넣는다. 사실은 금요일 밤 마지막 문자를 받고 그 번호를 스팸으로 등록한 순간부터 이 스팸김밥이 몹시 먹고 싶었다. 김밥을 꼭꼭 씹으며 역순으로 문자를 읽어나가던 심은 하나씩 지울까 하다가 그만두기로 했다. 이 문자들만큼 그녀의 부재를 강하게 증명해주는 건 없을 것이다.

느닷없는 '아이'라는 말에 화들짝 놀라긴 했지만 꼭 그것 때문이라곤 할 수 없다. 그녀가 정말 원한 게 아이라고는 생각지 않으니까. 길어야 몇줄인 문자로 자신을 보여주기 위해 그녀는 서투른 은유를 사용했을 것이다. 자신 역시 때론 누구에게도 할 수 없는 얘기를 놀랍도록 쉽게 털어놓았으나 아무것도 말하지 못했다고 느낀 순간도 있었으니. 다만 문자를 주고받던 어느 순간에, 이 관계의 기승전결이 다 이루어졌다는 느낌이 들었다. 그녀로선 느닷없을까. 하지만 이건 꽤 괜찮은 방식이지 않은가. 상자 속에 고양이와 독약을 넣어두되 언제까지나 상자를 열어보지 않는 것.

여름이라기엔 아직 이른데도 오후엔 불쾌하리만큼 더운 날들이 이어지고 있다. 김밥에서 익숙지 않은 맛이 난다. 배합초의 신맛과는 다른, 쉰내에 가까운 이 맛은 아침부터 지금까지 닫힌 서랍 속에서 생겨난 맛일지도 모르기 때문에 심은 김밥 파는 남자를 원망하진 않는다. 시큼한 트림이 울컥 올라오면서 밥알 몇개가 목구멍을 도로 넘어온다. 가슴팍 어딘가가 쩌르르 아프다. 이런 게 역류성 식도염인가, 하면서도 남김없이 김밥을 먹어치운다. 먹는 동안 비치된 잡지를 읽지도 않고 휴대폰을 들여다보지도 않았다. 대신 가까운 사람의 장례식에 온 늙은 여자처럼 상체를 흔들며, 소리 없이 울었다. 단 한번도 만난 적이 없는 여자를 생각하며.

장
마

피를 보는 순간, 자신이 찢고 싶은 건 다른 것이었다는 생각이 들었다.

날카롭고 선뜩한 느낌에 손가락을 들여다보았을 땐 명주실처럼 가늘고 짧은 상처였으나 보고 있는 사이에 선홍색 피가 솟았다. 화장지를 뽑아 손가락을 감싼 채 방 밖으로 나와 프런트데스크로 내려가려다 옆 방문을 두드렸다. 여자들이란 1박 2일 여행을 떠나면서도 이민가방을 끌고 나선다지. 누구냐고 묻지도 않고 문이 열렸다. 조심성 없긴.

"혹시 밴드 있어요?"

화장지를 살짝 젖혀 상처를 보여주는데 다시 피가 솟는다. 여자의 눈이 동그래지더니 잡고 있던 문을 뒤로 당겼다. 손을 씻고 있었는지 화장실 문이 열린 채 불이 켜져 있고 비누 향이 희미하게 떠돌았다. 젖은 손을 티셔츠에 슥 문지르며 가방이 놓인 테이블 쪽으로 걸어가던 여자가 창 쪽을 쳐다보더니 작게 속삭였다. 아! 비다. 작은 새의 발걸음처럼 종종거리는 목소리. 창문은 아주 조금 열려 있었다. 빗소리가 들렸다기보다는 아픈 짐승의 날숨 같은 기척이 느껴졌다. 택시를 타고 오는 내내 흐리긴 했다. 아! 비다,라니. 그리운 연인의 이름이라도 부르듯이. 서울에서 출발한 게 맞다면 한 열흘 질기게 이어진 장마에 이미 마음까지 흠씬 젖었을 텐데. 에어컨이 켜져 있는데도 진득한 습기가 방에 가득하다. 장은 습기도 더위도 싫어한다. 장은 그랬다. 우기에 내리는 비는 기대감 없는 약속 같은 거라고 생각했다. 기다려지지 않았을뿐더러 귀찮게 여겼다.

여자가 테이블 위에 있던 가방을 열어젖혔을 때, 장이 가지고 있던, 여성의 여행가방에 대한 환상은 간단히 깨졌다. 핸드캐리 사이즈의 가방이 헐렁해 보일 만큼 짐은 단출했다. 청바지와 검정 티셔츠, 잠옷으로 보이는 땡땡이무늬 옷과 속옷을 넣었음직한 불투명한 파우치가 보였다. 아마도 저 속에 있겠다, 싶은데 여자는 손을 가방 바닥으로 쑥 밀어넣으며 중얼거렸다. 얘가 어디 갔지? 더듬던 손이 멈추면서 여자의 눈꼬리가 부드러워진다. 손끝에 끌려나온 건 봉제인형의 팔이었는데 사람 팔 길이와 비슷했다. 이마에 불이라도 켜진 듯 여자의 낯빛이 환해진다.

대체 원래 크기가 얼마만 한 거야. 절단된 사지는 그것이 떨어져

나간 몸통보다 더 엽기적이었다. 짧은 기모가 닳아 바닥의 직조가 군데군데 드러났고 몸통과 연결됐던 부위는 허연 속통이 엿보이는 데다 실밥이 나달나달했다. 그걸 손에 든 여자의 표정이 나른하다. 피 흘리는 거 뻔히 보면서, 이건 또 뭔 상황. 장이 울컥하든 말든 여자는 그걸 애무하듯 쓰다듬고 나서야 파우치를 집어들었다. 자잘한 물건들 사이에서 밴드 하나를 꺼내 손가락에 감아주고는 손을 높이 들고 있으란다. 꽉 누르고 있을 땐 몰랐는데 맥박이 뛸 때마다 욱신거린다. 장은 청바지 위에 놓인 팔을 턱으로 가리켰다.

"그건 뭐예요?"

"아아, 푸우예요."

"에이, 그게 언제 적 캐릭턴데."

"그러니까요."

남 얘기하듯 건성이다. 어쩌다 베었냐고 묻지도 않는 걸 보면 성격이 원래 무심한 모양이다.

어제 오후, 제 방으로 장을 부른 사장이 건네준 건 축구공이었다. 정확히 말하자면 축구공 크기의 에어캡 뭉치였다. 웬만한 건 DHL로 처리하는데 두달에 한번꼴로 장이 출장을 갔다. 출장이라지만 그 물건을 전달하고 돌아오는 게 전부였다. 무게로 봐서는 저장장치라고 짐작되었다. 깨지지 않게 포장하는 거라면 야구공 크기면 충분할 것이다. 직원이 많지 않았고 창업 멤버인 프로그래머들을 사장은 가족처럼 살갑게 대했다. 상여금에 불만이 없도록 신경을 썼고 근무 환경도 세심하게 배려해주었다. 업무의 보안 문제에 관해서도 그만큼의 결속을 요구했다. 사장이 굳이 말하지 않아도 시장에 내놓기 전까지 프로그램에 관한 건 모두 대외비였다. 첫 출장 때, 이거 뭔데요? 격의 없이 물어보는 장에게 사장은 미간을 모으고 입술을 아주 조금만 움직여 말했다. 슈우이찌에게 직접 전해야 해. 장은 둔한 사람은 아니었다. 두번 다시 묻지 않겠다고 생각했다. 어제는 6개월 가까이 골머리를 싸매고 끌어오던 작업을 마무리한 터라 좀 들떠 있었다. 축구공을 양손으로 받쳐드는 시늉을 하며 무심코 말했다. 비행기가 추락해도 애는 끄떡없겠네. 불필요한 농담이었다는 걸 사장의 표정을 보고 알았지만 이쪽 기분도 역시 더러워졌다. 가족은 개뿔. 똥구멍에 시한폭탄을 매달아놓고 밤샘 작업 시킬 때만 가족이지, 이건 범죄자 취급이잖아. 아까 방에 들어와 가방을 열었을 때 덩그러니 놓인 그걸 보자 오기 같은 게 솟았다. 내용물이 궁금한 건 아니었다. 손댄 흔적이 있더라는 말이 사장에게 전해질까? 다음번엔 장을 출장에서 제외시킬까? 커터로 그어내리는데, 비닐 위로 포장용 테이프를 둘둘 감아놓아 쉽게 찢어지지 않았다. 손목에 힘을 확 주자 칼날이 방향을 바꾸어 미끄러지며 왼손 검지손가락을 스쳤다. 그렇다 해서 찢고 싶었던 게 그 에어캡 뭉치라는 얘기는 아니다.

아까 공항의 택시 승강장에서 앞뒤로 나란히 섰을 때, 여자는 비행기에서 장이 제 뒷좌석에 앉았던 사람이란 걸 모르는 눈치였다. 예민한 사람은 못 되는 거지. 아니면 마음이 어디 다른 데 가 있든지. 장이 탑승구에서 집어온 신문을 대충 훑어보고 그물망에 꽂고 있을 때 여자는 허겁지겁 통로를 걸어들어왔다. 빈자리라곤 딱 하나뿐인데도 티켓을 확인하고는 짐칸에 가방을 밀어넣었는데 흰 티셔츠 아래로 배꼽이 드러났다가 사라졌다. 3초쯤. 깊지 않았고 주름이 회오리 모양으로 잡혀 있어 어린아이 배꼽 같았다. 놀이공원에서 파는, 줄무늬 막대사탕을 닮았다는 생각은 여자가 앉고 나서 떠올랐다.

택시 승강장에 서 있는데 공항 바깥으로 나온 여자가 두리번거리다 걸어오는 모습이 보였다. 일본이 초행인 걸까. 택시비가 얼마나 비싼데. 장은 출장을 올 때만 택시를 탔다. 택시를 타고 들어가라구. 축구공을 넘겨준 사장은 매번 그렇게 지시했다. 장도 일을 끝내고 공항으로 나올 땐 모노레일을 탔다. 바로 뒤에 와서 서는 여자에게 물어보았다. 토오꾜오 시내로 들어가시나요? 같이 타실래요? 반반씩 부담하구요. 여자가 장을 빤히 쳐다보았다. 그렇게 입을 꾹 다물고 노려보니 너무 무서워 설사가 나려고 하네요. 푹! 여자가 웃었다. 하기 싫은 청소를 겨우 끝내고 빗자루를 터는 듯한 웃음이었다. 그저 푹! 장은 그 웃음이 마음에 들었다. 택시 뒷자리에 나란히 앉아 오는 동안, 관광 오신 거예요? 물어보았을 때도 네, 하고는 그만이었다.

사실 숙박 계획은 없었다. 슈우이찌에게 축구공을 전하고 나면 공식 업무는 끝이다. 혼자서 부또오를 보고 혼자 저녁을 먹고 모르는 사람들과 모노레일을 타고 공항으로 나와 인천행 비행기를 타는 것이 예정된 스케줄이었다. 피는 멎었을 것이다. 팔을 내리며 장이 물었다.

"괜찮은 맛집 아는데, 이따 같이 갈래요? 여기서 가까운데. 우동 국물이 끝내주는데다 가격도 착하고. ……이 새끼, 알고 보니 삐끼잖아. 이 생각하고 있죠? 에이, 고마워서 한턱 쏘려고 그래요. 밴드 없었으면 빈혈로 아주 갈 뻔했잖아요."

장의 손가락을 한번 쳐다본 여자가 다시 속을 알 수 없는 얼굴로 빤히 쳐다보며 코를 찡그렸다. 훌쩍.

*

남자가 방에서 나가자마자 윤은 화장실로 들어가 손을 다시 씻었다. 살이 닿은 것도 아니고 반창고를 붙여준 게 전부지만 다시 비누로 씻기 전엔 찜찜함이 결코 사라지지 않는다는 걸 알고 있다. 손가락 사이사이를 꼼꼼히 문지르고 뽀드득 소리가 날 때까지 헹궈냈다. 손바닥엔 로션도 바르지 않는다.

우리 사이엔 아무것도 없지.

가방에서 푸우의 팔을 집어 들고는 침대로 가서 벌렁 드러누웠다. 손가락으로 털을 어루만지자 혀가 저절로 윗니의 뿌리에 가닿는다. 털의 감촉과 입천장 점막의 매끄러운 느낌이 뒤섞이며 저절로 눈이 감긴다. 손가락과 점막 사이에는 아무것도 없다. 비로소 날숨이 길어지며 등이 침대에 착 들러붙는다. 잠을 자는 것도 깨어 있는 것도 아닌 이 순간이 아까부터 그리웠다.

윤은 말 많은 남자를 좋아하지 않는다. 여자도 마찬가지지만. 택시비는 반반씩. 그렇게 말하지 않았다면 처음 보는 남자와 합승을 하지는 않았을 것이다. 아무리 환율이 현기증을 일으킨다 해도. 납치범이나 사기꾼이라면 반반씩,이라는 말은 하지 않겠지. 그러나 어쩌면, 마음 한구석에선 누군가가 자신을 납치해서 모르는 곳에 데려다놓기를 기대했는지도 모르겠다. 무섭게 올라가는 요금기를 보며 다행이다 싶은 한편으로 남자의 수다를 고스란히 듣는 고역을 치러야 했다. ……일 때문에 자주 오는 편이에요. 시간이 나면 도큐핸즈에 들르곤 하죠. 지난번 거기서 산 발열안대는 대박이었어요. 하루 종일 모니터 들여다보는 여직원 하나는 그걸 쓰니까 안구건조증이 나았다고 그러더라고요. 설마 그러기야 하겠어요. 또 사다달라는 얘기지. 어쨌거나 선물을 사다줬는데 뚱해 있는 거보단 낫죠. 지난겨울에 왔을 때는 삿뽀로까지 올라갔다가…… 윤은 맥락 없이 이어지는 얘기를 흘려들으며 창밖을 내다보았다. 일본은 초행이었고, 주소가 적힌 쪽지 하나 들고 그 섬까지 가야 할 형편이었다. 아주 잠깐, 남자가 자신을 납치하는 상상을 해보았으나 그럴 인물이 못 되어 보였다. ……싸고 깨끗한 비즈니스호텔 알려드릴 수 있어요. 뭐 어디나 청결하긴 하지만. 네, 지진 이후로 확실히 여행자가 좀 줄긴 했죠. 그렇다고 방값을 깎아주진 않드라구요. 시부야도 가깝고 롯뽄기까지 걸어갈 만해요. 쉼 없이 떠드는 와중에도 윤이 건네주는 택시비를 받아들었다. 다음에 오게 되면 모노레일을 타세요. 짐이나 많으면 모를까, 택시요금이 살인적이잖아요. 다리도 아주 튼튼해 보이네.

어쨌거나, 그가 아니었다면 지금쯤 남쪽으로 가는 기차를 타고 있을까. 끊임없는 수다 끝에 그가 호텔 얘기를 꺼냈을 때, 아침에 상수동 집을 떠나 이곳까지 오는 내내 누군가 콱 틀어쥐고 있던 목덜미를 턱 놓아주는 것 같아 저도 모르게 긴 숨을 내쉬었다. 그곳에서 보내야 하는 하룻밤이 고문처럼 여겨졌었다. 왜 그 생각을 못했을까. 바로 출발하면 늦은 오후에나 도착할 테고, 오늘 되돌아나오긴 어려웠겠지. 내일 새벽에 출발하면, 오후엔 섬을 떠날 수 있을 것이다.

어젯밤, 낯선 남자에게서 걸려온 전화를 끊고 윤은 유리창에 비친 제 얼굴을 보며 물어보았다. 너는 왜 받은 만큼 갚아주지 못하는 거니? 이제 나와는 상관없는 사람이라고 얼음덩이를 건네주듯 말해주지 못했니? 언제나 그랬다. 누군가와 헤어지고 나서야, 전화를 끊고 나서야, 들어줄 사람이 없을 때에야 속에 갇혀 있던 말들이 터져나와 저를 아프게 찔러댔다.

혼자 여고를 다니는 동안 그 여자는 딱 두번 윤을 찾아왔다. 보증금 500에 월세 30짜리 방은 천장이 사선으로 기울어져 있었다. 비키니장과 책상을 놓자 꼭 사람 하나 누울 자리가 남던 그 방에 짐을 옮겨놓았던 날도 밤늦게 찾아와서는 걸레 한번 들어보지 않고 손님처럼 건성 들여다보곤 돌아갔다. 두번째는 고3 여름방학 때였지. 백화점에서 산 김치와 풋자두 한봉지를 내려놓고, 집을 잘못 찾은 사람처럼 한 30분 앉아 있었던가. 봉지째 냉장고 구석에 던져두었던 자두가 상해서 물이 흘러나왔을 때, 윤은 자두와 그 여자를 같이 쓰레기통에 처박아버렸다.

그때 그녀의 부재는 온전히 윤의 몫이었다. 갑작스러운 그녀의 죽음 역시 그녀는 부재한 채로 윤에게만 고스란히 떠안겨졌다. 이건 공평하지 않아. 손가락이 경련하듯 털을 쓰다듬는다. 못 간다고, 가고 싶지 않다고 잘라야 했다. 주소를 받아 적고 전화를 끊는 순간 풍덩 빠져버린 후회의 웅덩이는 끈적이고 비릿했다. 자정이 지나자 잠들기는 틀렸다는 예감이 들었다. 캔맥주 세개를 오로지 잠들어보겠다는 목적으로 마셨지만, 커피를 열잔쯤 마신 것 같은 각성상태는 조금도 무뎌지지 않았다. 창이 훤해지는 걸 보면서 옷과 세면도구를 챙겼고 무언가 빠뜨린 것 같아 방을 둘러보다 푸우의 팔을 툭 잡아 뜯었다. 마포까지는 택시를 타고 나와 공항버스를 탔다. 푸우의 팔을 꼭 쥐고 있으니 여기가 여전히 상수동 방 같기도 하고 끈적하고 비릿한 웅덩이의 바닥 같기도 했다.

톡톡톡. 노크 소리. 왜 또. 겨우 일어나 문을 열자 남자가 커다란 머리를 쑥 들이민다.

"부또오 보러 가실래요? 마침 티켓이 있는데."

"그게 뭔데요?"

그런 질문을 할 줄은 몰랐다는 듯 남자는 난감한 표정으로 혼잣말처럼 탄식을 한다.

"모르시는구나. 안 보면 후회하는데."

이미 후회의 바다에 빠져 있거든. 바보같이, 그게 뭔데요, 묻다

니. 윤은 시계를 보았다. 아직 4시도 되지 않았다. 고개를 돌려 창
쪽을 내다보았다. 잔뜩 흐리긴 해도 비는 그쳤다.

"지금 안되는 이유를 지어내려는 거죠?"

윤은 화들짝 놀라 얼버무렸다.

"그러니까, 그게 뭐냐니까요?"

극장은 복합 건물의 지하에 있었다. 호텔에서 나와 채 5분도 걷
지 않아 별다른 특징 없는 콘크리트 건물 앞에 남자가 멈추었을 땐
그곳이 극장인 줄 알았다. 10분만 기다려주실래요? 아니, 5분. 그러
고 들어간 남자는 정말 5분 만에 내려왔는데, 호텔에서 들고 나왔
던 쇼핑백이 보이지 않았다. 화장실에 폭파장치를 해놓고 나왔습
니다. 3초 안에 이 구역을 떠나야 해요. 썰렁한 농담에 짜증이 솟았
다. 극장 건물은 같은 블록에 있었다. 건물 입구로 들어가 곧장 계
단을 내려갔는데 지하의 로비는 곧 공연이 시작된다는 걸 믿을 수
없을 만큼 한산했다. 잠시만 기다리라며 윤을 세워놓고 매표소 쪽
으로 간 남자는 금방 돌아오지 않고 창구 직원과 무어라 얘기를 나
눴다. 표가 있다더니. 지갑을 꺼내드는 걸 보니 이제야 표를 사는
것 같다. 부담스러워라. 윤은 그가 돌아서기 전에 얼른 몸을 돌렸
다. 빠르게 걸어온 탓인지 얼굴이 후끈하다. 찐득하고 촘촘한 더위
다. 손으로 부채질을 하고 있는데 갑자기 흰 그림자 하나가 펄럭,
앞을 스친다. 깜짝이야. 아니, 흰 사람이다. 아랫도리를 감싼 흰옷
은 물론이고 벗은 상체와 얼굴, 머리카락까지 모두 하얗게 페인트

칠을 했다. 스모오 선수처럼 살집이 풍만한 배의 붓 자국은 균질하지 않았다. 흰 사람이 공연장 오른쪽 문으로 들어갈 때 하얀 손가락과 하얀 손톱이 문틈으로 사라지는 걸 윤은 지켜보았다.

걸어오는 걸 보니 남자는 키가 꽤 크다. 서른일곱쯤 되었을까. 예닐곱살 이상 차이가 나는 사람의 나이는 어림하기가 어려웠다. 유행하는 통 좁은 면바지와 회색 셔츠를 입었는데 얼굴이 컸고 가까이서 볼 때보다는 나이가 들어 보인다. 남자가 팸플릿을 건네준다. 흰 사람이 배경으로 깔린 흑백의 팸플릿에서 읽을 수 있는 건 두 글자뿐이다. 舞踊.

"무도?"

"부또오."

"춤이에요?"

남자는 눈을 한번 깜박였다.

"설명할 수 있는 거면, 볼 필요가 없겠죠?"

끊임없는 수다는 어디 가고 하이꾸처럼 간결한 대답. 갑자기 다른 사람이 됐나.

한산하던 로비와는 달리 공연장 안에는 빈자리가 없다. 다들 혼자 온 걸까. 유령들의 교실인 양 고요하다. 무대장식이라곤 사각의 벽에 기대놓은 사다리 하나가 전부다. 사다리의 칸을 하나, 둘 세고 있는데 공연은 별다른 예고 없이 시작되었다. 흰 사람이 하나 무대로 나온다. 아까 스쳐 지나간 그 사람인 것 같다. 그의 몸짓에 마지못해 끌려나오듯 뒤늦게 음악이 시작되지만 몸짓과 음악은 어긋난다. 움직임은 격하고 빠르다가 느릿느릿 이어진다. 지렁이처럼 느리게 움직일 땐 보고 있는 사람의 몸까지 뒤틀릴 것 같다. 흰 사람이 만들어내는 동선과 자태는 한순간도 아름답다고 느껴지지 않는다. 춤이라니. 오히려 이건 춤이 아닙니다,라는 마임 같다. 그 비일상적인 움직임의 유일한 목적은 선율을 예측할 수 없는 기괴한 음악과의 불화인 것처럼 느껴졌다. 윤은 곁눈질로 왼쪽에 앉은 남자를 보았다.

옆구리를 콕 찔러볼까. 껍데기만 의자에 내려놓고 알맹이는 어딘가로 가버린 것처럼 입이 헤벌어져 있다. 그 몰입이 이해되지 않는다. 윤은 핸드백 속으로 오른손을 살금살금 밀어넣었다. 손바닥에 보드라운 털이 닿는 순간 혀가 입천장 안쪽에 들러붙는다. 어깨에 힘이 빠지면서 날숨이 길어진다. 눈꺼풀이 스르르 내려온다. 그제야 아름답지 않은 품새도, 기이한 음악도 나쁘지 않다, 싶다.

공연이 끝나고는 가장 늦게 나왔다. 남자가 자리에서 일어나길 기다리다보니 그리 되었다. 들어올 때보다 거리는 훨씬 붐볐다. 퇴근 무렵이었고 사람들은 하나같이 우산을 들고 있었다. 커피전문점 앞에서 윤이 커피를 사겠다 하자 남자는 대뜸 말했다. 그렇다면 비싼 걸로 마셔야겠군요. 농담인 줄 알았는데 계산대 옆 초록색 칠판에 적어놓은 메뉴를 가리켰다. 梅雨. 씨즌커피라며 천원 정도 비쌌다.

"크리스마스도 아닌데. 별일이야. 매화비?"

윤이 종알거리자 정색을 하고 대답한다.

"네, 매화꽃잎을 띄운 커피입니다. 당연히 비싸야죠."

그래도 스스럼없이 비싼 걸 시키는 남자가 살짝 가까워진 느낌이 든다. 서서 커피를 기다리는 동안 뒤편의 줄이 갑자기 길어진다. 들어오는 사람들이 손에 든 우산에서 물방울이 떨어진다. 핸드백 속에 손을 넣어 보드라운 털을 만지고 싶다. 커피를 받아들고 자리에 앉자 윤은 커피잔 위로 얼굴을 바짝 들이댔다. 매화는 어디 있어요? 그제야 남자는 흐, 웃는다.

"매우는, 장마라는 뜻이에요."

"매화는 봄이잖아요."

윤이 항의하자 남자는 고개를 갸웃한다.

"그럼, 매실인가?"

엉뚱하긴. 커피는, 부르르 떨리도록 달고 뜨겁다. 아우. 저도 모르게 신음 소리를 흘리자 남자가 왜 그러냐는 듯 쳐다본다. 볼 때마다 새삼 작다는 생각이 드는 눈이다. 장마가 이렇게 달고 뜨거운 것이었어요? 그럼 겨울 씨즌커피는 첫눈인가? 차고 쌉쌀한. 상상력이 빈곤한데요. 그보단 화로가 어떨까요? 마시면 바로 입을 데게 돼. 이런 쓸데없는 얘기들을 주고받으면서도 남자는 조금 전 공연에 대해서는 한마디도 하지 않았다. 누구와도 그 느낌을 나누고 싶지 않다는 건지, 혹은 나누는 것이 불가능하다는 건지.

커피를 마시고 밖으로 나온 남자는 나온 김에 저녁을 먹고 들어가자 했다. 윤이 머뭇거리자 혼잣말처럼 중얼거린다. 아까 얘기한 집 여기서 되게 가까운데. 딱 5분 거린데. 저녁을 먹긴 해야 했다.

가까운 곳이었지만 어깨를 스칠 듯 좁은 뒷골목은 큰길 쪽과는 분위기가 사뭇 달랐다. 벽이 검은색으로 칠해진 목조 2층의 낡은 계단을 한칸씩 올라가자 달큼한 국물 냄새가 그만큼씩 진해진다. 창가 쪽 자리에 앉자 건너편 가게의 창 안쪽이 손에 닿을 듯 가깝다. 이쪽보다 조명이 환한 것 같고, 그 자리에 앉은 손님의 얼굴이 더 행복해 보이는 듯도 하다. 더 행복한 쪽은 고개를 돌려 이쪽을 쳐다보지 않는다.

주문을 받으러 온 사람에게 남자는 말 대신 손가락으로 메뉴판을 짚는다. 강물 같은 수다는 어디 가고. 부또오 같은 사람이군. 정기적으로 출장을 온다더니, 사실은 일본말이 능숙하진 못한 것 같다. 주문을 마친 남자가 손바닥을 비볐다. 원래 작은 눈이 조금 더 작아진다. 여기 음식이 괜찮아요. 재미도 있고. 음식이 나오자 왜 그렇게 말했는지 알 것 같았다. 살짝 그슬린 참치와 찐새우와 우엉찜이 커다란 접시에 점묘화처럼 자리 잡았다. 눈을 가늘게 뜨고 접시를 들여다보던 남자는 먼저 새우 한마리를 집어간다. 우엉은 육수에 조린 듯 감칠맛이 났다. 다른 음식이 담긴 접시 두개가 더 나왔다. 음식은, 전체적으로 달달했다. 초밥은 괜찮았으나 우동 국물은 많이 달았다. 단 걸 좋아하는 사람이구나. 어쨌거나 맛은 나쁘지 않다. 단 걸 먹고 있자니 맥락 없이 흰 사람이 떠오른다. 맨살에 남아 있던 거친 붓 자국을 보았을 땐 제 살에 차고 끈적한 붓이 스치는 것 같아 소름이 돋았는데.

"덕분에 공연 잘 보았어요. 한번은 볼 만한데 다시 보고 싶진 않을 것 같아요."

"저도 그렇게 생각했어요, 처음 봤을 때. 그랬는데, 오늘이 여섯 번째네요."

"그래요?"

"지난여름에, 아까 그 사무실에 들렀다 나오면서 우연히 포스터를 봤는데 납량특집 공연인 줄 알았어요. 공항으로 출발하기엔 시간이 많이 남았고 딱히 할 일은 없고 들어가서 잠시 눈이나 붙일까, 하고 들어갔어요."

"뭐가 좋은데요?"

"모르겠어요. 좋다기보다는……"

남자는 녹차 잔을 들어 한모금을 마신 뒤 내려놓고도 한참을 있다 입을 열었다.

"처음 그걸 보던 날, 바깥으로 나와 아직 환한 거리에 서 있는데, 문득 그런 생각이 슥 지나가데요. 아, 나란 인간은 그림자가 없구나."

다변증 환자 같던 그의 말이 다시 느려졌다. 그 그림자가, 해가 있는 동안은 줄기차게 따라다니는 그 그림자를 말하는 건 아니겠지. 다시 새우 하나를 집어 들며 남자가 불쑥 물었다.

"프랑스 사람들은, 어둠과 그림자를 가리키는 단어가 같다는데, 사실일까요?"

"저야 프랑스어를 모르지만, 그러기야 하려구요. 그 둘은 빨강과 노랑만큼이나 다른데요?"

"그죠?"

아이처럼 동의를 구하는 그의 왼쪽 뺨이 울긋불긋하다. 모기한 테 물린 것처럼 올록볼록 솟기까지 했다.

"얼굴이, 좀 이상해요. 두드러긴가?"

"새우를 먹으면 이래요. 그것도 왼쪽 절반만."

별일 아니라는 듯 오른손으로 왼쪽 뺨을 슥 문지른다. 그러고 보니 오른쪽은 창백하고 말끔하다.

"가렵지 않아요?"

"당연히 가렵죠. 가려운데다, 치과에서 마취해본 적 있어요? 그 거와 비슷합니다. 감각이 무뎌지고 섬세한 표정을 지을 수 없어요. 붉은 반점이 솟지만 후유증 없이 24시간 안에 가라앉아요."

"그럼 안 먹으면 되잖아요?"

남자는 윤을 바라보았다.

"식도락에는 이성으로 제어할 수 없는 부분이 확실히 있어요."

윤은, 음식만 그럴까요? 하려다 만다. 남자의 수다에 기름을 끼 얹을까 두려웠다. 아니나 다를까. 남자는 몸을 앞으로 기울이며 조 근조근 이야기를 늘어놓는다. ……언젠가 요리 다큐에서 본 건데, 살아 있는 원숭이의 머리 윗부분을 가로로 잘라내요. 거기다 팔팔 끓인 기름을 부어놓고 기다려요. 뇌가 익어요. 푸딩처럼 부드럽게. 그걸 숟가락으로 한입 떠먹고는 눈을 사르르 감던데요? 윤이 젓가 락질을 멈추었는데도 남자는 신나게 떠들어댄다. 이건 어때요? 세 번 울다! 불우한 소년의 인생유전을 다룬 다큐 제목 같죠? 이 요리

를 주문하면 갓 태어난 쥐새끼가 접시에 담겨 나와요. 젓가락으로
집을 때 한번, 소스에 담글 때 한번, 어금니 사이에서 한번, 그렇게
세번 우는 거죠. 또 하나 더할까요? 윤이 젓가락을 탁 놓았다. 왜
요? 정말 몰라서 묻는 표정이다. 그러니까 아저씨는…… 그가 말
을 자른다. 아저씨라니. 그냥 오빠라고 불러요. 피, 오빠는 무슨. 근
데, 새우가 일본말로 뭐예요? 에비. 에비? 좀 이상하네. 아무튼 에
비 오빠, 저 토할 것 같거든요? 윤은 새우 한마리가 남은 접시를 그
앞으로 밀어주었다. 새우를 집어가는 남자의 손가락 끝에 눈이 갔
다. 손톱은 손가락 끝에서 3밀리미터쯤 안쪽에서 끝나 있다. 분홍
빛 생살이 드러난데다 그 끝은 불규칙하게 너덜거렸다. 일회용밴
드를 감은 손가락 하나를 빼곤 전부 그랬다.

*

　깊숙한 만 안쪽의 내해는 호수처럼 잔잔하다. 이른 시간인데도
섬으로 들어가는 배에는 사람들이 꽤 있다. 오락가락하던 비는 잠
시 그쳤지만 하늘은 여전히 우중충하다. 우산도 들지 않고 선실에
들어가지도 않고 난간에 기대 바다를 바라보는 우리는 영락없이
여행자처럼 보일 것이다. 건너편 섬은 배가 항구를 출발하기 전부
터 바라다보였다. 20분이면 도착할 듯하다. 섬을 바라보는 여자의
손은 아까부터 핸드백 속에 들어가 있다.
　같이 가줄까요?

어제 저녁, 식당에서 주소가 적힌 쪽지를 들여다보며 기차역까지 데려다주겠다고 말하려 했다. 그런데 불쑥 장의 입에서 나온 말은 같이 가줄까요?였다. 사양할 줄 알았는데 여자는 빤히 쳐다보기만 했다. 장은 이상한 열심에 사로잡혔다. 제가 나쁜 사람으로 보입니까? 여자는 역시 대답하지 않았다. 그러니까 좋은 사람으론 보이지 않는다는 거죠? 중간에 가방을 들고 사라져버린다거나 헤어지고 나서 보니 지갑이 없어졌다거나 비행기편을 예약해주겠다고 돈을 받고선 잠적해버린다거나, 돈을 맡기면 석달 만에 두배로 불려준다 해서 맡겼는데…… 여자는 그만하라는 듯 고개를 갸웃하며 인색하게 웃더니 뭐 그 정도는 아니지만, 하며 말끝을 흐렸다. 그러니까 제가, 하며 다시 입을 열자 툭 던지듯 말했다. 아무것도 묻지 않겠다고 약속하면요. 그거 어렵지 않네요. 저 과묵한 사람입니다. 여자는 아까보다 좀더 크게 입을 벌리고 웃었다. 아무것도 묻지 않는 대신 딱 하나만 물어볼게요. 혹시 싸이코패스예요? 여자는 장의 시선을 따라가 옆자리에 놓아둔 제 가방을 내려다보았다. 털뭉치의 끝부분, 검은 실로 손가락을 새겨놓은 주먹이 삐죽 나와 있었다. 통째 들고 오기엔 너무 커서…… 여자는 입을 조그맣게 만들었다. 그럼 매번 떼었다 붙였다 해요? 어떻게 알았느냐는 듯 눈을 동그랗게 떴다. 애착 대상이 사람이 아니라 다행입니다. 우리 조카는 중학교 들어가면서 졸업하던데. 실밥이나 좀 정리를 하든지. 혹시 알래스카 출장 가게 되면 백곰털로 만들어진 걸 하나 사다줄게요. 농담이었는데 여자는 정색을 하며 거절했다. 마음만 받을게요. 새벽에 호텔을 나오면서 보니, 반쯤 열린 핸드백 속엔 여전히 털이 나달나달한 팔이 들어 있었다.

수심이 얕은지 섬의 선착장은 바다 쪽으로 깊숙이 뻗어나와 있다. 배는 선착장의 끝부분에 옆구리를 대고 승객을 내려놓았다. 걸어나오면서 보니 가까운 해변에 거대한 공중전화 부스가 서 있는 게 보인다. 검은 철제 박스와 투명유리로 된 부스 안쪽에 역시 커다란 구식 공중전화가 걸려 있다. 손가락으로 다이얼을 돌리게 되어 있는. 20세기 초반 벨사에서 만든 전화기처럼 검고 투박한 모양새다. 여학생 셋이 부스 문을 열어놓은 채 장난을 치며 사진을 찍고 있다.

"저게 뭘까요?"

"공중전화,라는 대답을 원하는 건 아니겠죠?"

그쪽으로 걸어가 여자들에게 주소를 적은 쪽지를 보여주었다. 뭐가 그리 즐거운지, 단어를 하나씩 끊어가며 서툰 영어로 설명을 하는 동안에도 셋은 끊임없이 킥킥 웃음을 터뜨린다. 길 위쪽을 가리키며 거기서 일단 셔틀버스를 타고 다시 쪽지를 보여주란다. 완만한 모래언덕을 올라가 기다리자 버스는 금방 왔다. 쪽지를 들여다본 기사는 고개를 끄덕이더니, 처음 나타난 마을 앞에 내려주고는 유턴을 했다. 섬은 아주 작은 모양이다. 여자는 쪼그리고 앉아 가방을 열더니 검은색 재킷을 끄집어내 티셔츠 위에 입는다. 더워 보였고, 어울리지 않았다. 격식 차리는 자리예요? 좀 허접하네. 농담이 반이었는데 난감한 표정으로 쳐다본다. 이게 정장으로도 캐주얼로도 입는 거라…… 그건 그쪽 생각이고, 정장도 캐주얼도 안되겠는데요? 일단, 뭘 더 껴입기엔 너무 덥잖아요. 그냥 들고 가다 마지막 순간에 입든지. 뜻밖에 고분해진 여자는 옷을 왼팔에 걸치고는 가방을 잠근다. 장이 가방을 받아들었다. 지번이 일렬로 정리되어 있어 집은 금방 찾을 수 있었다. 마을의 끝이었고 뒤편은 야트막한 야산이었다. 골목길은 맨발로 걸어다녀도 될 만큼 청결했다. 낯선 방문객들이 익숙한지 고양이 한마리가 도망가지 않고 까칠한 눈빛으로 뜨내기를 쳐다보았다. 이제 여자는 안이 훤히 들여다보이는 낮은 대문 앞에 망연히 서 있다. 고개를 푹 수그리고 있어 짧은 단발은 뺨을 길게 자른 것처럼 사선을 그리며 떨어진다. 장이 불쑥 초인종을 누르자 입술을 앙다문다. 아래쪽이 나무로 된 미닫이문이 열리면서 중년 남자가 마당으로 내려섰다. 이쪽이 누구인지 알고 있는 듯한 표정이다.

*

아까 들어올 땐 몰랐는데 모래언덕은 폭이 좁고 길었다. 구름층은 여전히 두터웠으나 불균질했다. 바람도 없는데 구름 그림자들이 해안을 따라 달려간다. 찢어진 구름의 틈으로 여름 햇살이 쏟아져내린다. 모래밭이 노랗게 반짝인다. 남자는 열걸음쯤 앞에서 뒤돌아 윤을 마주 보며 걷고 있다. 왼쪽으로, 그냥 똑바로, ……오른쪽, 조금 더요. 누가 와요. 잠시만 서 있어요. 마지못해 일러주는 대로 남자는 뒤뚱거리며 뒷걸음질을 친다. 습기를 잔뜩 머금은 모래 위에 그의 발자국이 거꾸로 찍힌다. 모래 위에서 한가로이 산책하는 사람들의 무리에 다가설 때마다 왼쪽으로, 조금 더요,라고 외쳐야 했다. 이런 장난할 나이는 지났구만. 윤은 너무 피곤해 조금씩 녹아내려 모래 틈으로 스며들어버리고 싶다. 남자의 뒤편에서 걸어오는 사람들이 가까워진다. 아, 귀찮아. 바다에 확 빠뜨려버릴까 보다. 윤이 크게 외쳤다.

"오른쪽으로 열걸음!"

남자는 배시시 웃더니 왼쪽으로 게걸음을 친다. 윤이 푹 웃자 이번엔 과장되게 비틀거리며 오른쪽으로 다시 게걸음. 신발에 모래 들어가겠네.

엄마의 마지막을 보러 온 건 아니다. 엄마가 나 대신 선택한 게 무엇인지 확인하고 싶었을까? 그래서, 알게 되었나? 그게 무언지 알 수 있는 것이었다면, 엄마는 매혹되지도 않았을 테지. 나를 두고 달아났듯이, 엄마는 이제 또 저 두 사람으로부터 달아난 것인지도 모르겠다. 자신 외엔 누구도 사랑할 수 없는 여자. 대문과 살림집 사이에 작은 모형가옥 하나가 있었다. 윤이 신발을 신자 남자가 손으로 그 집을 가리켰다. 한번 들여다보라는 것 같았다. 허공에 붉은 꽃송이들이 피어 있었다. 낮은 천장과 꽃 사이에 투명한 끈이 보였다. 동백일까. 계절이 아니니 조화겠지. 마지못해 흘깃 보았을 뿐이지만, 고요히 피어 있던 붉은 꽃송이들은 윤의 머릿속으로 들어와 들러붙었다. 그까짓 것들이 뭐라고. 기껏 플라스틱 쪼가리. 헛것을 찾아다니느라 정작, 나는. 숨이 거칠어지는데 남자의 몸이 공중전화 부스에 부딪칠 듯 가까워졌다. 윤이 소리쳤다. 왼쪽, 왼쪽으로.

남자가 그 자리에 멈추어 선다. 선착장 끝으로 배가 천천히 접근하고 있다. 구름이 빠르게 흘러간다. 해가 달려가는 것 같기도 하다. 남자의 그림자가 생겼다가 지워진다. 남자가 전화부스 안으로 들어가 수화기를 들고 다이얼을 돌린다. 차르륵차르륵 소리가 들린다. 설마, 연결된 걸까. 일곱개쯤의 다이얼을 돌린 남자가 수화기를 내민다. 수화기는 짐작보다 무겁다. 남자는 바깥으로 나가 문을 닫고는 철제 모서리에 어깨를 기대고 바다 쪽을 바라본다. 건네받은 수화기에선 아무 소리도 들리지 않는다. 아니, 바람 소리 같은 게 들린다. 빈 소라고둥을 귀에 댔을 때처럼. 휘이이. 휘이이이. 눈을 꾹 감았다가 떠본다. 아무것도 달라지지 않았다. 어젯밤보다 가라앉긴 했지만 남자의 왼쪽 뺨엔 여전히 붉은 반흔이 남아 있다. 아직 24시간이 지나지 않았다. 윤은 입을 조그맣게 벌려 불러보았다. 엄마.

*

점점이 떠 있던 섬들은 안개 속에 꼭꼭 숨었다.

여자는 배의 난간에 기대서서, 해무 속에 숨은 섬 쪽을 바라보고 있다. 캐주얼도 정장도 아닌 재킷을 우비처럼 걸치고. 길게 뻗어 있는 선착장은 거대한 푸우의 팔처럼 보인다. 여자의 오른손은 허리

께에 걸린 숄더백 안에 들어가 있다. 장은 점퍼 주머니 속, 손끝에 닿는 휴대폰을 켜볼까 하다 손을 빼버린다. 배를 타고 섬까지 들어오게 될 줄은 몰랐다. 기왕 벌인 일, 매는 한번에 맞기로 하자.

프로젝트마다 세부는 달라지지만 프로그래밍 과정은 끔찍하도록 단순한 작업의 반복일 뿐이다. 시제품을 완성하고 나면 뇌세포들이 발광을 했다. 우연히 그 지하의 공연장을 찾은 이후로, 토오꾜오에 올 때면 늘 부또오를 보았다. 장은 제가 정말 찢고 싶은 것이 무언지 알고 있다고 생각한다. 그리고 자신은 결코 그것을 찢을 수 없으리라는 사실도. 어둑한 공연장 의자에 앉아 있는 동안은, 거기 있는 모르는 사람들도 자기와 다를 바 없으리라는 생각이 들었다. 여자는, 부또오를 다시는 보고 싶지 않다 했다. 어쩔 수 없지.

오지 않겠다 했으면 바로 화장을 하려 했다. 어차피 문상 올 사람도 없으니.

유리문을 손으로 밀며 남자는 그렇게 말했다. 굳이 온다 해서 성가시게 한 걸 원망이라도 하는 걸까. 앞뒤 사정을 모르고는 속내를 짐작할 수 없을 만큼 남자의 말투와 표정은 담담해 보였다. 쌍꺼풀이 지나치게 두툼한 눈꺼풀 아래 흰자위가 붉었다. 장은 처음 본 남자가 마음에 들지 않았다. 좁아 보이는 실내는 어둑했고 바깥과 상관없이 서늘해 보였다. 어설프게 무릎을 꿇고 앉은 여자의 뒷모습이 미닫이문 너머로 보였다. 상 위에 놓인 액자 속 얼굴이 여자와 꼭 닮았다. 스무번쯤의 여름이 지나면 여자의 얼굴도 저렇게 눈꼬리가 조금 내려올 것이다. 그래도 죽음이 자연스러울 나이는 아닌데. 기둥 뒤에 몸을 숨기듯 서서 여자의 뒷모습을 지켜보는 사내아이는 아홉살이나 되었을까. 둥근 뒤통수에는 슬픔보다는 호기심이 매달려 있었다. 보지 말아야 할 것을 본 것 같아 장은 돌아서 골목으로 나왔다. 여자는 물 한모금도 마시지 않은 듯 입술이 바짝 마른 채 걸어나왔다. 대문 앞에서 고개를 숙여 인사를 하면서도 남자에게 한마디 말도 더 하지 않았다. 버스정류장까지 여자는 빠르게 걸었고 가방을 든 장은 그 뒤를 성큼성큼 따라가야 했다. 정류장에서는 섬의 반대편이 내려다보였다. 군데군데 설치작품들이 놓여 있었다. 장은 속으로 생각했다. 별 이상한 섬을 다 와보는군. 걸음을 멈춘 여자가 참던 숨을 내뱉듯 빠르게 말했다. 오고 싶지 않았는데, 마지막 두 학기 등록금을 내주었어요. 장은 얼른 고개를 끄덕였다. 여기 온 것과 등록금 사이에 무엇이 있는지, 정확히는 누가 주었는지 알지 못하지만. 그 돈부터 갚아버리려고 발바닥에 피가 나도록 뛰어다녔는데 그새를 못 기다리고. 자기 하고 싶은 거 다 하며 살아놓고는 왜? 응? 대답을 해야 하는 게 장이라도 되듯 앙칼지게 쏘아붙였다. 안타까운 것이 성급한 죽음인지 돈을 갚지 못한 일인지 장은 알지 못했다. 정장도 캐주얼도 아닌 재킷을 걸친 여자의 얼굴이 해쓱해졌다. 뒤뚱뒤뚱 셔틀버스가 다가왔다. 버스에서 내려 선착장으로 오는 내내 뒷걸음질치며 걸었던 건, 꺾인 꽃처럼 자꾸만 고개를 떨구는 모습이 안쓰러워서라는 걸 저는 모를 것이다.

급기야 선창에 빗금 몇개가 그어진다. 지금 여자는 푸우의 손을 꼭 쥔 채 입을 토끼처럼 오물거리지도 못하고, 울고 있을 것이다. 보지 않아도 알 수 있는 것이 있다. 우기의 비가 언제나 기대감 없는 약속 같은 건 아닌가보다. 장은 빗발이 더 굵어지기를, 여자가 이만 선실 안으로 들어오기를 기다린다.

*

시부야에서 하찌꼬오 동상 쪽으로 나왔을 때는 성급한 네온들이 하나둘 켜지고 있었다. 거대한 전광판과 휘황하게 명멸하는 네온이 점령한 위쪽은 군데군데 물웅덩이가 생겨난 횡단보도와는 다른 시공간처럼 보인다. 교차로에서 신호를 기다리며 서 있는데 남자가 문득 물었다.

"일본말은 좀 해요?"

"단어, 열개쯤? 잘생겼다, 멋지다, 귀엽다, 정도? 그나마 쓰기나 읽기는 안돼요."

"주로 작업용 멘트군. 우리, 막간을 이용해서 일본어 공부나 할까요? 내가 그쪽보단 좀 나은데. 시청각 자료가 좋지 않아요?"

그러고 보니 스크램블교차로 저편은 거대한 네온의 캔버스다. 파랑, 핑크, 초록, 빨강…… 남자는 화려한 캘리그래피를 일회용 밴드를 감은 손가락으로 가리킨다.

"저기, 아기 얼굴 보이죠? 그 아래쪽이, 웃는다. 그 옆 노랑 네온은, 재잘거리다. 초록은, 오줌 누다."

웃는다, 재잘거리다, 오줌 누다, 남자의 말을 장난스럽게 하나씩 따라 하던 윤은 픽 웃으려다 입술을 오므렸다.

"그 옆으로, 노래한다. 사랑한다. 춤추다."

"그 아래 핑크색은요?"

"따스하다."

남자의 목소리는 오래전 외운 시를 암송하듯 조금씩 느려진다. 신호가 바뀐다. 사람들이 강물처럼 흘러가고 흘러온다. 두 사람은 움츠리듯 가까이 붙어 서서 사람들이 흘러오고 흘러가기를 기다린다. 그 아래쪽으로, 달리다, 웃는다. 남자의 말에, 윤이 매달리듯 묻는다. 거짓말한다는요? 그건 저기 줄무늬 전광판 뒤쪽. 미워하다? 그건 저 구석진 곳에 감춰져 있고. 증오하다는요? 그건 물어봤잖아요. 어쨌든 카테고리별로 전광판 하나씩만 있어요. 윤은 입을 삐쭉 내밀었다. 후회한다는요? 당연히 있죠. 저기! 땡땡이 주황. 그 옆으로 예쁘다, 껴안는다. ……다 있다니까? 저기, 저것들.

신호가 한번 더 바뀌었다. 사람들은 그림자처럼 서로를 뚫고 흘러가고 명멸하는 빛들이 말한다. 너희는 웃고 껴안고 달리는 존재라고. 뻑뻑한 죽처럼 끓어오르던 윤의 마음이 고요해진다. 읽을 줄은 몰라요, 겸손하게 말했지만 사실 네온에 적혀 있는 카따까나 정도는 알고 있다. 그것들이 전부 상호와 상품의 이름일 뿐이란 것도. 그래도 윤은 남자가 말을 멈추지 않았으면, 싶다. 오줌 누다와 웃다가 동시에 켜진다. 먹는다와 달린다가 톡 튀어나왔다 사라진다. 막 켜진 카라오께 상호를 가리키며 남자가 외친다. 노래한다!

오줌 누고 미워하고 노래하고 사랑하는 것, 그것들을 빼면 삶에서 뭐가 남을까. 남자가 그렇게 삶의 모든 국면들을 돌림노래처럼 하나하나 부르는 사이 신호등의 불빛이 다시 바뀐다. 차도로 한걸음 내려서는 윤의 팔을 남자가 확 잡아챈다. 검은색 가죽옷을 차려 입은 남자가 오토바이를 타고 스치듯 달려간다. 울림이 좋은 북소리 같은 엔진음이 살갗을 두드린다. 윤은 충동적으로 물어보았다.

"어제 그 커피, 마시지 않을래요?"

"그러죠. 푸우를 만지작거리면서."

"그보다, 배가 고픈데 큼직한 새우가 든 튀김우동을 먹는 게 어때요?"

"새우와 푸우는 다른데."

남자는 억울한 눈빛으로 윤을 돌아본다.

"다르죠. 초록과 빨강처럼. 근데 거기에 무언가를 곱하면, 같아져요. 다른 사람들과 같아지기 위해 사람들은 제각각의 곱셈을 갖고 있거든요."

그 무언가가 뭘까, 묻듯 남자는 눈을 몇번 깜박인다.

"세상에 100의 빛이 있으면 −100의 어둠이 있어요. 그 어둠에 −1을 곱하면 100의 빛이 되는 거죠. 부또오는, 그 −1을 찾는 여행이라더군요. 팸플릿에 적혀 있었는데, 에비 오빠는 성실한 학생은 못 되는군요."

남자는 왼손을 들어 윤의 머리카락을 귀 뒤로 넘겨주었다. 짧은 머리카락은 몇가닥만 남기고 다시 흘러내린다. 네온의 명멸처럼 짧지만 환한 어떤 것이 가슴속에서 반짝 빛났다. 지나온 삶에서, 우연히 다가온 따뜻하고 빛나는 시간들은 언제나 너무 짧았고 그뒤에 스미는 한기는 한층 견디기 어려웠다. 그랬다 해도, 지금 이 순간의 따뜻함을 하찮게 여기고 싶지 않다.

"다시 오게 된다면, 부또오를 한번 더 보고 싶어요."

남자의 얼굴이 한순간 환해진다. 고개를 기울여 네게만 알려준다는 듯 조용히 속삭였다.

"아까 해설을 읽어봤는데, 그 방 안에 가득 매달려 있는 동백꽃 중 하나만 생화라더군."

"계절과 상관없이?"

"계절과는 상관없이, 오직 한송이만."

추모 산문

저 깊은 다정과 치열

정지아

인생의 본질은 이별에 있다. 떠난 뒤에야 빛남을 깨닫게 되는 청춘과도, 숨 막히게 사랑했던 연인과도, 피와 살을 준 부모와도, 자신의 모든 것을 바쳐 키워낸 자식과도 이별하지 않을 재주가 있는 사람은 세상에 없다. 시간은 언제나 인간의 편이 아니다. 인간으로서는 견뎌내는 것 외에 달리 할 수 있는 일이 없다. 늙어간다는 것은 저 자신의 몸과 천천히 이별할 수 있는, 잔인한 신이 인간에게 허한 유일한 선물일지 모른다. 때로 어떤 사람에게는 그조차도 허용되지 않는다. 신은 정미경 선배에게 유독 잔인했다.

늘 선배가 부러웠다. 멀리서 보는 이에게 그의 삶은 충만하고 여

---

* 이 글은 『창작과비평』 2017년 봄호에 발표했던 산문을 재수록한 것이다.

유롭고 평화로웠다. 선배를 글로만 만나던 시절, 때로 질투에 사로잡힌 적도 있었다. 대학 시절의 뜨거운 연애쯤이야 누구나 경험했을 테지만 그 사랑이 결혼으로 연결된 경우는 흔치 않다. 철없던 시절 선택한 남편이 세상에 널리 알려진 유명한 화가로 성장하는 일은 더더욱 흔치 않다. 하물며 그 사랑이 세월 앞에서 퇴색되지 않고 외려 숙성하여 진정한 영혼과 예술의 동반자가 될 수 있다니. 설마, 그저 세상에 보여진 모습일 테지, 치부하고 싶었는지 모르겠다. 그러나 어느 여행에서 만난 선배 부부는 다정하고 편안하고 친밀했다. 막 사랑에 빠진 젊은 연인처럼 요란하게 자신들의 사랑을 과시한 것은 물론 아니었다. 나란히 서서 그저 바라보고 몇마디 말을 속닥이고, 그런 두 사람 사이에 세상의 어떤 검으로도 깰 수 없는 사랑의 결계가 쳐져 있는 듯했다. 결혼이라는 하자 많은 제도가 허한 최고의 관계가 아닐까, 인정하지 않을 수 없었다.

어떤 세계를 경험해보지 못한 범인은 그 세계의 본질에 가닿기 어렵다. 내가 그러했다. 빨치산의 딸로 태어나 독재시대에 성장한 나에게는 단 한번도 편안한 일상의 세계를 경험할 기회가 주어지지 않았다. 해서 내게 허락되지 않은 그 세계를 감히 속물의 세계라 손쉽게 비난했고, 아예 엿볼 시도조차 하지 않았다. 나이 들면서 무엇인가 놓치고 있다는 자각이 들었다. 선배의 소설을 읽을 때마다 그 자각이 깊어졌다. 결국 선배의 글이 일상을 철저히 배제한 나의 단단한 세계를 무너뜨렸다.

언제였는지 정확히 기억나지 않는다. 남도의 가을을 가장 선연하게 알리는 감들이 붉게 익어가던 무렵이었다. 선배와 평사리 토지마을을 걷고 있었다. 담장 밑마다 흐드러진 늙은 호박에도 시들어가는 잎사귀에도 남도의 따가운 햇살이 쏟아져내렸다. 자연은 인위적으로 조성된 공간조차 제 안으로 흡수하여 마치 제 것인 듯 천연덕스럽게 우리 앞에 가만히 펼쳐놓았다. 구불구불한 골목길을 걷다가, 촌년이었던 우리는 어린 날의 추억 속으로 자맥질하듯 빠져들었다. 이런저런 추억여행을 거쳐 선배의 시댁이 있다는 남원에까지 이야기가 이르렀다. 선배는 시댁의 그 많은 추도식을 직접 다 치렀다고 했다. 그때 알았다. 선배가 일상을 얼마나 치열하게 사는 사람인가를. 그리고 내가 그랬듯 많은 사람들이 범속하다고 치부하는 일상이라는 것이 얼마나 깊은 의미를 지니고 있는가를. 일상의 본질에 가닿지 않은 자가 그 세계를 뛰어넘겠다고 하는 것이 얼마나 가당찮으며 오만한 일인가를.

선배의 영원한 동반자였던 김병종(金炳宗) 화백은 결혼한 뒤에도 평생 아내가 차려준 저녁밥을 먹었다고 한다. 선배의 음식솜씨가 뛰어나다는 것이야 정평이 나 있지만 김 화백이 원한 게 설마 맛있는 밥만이었을까. 모르긴 몰라도 그가 진짜 원했던 건 사랑하는 사람과 함께 나누는 소박하고 정겨운 시간이었을 것이다. 그 시공간을 감싸고 있었을 충만한 사랑이 부러움과 동시에 그런 충만한 사랑은 아무에게나 주어지는 것이 아니라는 것을 깨달았다. 선배는 최선을 다해 일상을 살아냈다. 선배는 등단한 뒤에도 남편과 아들 둘의 도시락까지 다 싸준 뒤에 작업실로 향했다고 한다. 하루

세끼 밥을 차리는 일의 번거로움은 두말해 잔소리다. 오죽하면 여자들이 가장 싫어하는 남자가 하루 세끼 집에서 밥 먹는 '삼식이'라고 할까. 아마 선배는 즐거이 밥을 차렸을 것이다. 사랑으로만 될 일은 아니다. 범속한 일상사의 숭고한 의미까지 알지 않고는 삼시 세끼 즐거이 밥을 차릴 수 없다. 사람으로 태어나 제 한 몸 먹여가며 다독여가며 살아내기도 어렵다. 하물며 가족이야. 나로 인해 세상에 온 생명을 오롯이 책임지고, 부모든 자식이든 친구든 인연이 닿은 사람들의 삶에 온기를 불어넣고, 그렇게 서로 다독이며 견뎌내라는 것이 일상사의 의미라고, 나는 오십이 가까운 나이에 생각했다. 때로는 일상을 뛰어넘어야 하는 순간도 온다. 그러나 일상을 부정하고서는 뛰어넘을 수도 없다. 그건 뛰어넘는 것이 아니라 파괴다. 소소한 삶의 가치를 제대로 인정하지 않은 혁명의 실패를 우리는 여러차례 경험했다.

선배는 최선을 다해 일상을 살았다. 게다가 그 일상에 안주하지 않았다. 가는 그날까지 자기가 속한 세계의 다양한 층위에 관심을 가졌고, 이해하기 위해 노력했으며, 그런 삶들을 문학의 지평 위에 펼쳐놓았다. 선배는 자신이 출발한 지점부터 최선을 다해 다른 층위의 삶을 향해 나아갔던 것이다.

선배와 키르기스스탄에 갔을 때였다. 혼자 사라졌던 선배가 나타났을 때 누군가 물었다.

"자기, 어디 갔다 왔어?"

선배는 다소 당황한 것 같았다.

"그냥 저기……"

그래서 다들 별일 아닌 일로 집요하게 캐물었다. 대체 어디 다녀왔느냐고. 그러자 선배가 슬그머니 뒤에 감추고 있던 작은 쇼핑백을 내밀었다.

"아유 그래. 샀어요, 샀어."

그 안에 든 것은 명품이라기에는 가격대가 낮지만 이제 막 떠오르고 있는 외국의 신진 브랜드 핸드백이었다. 다들 핸드백을 구경하면서 웃고 지나쳤다. 사소한 순간이었다. 그런데 선배의 부고를 듣고 가장 먼저 그 장면이 떠올랐다. 예쁜 소품에 대한 호기심을 잃지 않은 선배, 그닥 비싸지도 않은, 자신의 형편에 비하자면 소박했을 핸드백 하나를 사면서도 그조차 사지 못하는 어떤 사람들에 대한 미안함을 버릴 수 없는 선배, 그러면서도 솔직한 선배, 그 솔직함을 과하지 않게 귀엽게 표현할 줄 아는 선배, 나는 그 모든 점이 다 좋았던 것 같다. 그리고 그런 모습이 고스란히 선배의 소설이기도 했다.

김병종 화백은 한 인터뷰에서 선배의 소설이 저평가된 데 대해 안타까움을 토로했다. 나 역시 그랬다. 나는 선배의 글에 단 한번도 실망한 적이 없다. 선배는 가족을 위해 정갈한 삼시세끼를 차려냈듯 독자들 앞에 늘 정갈한 소설을 내놓았다. 문단이 어떻게 평가하든 크게 중요하지 않았을 거라 짐작한다. 처음부터 지금까지 선배의 문학적 재능을 백 퍼센트 신뢰하는 굳건한 예술적 동지가 든든하게 곁을 지켜준 것도 한몫했을 테지만 선배는 아마 자기가 엿본

세계를 제대로 형상화하지 않고는 스스로 배기지 못하는, 일종의 완벽주의자였을 것 같다. 때로 같은 언저리를 맴돈 적은 있어도 선배의 글이 급해서 함부로 차려낸 밥상 같았던 적은 한번도 없었다.

선배의 소설은 중산층의 허위의식으로 시작해 자본주의의 본질로 나아갔다. 자본주의를 제대로 이해하기 위해 선배는 '도무지 무슨 말인지 알 수 없었던 경제이론서'를 읽었고, '금융용어가 외계어처럼 낯선 상태'에서도 '파생금융의 지존 L'로부터 자본주의 이데올로기를 배웠다. 선배는 자료를 수집하고 학습하고 체화하는 데 능한 작가였다. 지난해 이효석문학상을 심사하면서 선배의 소설 「못」을, 외람되지만 이렇게 평한 적이 있다.

"정미경 소설엔 언제나 '오늘'이 있고, 그 오늘은 자본주의적 욕망과 맞닿아 있다. 욕망의 끈을 붙들고 추락하는 남자와 추락할 것을 알기에 욕망하지 않으려는 여자의 쓸쓸한 삶을 정교한 언어로 직조한 수작이다."

나는 선배만큼 자본주의의 본질을 향해 정면으로 돌진한 작가가 최근의 한국문단에는 없었다고 믿는다. 그렇다고 이데올로기가 압도하는 소설은 아니었다. 선배는 이데올로기를 현실의 삶으로 끌어들여 생생한 피와 살을 부여할 줄 아는 작가였다.

문학상이라는 것이 소설에 대한 유일하고 절대적인 평가는 아니다. 사람이 살면서 가장 중요한 것을 놓치는 일이 흔하듯 문학상 또한 대중성이라든가 기타 등등의 이유로 좋은 작품을 놓치는 일도 흔하다. 자주 문학상 후보에 올랐던 선배의 작품이 수상작으로 선정되는 데 걸림돌이 되었던 것은 주로 너무 정통적이다, 형식적 새로움이 없다,는 것이었다. 나는 그런 평에 동의하지 않는다. 너무 정통적이라는 것은 정통성에 대한 부정이거나 새로움의 부재라는 의미로 읽힌다. 정통성을 완전히 부정하고 우리가 어디로 나아갈 수 있는지 나는 모르겠다. 그러므로 아마 새로움의 부재를 의미하는 걸 거라 추측한다. 그러나 정통성을 형식적 새로움으로만 뛰어넘을 수 있는 것은 아니다. 깊이의 새로움도 있다. 깊이의 새로움이라면 선배만한 작가가 드물다. 그럼에도 언젠가부터 깊이의 새로움은 늘 외면당해왔다. 할 말은 많지만 선배의 죽음 앞에서 할 말은 아니다.

선배가 떠난 날에도 텔레비전은 블랙리스트니 뭐니로 시끄러웠다. 용광로처럼 들끓는 촛불정국이 어쩌면 선배의 작품을 다시 보게 만드는, 새로운 사회로의 진입을 알리는 신호탄이 아닐까, 그래서 선배의 작품은 남편의 바람대로 훗날 더 빛을 발하지 않을까, 숙연히 생각했다.

선배는 가족과의 관계를 두고 이렇게 표현했다.

"소설가 아무개는 그들 속에 흡수되어버리는 느낌이다. 하지만 경계가 무뎌지고 세 사람의 '쟁이'들 속으로 흡수되어버리는 그 느낌이 나는 좋다. 팔자일까, 운명일까."

선배의 따스하고 치열했던 삶은 이미 그가 사랑했던 가족들의 삶 속으로 흡수되었을 것이다. 흡수된 그는 떠났어도 떠난 게 아니다. 선배의 삶은 가족들에게로만 흡수된 게 아니다. 소설 속으로도 흡수되었고, 그가 남긴 소설의 인물들 속으로도 흡수되었다. 그가 치열하게 살아냈던 일상의 작은 한조각까지도 그러니 덧없이 사라진 것은 아니다.

죽음 앞에서 이런 말이 허락될지 모르겠지만 작년 겨울 한달간 자신의 죽음과 매일 직면했을 선배가 지나간 삶을 후회하거나 다가오는 죽음을 안타까워했을 것 같지 않다. 김병종 화백은 "사력을 다해 아내를 살려내고 싶었다"고 말했다. 선배는 홀로 남아야 할 남편이 가장 안타깝지 않았을까? 사랑과 신뢰가 컸던 만큼 남은 자의 외로움과 슬픔도 크다. 선배가 주고 간 크고 깊고 다정한 사랑으로 부디 잘 견디시기를.

鄭智我 | 소설가

다음, 다음이라는 건 없다는 말

정이현

　이 글을 완성할 수 있을지 모르겠다. 무엇보다 내가 이 추모글에 적합한 필자가 아닌 이유는, 나는 아직 정미경 선배의 영면을 실감하지 못하기 때문이다. 동료로서도 그렇고 독자로서도 그렇다.

　독자가 한 작가의 부재를 실감하는 순간은 언제일까. 아무리 기다려도 그의 새 소설이 발표되지 않을 때, 다시는 그의 신작을 읽을 수 없다는 것을 깨달을 때, 그때일 것이다. 내가 마지막으로 그의 소설을 읽은 것은 2016년 여름이다. 아직 '오래'라고는 말할 수 없는 시간이다.

　* 이 글은 『창작과비평』 2017년 봄호에 발표했던 산문을 재수록한 것이다.

1

내가 아는 한 그는 재작년 봄과 여름 두편의 단편을 발표했다. 『현대문학』 2016년 5월호와 『창작과비평』 2016년 여름호에 각 한 편씩이다. 『현대문학』에 실린 소설의 제목은 '못'이다. 바로 뒤에 내 소설도 실려 있다. 우리는 성이 같지만 '이'보다는 '미'가 앞이 므로 그의 소설이 먼저였다. 책을 받고서 곧바로 「못」의 시작 페이 지를 펼쳤다. 이런 경우 편집이나 인쇄상의 오류를 확인하기 위해 자신의 소설부터 빠르게 훑는 게 보통이다. 그러나 모든 일에는 예외가 있는 것이다. 『프랑스식 세탁소』(창비 2013) 출간 이후 오랜만에 만나는 신작단편이라 더 반가웠다.

그의 단편에는 두 인물이 팽팽히 대립하는 서사가 많다. 「못」 역시 두 사람의 이야기다. 두개의 팽팽한 세계에 관한 이야기라는 의미이기도 하다. 실직 상태인 남자와, 대형마트의 가전코너에서 일하는 여자. 욕망을 향해 질주함으로써 불안감을 미루는 남자의 이름은 공(空)이고, 불안하기 싫어 미리 포기하는 일이 몸에 밴 여자의 이름은 금희다. 본명은 영기인데 연기라는 발음이 싫어 단단하고 변하지 않는 금(金)을 넣어 바꾸었다.

인정과 안정을 좇아 달리지만 뜻대로 되지 않고 허공의 안갯속에 갇혀버린 인물의 위선적 내면을 그만큼 냉정히 들여다보고 촘촘히 묘파하는 작가는 드물 것이다. 「파견 근무」의 판사 강, 「남쪽

절」의 출판사 대표 김, 「프랑스식 세탁소」의 재단 이사장 '나' 등등
(이상 『프랑스식 세탁소』). 그들은 예외없이 윤리적 선택의 기로에 서
고, 결정의 순간 이미 실패를 직감한다. 그 상대편에는 그들의 허
위의식을 거울처럼 말갛게 비추는 인물이 있다. 「남쪽 절」의 은애,
「프랑스식 세탁소」의 미란, 「내 아들의 연인」(『내 아들의 연인』, 문학동
네 2008)의 도란처럼 주로 여성들이 그 역할을 했다.

그런데 「못」은 좀 다르다. 기르던 길고양이의 치료비가 예상보
다 많이 나오자 금희가 고양이를 두고 그냥 돌아 나오는 장면이 강
렬하게 인상에 남는다. 남겨진 고양이는 "알아서 처리해"달라고,
"길에 돌아다니던 고양이예요."라고 덧붙이는 그 일상적인 목소리
가 섬뜩하다. 녹슨 못으로 쭉 긁힌 손등에 혀끝을 가져다 대면 이
런 맛이 날까.

소설의 마지막 두 문단은 이렇다.

다음에 또 오자. 막 빠져나온 세차 기계를 되돌아보는 금희에
게 무심코 말했을 때 그녀의 대답은 뜻밖에 단호했지.

다음. 다음이란 건 없어.

이런 단호함이 전에도 있었던가. 나는 책장을 뒤져 그의 근작소
설집 『프랑스식 세탁소』를 꺼내들었다. 마지막 문장에서 인물들은
"엄살이라도 떨듯 어깨를 움츠리며 부르르 떨"거나(「파견 근무」), 계

202

약서가 든 가방을 꼭 쥔 채 버스에서 차도로 내려서며(「남쪽 절」), 맛없는 초콜릿을 "뱉어버리고 싶"으면서도 "천천히 녹여 먹"고(「소년처럼」), 바닥에 떨어진 꽃잎을 치우고 싶어한다(「프랑스식 세탁소」). 결정들은 여운을 남긴다. 다음이라는 건 없다고 칼날같이 선언한 적은 없었다. 작가의 소설은 이전과 다른 길에 들어선 것 같았다.

얼마 후 받아든 『창작과비평』에서 또 그의 이름을 보았다. 신작에는 '새벽까지 희미하게'라는 제목이 붙어 있었다. 단숨에 다 읽었다. 무척 재미있는 소설이었다. 썬글라스를 낀 채 모과나무를 힘껏 끌어안고서 자기 힘든 얘기를 막 털어놓는 인물, 송이가 특히 좋았다. 송이가 썼다는 소설 속 그림책 『미루나무 꼭대기에 걸린 팬티』의 줄거리를 소개하는 부분에서 한참 킥킥 웃었다. 다음에 언제 작가를 만나면, 똥 묻은 팬티를 남몰래 수거하기 위해 눈물겨운 여정을 떠나는 토끼 이야기를 진짜 그림책으로 펴내시라고 졸라야지, 생각했다. 그런데 이 선배님은 어쩌면 이렇게 소설을 잘 쓰실까, 가만히 생각했다.

2

정미경 선배를 만난 것은 그로부터 몇개월 뒤, 그러니까 2016년 가을의 어느날이다. 한 문예지의 장편소설 공모 심사 자리였다. 당일 저녁부터 기온이 급강하한다는 예보가 있었다.

오랜만이라는 인사를 나누고 나서 나도 모르게, 어쩌면 똑같으세요,라고 해버렸다. 늘 단아하고 고운 외양만을 이야기하는 게 아니다. 그에게는 특유의 태도와 분위기가 있었다. 그것을 어떻게 표현해야 좋을까. 꼿꼿하고 반듯한, 안과 밖의 균형이 잡힌, 온화하고 강인한. 그를 보면 온화하고 강인한 것이 하나의 존재 안에 깃들 수 있음을 알게 되었다.

긴 회의가 끝나고, 초밥을 파는 식당에서 저녁을 먹었다. 밤공기가 찼다. 선배는 히레사께를 주문했다. 흔히 '도꾸리'라고 부르는 흰 도기 술병이 나왔다. 다들 각자의 몫이 있었음에도, 선배는 작은 잔에 술을 한잔씩 따라 좌중에 나누어주었다. 나눠 마셔야 맛있죠. 환한 얼굴로 말했다. 병색 같은 건 전혀 없으셨다. 옆자리에 앉았던 나도 한모금 마셔보았다. 술은 부드럽고 따뜻했다. 소설 쓰는 이들끼리 있으면 으레 그렇듯 우리는 소설 이야기는 하지 않고 사는 이야기를 했다. 더 많이 했으면 좋았을 것이다. 선배는 나에게 딸들이 많이 컸겠다고 했고, 나이를 말하자 어머,라고 낮은 감탄사를 뱉었다. 너무 예쁠 때네,라고 했다. 힘들 때이기도 하다고 나는 대답했다.

그런데, 금방 지나가요.

금방 지나간다…… 모르고 있었던 건 아닌데 믿지는 않고 있었나보다. 선배의 음성으로 들으니 갑자기 그 사실에 깊은 신뢰가 생겼다. 위로하기 위해 아닌 소리를 하실 분이 아니니까. 그래, 선배가 알려준 대로 시간은 정말로 지나가겠지,라고 생각했다. 언젠가 그에게 노트북 속 원고파일들을 통째로 날린 적 있다는 얘기를 들었다. 오래전 일이에요,라고 그는 말했었다. 그런 시간을 지나온 선배의 말을 어떻게 믿지 않을 수 있나.

밤 9시 반이 넘었을까. 파할 시간이었다. 선배는, 아마도 부군을 만나 함께 귀가하기로 약속한 것 같았다. 눈치를 채곤 다들 조금 놀렸다. 손을 내저으며 수줍어하던 그의 미소가 선연하다. 찬바람 부는 거리로 나서서야, 나는 다음 날이 토요일임을 뒤늦게 떠올렸다. 아침 일찍부터 아이들의 체육대회였다. 가정통신문에는 점심 도시락 대신 요기를 할 만한 간식을 싸오라고 적혀 있었다. 그 밤, 술집과 커피집이 늘어선 홍대 거리에서 무슨 수로 그런 간식을 구해 간단 말인가. 어쩌죠? 편의점에 가볼까요? 차분히 듣고 있던 선배가 말했다. 빵! 빵이 좋겠어. 그는 아이들이 한입에 집어 먹을 수 있는 빵들의 이름을 댔다. 미니단팥빵, 찹쌀도넛…… 그 발음이 다정했다. 와 역시! 나는 고맙다는 뜻으로 오른손 엄지를 치켜들었다.

길 건너 빵집의 불이 아직 환했다. 다행이었다. 우리는 함께 빠른 걸음으로 횡단보도를 건넜다. 거기서 인사를 나눴다. 선배가 빈 택시 쪽으로 걸어가시는 것을 보고서, 나는 빵집 문을 열고 안으로 들어섰다. 그게 마지막이었다.

3

SNS를 통해 믿기지 않는 소식을 접한 것은 2017년 1월 18일 아침이다. 당연히 무슨 오해일 줄 알았다. 알 만한 몇군데에 연락을 해보았는데 다들 첫마디에 네?라고 했다. 정확한 소식을 아무도 몰랐다. 3개월 전만 해도 그렇게 아무렇지도 않으셨는데. 아닐 거야. 그럴 수도 있나. 어떻게 그럴 수가 있지. 아닐 거야. 술을 그렇게 맛있게 드셨는데. 아닐 거야. 나는 속으로 끝없이 중얼거렸다.

바보같이 들리겠지만, 오해가 아님을 확인한 순간부터 나는 소설이 미웠다. 다 소설 탓인 것 같았다. 그의 몸이 많이 아프게 된 것도, 병원에 미리 가보지 않은 것도 다 소설 탓이 아니면 무엇이겠는가고 생각했다. 소설 쓰기에 몰입해 있는 동안 일상이 얼마나 피폐해지는지, 건강이 얼마나 상하는지 잘 알기 때문이다. 그런데 왜, 무엇 때문에, 우리는 소설을 쓰는가. 생을 사는가. 이렇게 얼얼하게 뒤통수를 맞으면서. 아무에게도 물을 수 없고 아무도 답해주지 못할 의문이 가슴을 답답하게 짓눌렀다.

빈소에 다녀온 뒤에도 며칠을 멍하니 보냈다. 눈이 많이 내린 어느 밤에 레너드 코페트(Leonard Koppett)의 『야구란 무엇인가』(황금가지 1999)의 머리말에 나오는 문장에서 '야구'라는 단어를 모두 '소설'로 바꾸어 읽어보았다.

"소설을 사랑하는 사람들은 모든 것이 종잡을 수 없을 만큼 격변

하는 이 세상에서 오로지 소설만이 만고불변으로 남아 있다는 데에 영광이 있다고 말한다. 그러나 천만의 말씀이다. 이 세상에 변하지 않는 것은 없다."

변하지 않는 것은 없고, 한명의 소설가가 세상에서 사라졌다. 기다려도 다시는 그의 신작을 읽을 수 없다. 그의 변화하는 문학세계를 지켜볼 수 없다.

남겨진 작품들을 다시 천천히 읽어야 한다는 뜻이었다.

작업실 책상 위 달력 여백엔 내가 펜으로 적어놓은 문장이 하나 있다. '나를 풍요롭게 하는 것이 나를 파괴한다.'

——『프랑스식 세탁소』, '작가의 말' 부분

설령, 쓰기에 몰두하는 삶이 작가의 건강을 파괴했을지라도 소설을 쓸 수 있어 그의 생애는 풍요로웠을 거라고 믿고 싶다. 글의 끝에 다다랐으나 나는 아직도 그의 부재를 실감하지 못하겠다. 이른 부음이 비통하고 안타깝지만, 이제 작가 정미경이 남긴 소설들이 어떤 수식에도 갇히지 않기를, 보다 멀리 날아가 다층적으로 읽히기를 진심으로 소망한다.

鄭梨賢 | 소설가

나의 피투성이 연인

김병종

  작가 정미경이 떠났다. 발병 한달, 입원 사흘 만의 일이었다. 예기치 못한 이 일은 흡사 천둥 벼락 치듯 일어났다. 그녀는 절망적 병을 선고받고도 침착했다. 한사코 입원 대신 남편인 나와 함께 있기를 원했고 우리는 마치 여행이라도 온 듯 스물이레 동안을 집에서 함께 지내며 책도 읽고 산책도 했다. 무엇보다도 3년 열흘치쯤의 대화를 나누었다. 거의 완벽하게 신혼으로 회귀한 셈이었다. 발병 사실을 통보받기 이틀 전에는 생애 마지막이 된 문학상도 하나 받았다. 작은 상이었지만 10년 만의 일이어서 기뻐했고 상금을 받으면 여행을 떠나기로 했다.

* 이 글의 제목은 정미경의 소설집 『나의 피투성이 연인』에서 가져왔다. 본문은 문화일보에 실렸던 '명작의 공간'(2017.3.17/24)을 보완·수정하였다.

장소는 "국경의 긴 터널을 빠져나오자 눈의 고장이었다."는 에
찌고 유자와였는데 나중에 보니 함께 떠나기로 한 날이 하필이면
발인이었다. 「폭설」이라는 작품으로 신춘문예를 통해 세상에 나왔
던 그녀는 '서설'이 분분히 날리던 날 눈의 고장 니이가따로 가는
대신 천국으로 가는 검은 리무진을 탄 것이다.

"그러면 안녕. 한동안 우리의 것이었던 여름의 햇볕이여." 까뮈
의 소설 한 구절처럼 여름날의 무성한 추억을 뒤로한 채 그녀는 떠
났고 나는 남겨졌다. 아내가 떠나자 집이 사라져버렸다. 오래전 어
머니가 떠나자 고향이 사라져버린 것과 비슷했다. 아침저녁 드나
들건만 내 몸은 건물 위로 둥둥 떠다녔다. 애도의 방식은 사람마다
다를 것이다. 내 경우는 한번씩 조용히 문을 닫고 들어가 의식을
치르듯 벽에 기대앉아 운다. 하염없이 울다보면 정화가 되는 느낌
이었다.

내 평생의 문학 동지이자 연인이었고 누이였으며 어머니였고 아
내였던 여자를 떠나보냄에는 눈물만한 의식이 없다는 생각이 들었
다. 그렇긴 해도 도대체 이 맑디맑은 물이 탁한 내 몸 어느 저수조
에 고였다가 이토록 흘러내릴까 하는 생각이 들곤 했다. '나이 든
남자 오래 울기대회' 같은 것이 있다면 결단코 자신이 있었다. 그
렇게 한참을 울다보면 소리 하나가 들려오곤 했다.

"아빠 울지 마. 이렇게 떠나와서 미안해. 하지만 나는 밝고 아름
다운 곳에 와 있어. 그러니 울지 마."

그리고 그 소리가 들려올 때쯤 나는 조용히 일어서곤 한다. 아무

일도 없었던 듯 햇빛 쏟아지는 일상 속으로 걸어나가는 것이다.

　정미경은 2000년 무렵부터 거의 모든 작품을 방배동 까페 골목
에 있는 R이라는 이름의 한 반지하 원룸을 빌려 썼다. 햇볕이 들지
않는 음습한 곳이었다. 길 쪽으로 난 작은 창으로는 지나가는 사람
들의 발뒤꿈치들만이 분주했고 벽체는 얇아 옆방에서 두런거리는
소리며 싸우는 소리 같은 것들이 간단없이 들려왔다. 그런데 그녀
는 그 춥고 스산하고 음습한 공간으로 내려가야만 글이 써진다고
했다. 채탄을 하는 광부의 심정으로 그곳에 가는 것이라고 했다. 점
심을 먹으면 오후에 나른해진다며 아침에 나갈 땐 달걀 하나와 삶
은 감자 한알 정도만을 가지고 갔는데 그나마 차게 식은 걸 다시
가져오기 일쑤였다. 심지어 의자에 앉으면 긴장이 풀린다며 서서
쓰는 책상을 하나 구해 그 앞에서 대부분의 글을 썼다. 나갈 땐 전
사처럼 비장했고 돌아올 땐 허연 거미처럼 진이 빠져버린 모습이
었다. 그런 그녀를 보며 얼핏 문학이 장차 저 사람을 죽음으로 몰
고 갈 수 있겠다는 생각이 스치기도 했고 그럴 땐 글쓰기에 대한
방향 없는 분노 같은 것이 치밀어오르기도 했다.
　어쨌거나 방배동의 그 습하고 햇빛 한줌 없는 반지하 원룸에서
그녀는 「밤이여, 나뉘어라」(『내 아들의 연인』, 문학동네 2008), 「무화과나
무 아래」 「무언가(無言歌)」 「검은 숲에서」(『발칸의 장미를 내게 주었네』,
생각의나무 2006), 「남쪽 절」 「울게 놔두세요」 「프랑스식 세탁소」(『프
랑스식 세탁소』, 창비 2013) 같은 뛰어난 작품들을 썼다. 그리고 「나의

피투성이 연인」(『나의 피투성이 연인』, 민음사 2004)을 썼다. 그 작품은 오늘을 예견한 듯 완벽하게 그녀와 나의 이야기를 거꾸로 배치하여 쓴 것이었다. 작가인 남편이 어느날 갑자기 세상을 떠나게 된다. 남겨진 아내는 남편의 장례를 치른 지 두달여 만에 컴퓨터 파일 속의 남편 유작 출간 문제를 놓고 고민한다. 그 안에는 그녀와 나눈 사적 편지며 일기 같은 것들이 있었는데 출판사 쪽에서는 소설뿐 아니라 이것도 출간하자 권유하고, 센세이셔널리즘을 혐오했던 남편이 그런 일을 슬퍼해 화를 낼 것이라는 생각으로 아내는 괴로워한다. 그리고 외상 후 스트레스 증후군으로 극심한 두드러기 증세를 겪는다. 소설은 소름끼치도록 오늘의 그녀와 나의 상황을 그려내고 있었다. 소설 속 굵은 대화체 문장 또한 완벽하게 우리가 평소에 나누었던 날것 상태 그대로의 대화를 옮겨놓고 있었다.

그녀가 떠난 후 짐정리를 위해 그 반지하 방을 열고 들어가니 벽에 붙어 있는 쪽지들이 보였다. "나를 풍요롭게 하는 것이 나를 파괴한다." "나의 최후를 맞으리라는 그곳에, 칼이 항복한 자를 얼마나 깊이 찌르는지 오직 나에게만 시험하도록." "책을 끝내는 것은 어린아이를 뒤뜰로 데려가 총으로 쏘아버리는 것과 같다."는 섬뜩한 문장도 보였다. 그렇게 벽에 붙어 있는 무수한 쪽지들이 내게는 흡사 사방에 튄 핏자국처럼 느껴졌다. 전장도 그런 전장이 없었다. 글 쓰는 일을 꼭 이렇게까지 해야만 했던 것일까. 조금만 더 즐겁게 해낼 수는 없었던 것일까 한스러웠다. 언젠가 그녀의 신문 칼럼을 읽다가 이렇게 쓰는 것이 글을 쓰는 일이라면 나는 포기해야 되겠다는 생각이 들었다. 앞으로 취미로라도 글을 쓴다고 나설 수가 없겠다는 생각이 들었던 것이다. 그날 아침 식탁에서 그녀에게 물었다. '일보'라는 말이 무슨 뜻인지 알아?라고. 눈을 동그랗게 뜨고 바라보는 그녀에게 말했다. 그건 하루치의 시효를 지녔다는 뜻이야. 오늘 당신의 신문 글이 일몰과 함께 잊히고 사라진다는 뜻이지. 요샌 일몰은커녕 점심도 전에 사라져. 도대체 누가 알아준다고 이렇게 혼신을 다하는 건데? 그녀는 배시시 웃었다. 아빠가 알아주잖아. 난 한 사람의 독자면 돼. 그것도 보통 독자여야 말이지.

아내의 길지 않은 소설가적 생애는 대체로 불운했다. 스물여덟 살에 신춘문예로 등단했지만 이후 10년의 세월을 온갖 가정사에 부대껴야만 했고, 원고 청탁 하나 받지 못했던 그 긴 세월 동안 암중모색처럼 홀로 썼던 장편 한편, 중편 둘, 단편 여덟편을 어느날의 컴퓨터 사고로 홀연히 날려버리는 일까지 생겨났다. 그때 이틀 동안을 방에 누워 천장만을 바라보며 지내는 그녀를 보며, 문득 오래 전 이어령 선생이 어린 학생이었던 그를 문학사상사로 불러 했다는 말이 생각났다. "뛰어난 작가가 될 것이다. 다른 것 신경 쓰지 말고 글쓰기에만 전념했으면 좋겠다." 만 스물두살도 되기 전에 2년 연속 이대문학상과 중편소설 공모며 다른 대학의 범대학문학상 같은 상까지 몰아쳐서 받은 그녀를 보면서 이 날카로운 젊은 석학은 착잡한 우수를 느꼈던 것은 아닐까. 문학에만 매진한다면 정말 뛰어난 작가가 될 것이다. 하지만 범용한 삶, 일테면 결혼생활이며 자녀 양육 같은 일에 작은 에너지를 나누다보면 결코 문학적 승리를 거두기 어려울 것이다,라는. 아내가 삶에 부대끼며 10년간 쓴 작품들을 잃어버린 날 나는 그 '다른 것'을 훔친 것에 대한 죄의식으로 떨었다.

그러나 그 '다른 것'을 정미경은 마치 성직처럼 해내었다. 삶 자체를 사랑했고 소홀함이 없었다. 그녀가 떠나던 날 관 위에 손을 얹고 두 아들이 말했다. 엄마 사랑하고 존경합니다. 엄마가 삶으로 보여주신 그대로 따라 하겠습니다. 「나의 피투성이 연인」에는 반복하여 이런 문장이 나온다. "아아, 인생을 일천번이라도 살아보고 싶다. 이처럼 세상이 아름다우니까." 결코 아름답지만은 않은 삶을 껴안고 보듬으며 아름답고 단아하고 우아하고 품위있게 끌어나가는 힘이 그녀에게는 있었다. 그리고 죽음에 이르기까지 변함이 없었다.

세상을 떠나기 일주일쯤 전이었던 것 같다. 방문을 나서려는데 평소와는 다른 목소리로 아빠, 하고 불렀다. 신혼 때 호칭 문제로 우물쭈물하던 그녀는 아이가 생기면서부터 '아빠'라는 호칭을 썼고 시도 때도 없이 그렇게 불렀다. 그녀가 나를 불렀을 때 올 것이 왔구나 싶었다. 병의 완악하고 급속한 상태를 누구보다 잘 알고 있었지만 그간 그녀는 죽음이라는 단어를 단 한차례도 입 밖에 내지 않았다. 심지어 세계적 임사학자 퀴블러 로스(Elisabeth Kübler-

Ross)도 죽음에 임박해 절규하듯 던졌다는 "why me?"라는 물음을 신 앞에 하지 않았다. 그냥 모든 것이 평온했고 모든 것이 예뻤다. 말이 나왔으니까 말이지만 햇빛 쏟아지는 이대의 교정을 걸어나오던 날로부터 세상을 떠나기까지 아내는 내게 예쁜 언어, 예쁜 눈짓, 그리고 예쁜 모습만을 보였다. 죽음에 임박해서도 단 한마디의 원망과 짜증의 말이 없었다. 곁에서 볼 때 거의 경이로울 정도였다. 그런 그녀가 나를 불러 세운 것이다.

"나…… 사실……" 내가 말했다. "말해봐. 무슨 말이라도 괜찮아."

"아빠, 믿을지 모르겠지만"이라고 뜸을 들이더니 "나 사실 그렇게 나쁘지만은 않아."라고 했다. 나는 일부러 평소 어투로 말했다. "정 작가. 시간이 없어. 그런 애매한 문어체 말고 구어체로 해봐."

"나 사실…… 그렇게 나쁘지만은 않아. 오히려 약간 좋기까지 해." 그러면서 말했다. "아빠와 함께 있었던 지난 한달이 30년 정도로 느껴져. 어젯밤 그렇게 계산을 해봤더니 여든여덟살이 되데?"

그녀는 내게 어딜 그렇게 분주하게 헤매고 돌아다니다가 이제야 제 곁에 돌아왔느냐고 묻지 않았다. 나는 눈물이 핑 돌았다. "그렇다면 좋아. 앞으로는 어쩔 건데? 고통이 점점 심해질 텐데 이렇게 나하고만 있으면 어떻게 할 건데?"

그녀는 담담하게 말했다. 하도 담담하고 평온해 무슨 동요의 후렴처럼 들릴 지경이었다. "아빠가 기도해주면 되잖아." 나는 화장실로 들어가 수돗물을 틀어놓고 울었다. 이 바보야. 말도 타본 사람이 달려갈 수 있는 법이야. 나는 그분과 죄의 담으로 가로막혀 있

어. 나 같은 자의 기도를 그분이 들어줄 거라고 생각해? 이 바보천
치야. 내가 얼마나 엉터리인 줄 그렇게 오래 같이 살고도 이렇게
모르는 거니?

그 이후 일주일 동안 극심한 통증이 몰려올 때마다 어둠속에서
가만히 손을 내밀어 그녀는 말했다. "아빠 기도해줘." 그리고 정신
없이 중언부언해대는 내 소리가 끝나면 어김없이 말했다. "이젠 됐
어. 훨씬 좋아졌어."

문득 되돌아보니 이별만이 천둥 벼락 치듯 일어난 것이 아니었
다. 만남, 사랑, 결혼이 모두 그러했다. 한 잡지사의 청탁으로 내가
서울대 캠퍼스를 배경으로 쓴 「바람일기」라는 소설과 그녀가 이
대 캠퍼스를 배경으로 쓴 「모래바람」이라는 소설이 연결고리가 되
어 우리는 만나게 되었다. 친절한 잡지사 기자가 그녀의 글이 실린
책을 보내주지 않았던들 만남 자체가 없었을 것이다. 이대 앞의 한
찻집에서 처음 그녀를 만났을 때 김승옥 소설의 한 구절처럼 나는
그녀가 내 생애 깊숙한 곳으로 들어오는 것이 느껴졌다. 이후 결혼
까지 2년 남짓한 기간 동안 우리는 400여통의 편지를 주고받았다.
만남의 기록으로는 일주일에 열세번인가가 최고치였다. 휴대폰 같
은 것이 있을 리 없던 시절 무턱대고 '모래내-서울대'의 142번 버
스를 타고서 아현동 마루턱에 내려 아무 다방이나 한 곳에 들어가
면 거기 그녀가 있기 일쑤였다. 얼핏 영적인 그 무엇이 끌어당긴
다는 느낌이 들 정도였다. 아내를 보낸 후 서가에서 무슨 책인가를

뒤적이는데 이런 내용이 있었다. 세상을 일찍 떠날 운명을 타고난 남자는 혼자 살 운명의 여인에게 정신없이 빨려들어간다는 것. 나는 그 반대의 경우였을까.

나의 아내 정미경은 떠났다. 사력을 다해 살리고 싶었지만 생명은 신의 몫이었다. 그러나 작가 정미경은 내 안에 살아 있다. 이제 내 할 일은 그녀의 못다 한 문학적 삶을 연장하는 일이다. 어쩌면 그 일을 위해 신이 내 삶을 남겨놓은 것이 아닐까 싶기도 하다. 그런 면에서 나는 그녀의 소설 제목 그대로 영원한 '나의 피투성이 연인'인 셈이다.

부고를 낸 적 없건만 빈소에는 다양한 이들이 몰려들었다. 낯선 얼굴들 속에는 문창과 학생이라는 젊은이들이 상당수 있었고 마니아 독자라며 지방에서 온 이도 있었다. 그런가 하면 문상객들 사이를 지나가는데 이런 대화도 들렸다. "시인이라고 들었는데 이름이 생소한데요?" "소설 쪽 아닌가요?" 그랬을 것이다. 열권 가까이 책을 냈지만 반향은 늘 미미했고 그녀 또한 소위 문단이라는 곳의 언저리를 잠시 쭈뼛거리듯 서 있다가 떠난 사람이었기 때문이다. 대중의 갈채도 매스컴의 조명도 받은 적이 없다. (아, 딱 한번 있긴 하다. '블랙리스트'라는 것에 올라 TV 뉴스를 탄 것.) 그런데 한편 생각해보면 대중이 그를 배척했다기보다는 그편에서 대중을 비껴갔던 것은 아니었을까 싶다. 아니 피차에 무관심했다고 하는 편이 낫겠다. 그렇다. 작가 정미경은 다중(多衆)의 반응에 기이할 만큼 무심했다. 혼신을 다해 쓰고 나면 그뿐이었다. 그런데 유독 한 사람의 반응에는 예민했다. 우습게도 그 한 사람은 무슨 영향력 있는 비평가나 편집자 같은 그 분야 전문가가 아니었다. 소설을 한편 발표한다. 그리고 그 글이 실린 문예지가 배달되어온다. 우리가 늘 커피를 마시며 대화하는 커다란 식탁 한켠에 그 책이 한 일주일쯤 머물러 있게 된다. 대개는 그 일주일쯤의 커피타임에 그 글에 대한 얘기가 오가지만 어쩌다 일주일이 넘고 한달이 지나도 그냥 지나갈 때가 있다. 그러면 머뭇거리다 그녀가 묻는다. "지난번 글, 안 좋았지?" 무슨 카르마처럼, 그녀가 만 스물한살에 쓴 중편소설 「불놀이」의 첫 독후평을 써 보낸 이후 나는 30년 넘도록 그녀 글의 첫 독자이자 마지막 비평가를 자임하게 되었고, 이 관계는 그녀의 작가적 삶이 닫히기까지 지속되었다. 그녀가 최초의 그리고 유일한 독자라며 기대어왔건만 나는 차츰 이 작은 일에도 불성실해졌다. 이렇게 해서 놓쳐버린 것 중에 「무화과나무 아래」나 「타인의 삶」 「남쪽 절」 같은 빼어난 작품들이 있다. 「무화과나무 아래」는 창세기에 나오는 "벗었으되 부끄럽지 않았다."는 단 한구절로부터 뽑아낸 뛰어난 상상력의 작품으로, 나로선 엔도오 슈우사꾸(遠藤周作)의 『침묵』을 읽었을 때와 같은 전율이 왔다.

그녀가 갑자기 내 곁을 떠나간 후 맨 처음 엄습한 절망감은, 다시는 그녀의 글들을 읽을 수 없겠구나 하는 것이었다. 새벽녘 배달된 신문을 펼쳐 마치 수공업 장인이 직조하듯이 짜낸 그녀의 글을 읽을 때면 매번 광채가 난다는 느낌이 왔고, 먼저 읽은 내가 그런 느낌을 전해주면 모든 시름이 사라지듯 환하게 웃곤 하던 그녀였다. 그 글도 얼굴도 다시는 볼 수 없다는 것 때문에 가슴이 메어왔던 것이다. 그래서 발인이 끝난 후부터 내가 시작한 일은 '정미경 다시 읽기'였다. 마치 고시공부 하듯이 꼼꼼히 읽고 또 읽었다. 뒤늦게나마 진정한 단 하나의 그리고 최초의 독자로 거듭나기 위함이었다. 그러면서 발견한 한가지 사실이 있다. 그녀 작품 속의 인물들이 한결같이 저마다의 현실 위에 굳건히 발을 딛고 서 있다는 점이다. 부유하듯 존재감 없이 허공에 떠 있는 인물이 단 하나도 없었다. 아프고 깨어지고 피 흘리면서도 그들은 현실 속 저마다의 시공간을 고수하며 생생하게 살아 있는 것이다. 「나의 피투성이 연인」에서 반복적으로 나오는, "아아, 인생을 일천번이라도 살아보고 싶다."는 바람을 진하게들 간직하고 있었다. 때로는 마치 발칸반도의 폐허 같은 삶이라 할지라도 그 폐허 위에 핀 장미를 건네는 연인이거나(「발칸의 장미를 내게 주었네」), 벼랑 끝에 내몰린 상황에서도 창밖으로 몰려와 있는 봄빛에 따스한 눈길을 주는 남자이거나(「성스러운 봄」), 곡절 많은 삶이 빔 벤더스 영화의 필모그라피 영상처럼 무채색으로 흘러가는 여자도(「무언가(無言歌)」), 그토록 갈망하던 닿고 싶었던 곳이 막상 저 허무의 바다, 슬픔의 세상 끝임을 알게 된 남자도(『이상한 슬픔의 원더랜드』), 한결같이 저마다의 삶을 진하다 못해 피투성이로 껴안고 서 있는 것이다. 그리고 사랑했던 것이다.

언젠가 식탁 위 그녀 작품에 대해 말하며, 좀 몽롱하게 써보면 어떻겠느냐고 한 적이 있다. 서사구조 없이, 시작도 끝도 없이 안개 저편에서 바라보듯 어슴푸레하게 쓴다면 훨씬 더 많은 사람들이 실험적이고 매력적으로 보아줄 것 같다고. 그때 그녀는 톡 쏘듯이 말했다. "아빠도 화면에 점이나 몇개 찍고 끝내는 게 어때? 그러면 훨씬 잘나갈 텐데. 내 최초의 독자라더니 자신이 없구나? 좋은 독자는 있는 그대로를 존중하며 읽어주는 거 아니었어?"

새벽마다 일어나 무슨 경전을 읽듯이 '정미경 다시 읽기'를 하면서 나는 비로소 알았다. 인생에 각자가 가야 할 길이 있듯이 소설도 소설가에게도 걸어가야 할 저마다의 길이 있다는 것을. 그것이 혹 잡초 우거진 길이라 해도 저만치 불빛 은성한 다른 쪽을 심지어 흘낏 건너다보아서도 안된다는 것을.

작가 정미경에게는 두 차원의 시공간이 있었다. 한 시공간에서는 「밤이여, 나뉘어라」를 쓰는 작가적 삶을 살았고 다른 한쪽에서는 아이들을 돌보고 남편을 위해 저녁상을 준비하는 여염 여인의 삶을 살았다. 이 두 시공간을 연약한 몸으로 아슬아슬하게 넘나들며 그녀는 있는 힘을 다해 살아냈다. 과부하가 걸린 채 강한 사람 코스프레를 하며 그 두 차원의 시공간을 왕래한 것이다. 두 시공간이 충돌할 때면 기꺼이 작가 쪽을 양보해버렸다. 그러면서도 늘 이런 힘든 삶을 한줄 유머처럼 넘겨낼 줄 알았다. '정미경 다시 읽기'를 하면서 나는 그녀의 문학적 시공간뿐 아니라 실제 삶의 그것 또한 복기해보았다. 그러면서 한가지 사실을 발견했다. "인생을 일천번이라도 살아보고 싶다."는 소설 속 문장은 실제로 자기 자신의 삶에서 건져올린 생생한 언어였다는 것을. 그처럼 자신의 삶에 대한 그녀의 사랑법은 그녀 소설 속 어느 주인공보다도 견고하고 강했다. 그리고 지극하고 간절했다. 개구쟁이 두 사내아이들이 성년이 되기까지 단 한번도 야단치는 모습을 본 적이 없다. 기껏해야 자주 하던 칭찬을 거둬들여버리는 것 정도가 그녀만의 야단치는 방식이었다. 지나고 보니 기적 같은 일이었다. 내게 했던 가장 심한 표현 또한 미간을 찡그리고 5분쯤 입을 닫아버리는 것이었다. 우울한 날이면 글을 쓰는 대신 몇시간이고 음식을 만들어 아이들과 나를 불러들였다. 마치 무슨 축제라도 즐기는 것처럼 식탁엔 꽃을 놓고 음악까지 틀곤 했다. 어쩌면 현실 공간에서의 사랑의 에너지로 힘겨운 소설 공간에서의 삶을 감내하고 이겨내야 한다고 생각했기 때문은 아니었을까 싶다. 결코 그의 소설이 몽롱해질 수 없는 이유이기도 했다.

"두가지를 다 잘할 수 있을까요?" 처음 결혼 이야기가 나오던 날 자신없어하며 그녀가 한 말이다. 그 물음은 사실 스스로에게 던진 다짐이었고 주문이었음을 나는 나중에야 알았다. 이 여자와 함께할 수만 있다면 다른 모든 것은 다 던져버려도 좋으리라고 생각하던 시절이었기에, 아무 걱정 말라고 내가 도와주겠다고 평생 맘껏 글만 쓰며 살게 하겠다고 큰소리를 쳤던 것 같다. 하지만 결혼과 함께, 차라리 아내 수탈이 시작되었다고 하는 편이 나을 만큼 막상 삶은 정신없이 돌아갔다. 둘 다 '흙수저'여서 챙겨야 하는 양가의 행사며 돌아보아야 할 곳도 많았지만 우리는 거의 면제받지 못했고, 밀린 원고 때문에 어렵다고 하면 거 무슨 귀신 씻나락 까먹는 소리냐고 할 판이었다. 사람들은 글이라는 것이 밀가루를 반죽해서 기계에 넣으면 저절로 나오는 국수가락 같은 것이라고 받아들이는 것 같았다. 게다가 수시로 긴 전화를 걸어와 그녀의 시간을 앗아가는 시간도둑들도 즐비했다. 그런 와중에도 그녀는 작은 교회의 주일학교 교사 일까지 해냈다. 유난히 연약한 몸으로 두 차원의 삶을 그야말로 숨 가쁘게 살아냈다. 그런데 문학적 시공간의 무거움과 격렬함 때문이었을까. 실제 삶의 시공간에서 그녀는 한사코 가볍고 유쾌하려고 노력했다. 이리 부대끼고 저리 떠밀려가는 삶 자체를 푸념하지 않고, 따스한 눈길로 바라보며 사랑했다. 때로는 스산하고 때로는 우중충한 일상이라 하더라도 그 그늘을 걷어내가며 푸새한 옥양목처럼 화사하게 빛깔 낼 줄 알고 있었다. 팔색조처럼 제각기 다른 색채로 주변을 환하게 몰아갈 줄도 알았다. 그리고 반짝이는 지적 멘트와 순발력 있는 위트들.

어느 해 여름 우리는 커다란 배에 실려 지중해의 어딘가를 떠가고 있었다. 물결은 강같이 잔잔했고 바람은 달콤했다. 외국인들이 하나둘 춤을 추기 시작했고 우리 일행 중 몇사람도 그들 속에 섞여들었다. 그리고 누군가가 아내의 손을 끌어들였다. 못 이긴 척 나간 그녀는 그러나 곧 좌중을 압도했다. 내가 봐도 발군의 춤 솜씨였는데 특히 외국인들의 탄성과 환호가 요란했다. 곧 그녀를 가운데 두고 원을 그리며 춤판이 돌아갔다. 지금 돌아보면 눈물겹도록 아름답게 지나가버린 삶의 한 페이지였고, 그녀의 한 칼럼 제목처럼 '여름이 우리에게 빌려준 찬란한 시간'이었다. 뜨거운 박수를 받으며 자리로 돌아온 그녀가 살짝 말했다. "나…… 한 춤 했어?"

2014년으로 기억되는데 중국의 시 진핑 주석이 서울대를 방문한 일이 있었다. 그때 방문 기념으로 내 작은 그림 한점이 전해졌고 언론에 일제히 화제기사로 보도된 적이 있었다. 우리 부부와 가까이 지내던 한 언론인 출신 지인이 아내에게 문자를 보냈다. 부군의 작품이 시 주석에게 선물로 주어지게 되어 큰 영광이라고. 이때 그가 받았다는 아내의 한줄 답글. "시 진핑 그까이꺼."

그토록 생기발랄하던 그녀에게 어느날부터 어두움의 그늘이 내려오고 있었다. 손위 오빠에게 병마가 덮쳐왔다. 아내 쪽 집안에서 그는 좀 특별한 존재였다. 잘생긴 외모에 서글서글한 성품의 소유자로 일찍부터 집안의 기둥이었고 특히 그녀 어머니에게는 거의 종교였던 아들이었다. 그는 하필이면 아내의 품에서 임종했는데 소설가의 오라비답게 노을이 참 곱기도 하구나,라는 마지막 말을 남겼다 한다. 실신 지경이 된 장모님에게 다시 끔찍하고 긴 질병의 고통이 이어졌고 아내는 지극정성으로 돌보았지만 의사가 예언한 즈음에 역시 눈을 감았다. 화선지에 먹물이 번져오듯 그늘은 짙은 어두움이 되어 그녀를 휩싸버렸다. 사랑하는 사람을 연이어 덮친 죽음은 어느덧 빛나고 아름다운 그녀의 문장으로도 이길 수 없는 그 무엇이 되어버렸다. 어떤 글은 이 무렵의 그녀가 쓴 한 작품에 대해 "화려하고 속도감 있던 문체가 점점 어두워지며 (…) 삶과 죽음의 경계를 응시하기 시작했다."고 쓴 바 있다. 어느덧 그녀는 죽음과 대면하고 선, 스스로의 소설 공간 속 주인공이 되어갔던 것이다.

그 무렵부터였던 것 같다. 인생의 좋은 날에 2, 3일 앓다가 떠나고 싶다고 입버릇처럼 말하곤 했다. 늘 침착하고 반듯하며 단아했던 그녀의 삶이 흔들린다는 징후는 도처에 있었지만 그래도 그때는 눈치채지 못했다. 지난 늦은 가을 어느날 나를 데리고 느닷없이 양복을 사러 가자고 했다. 양재동에 있는 한 기성복 집으로 가더니 주섬주섬 한꺼번에 무려 세벌의 옷을 고르는 것이었다. 전에 없는 일이었다. 내가 물었다. "이거 새해 선물이야?" 그녀는 1월 1일이 되면 내게 카드와 함께 CD 같은 간단한 선물을 했고 생일이면 주로 양복 같은 것을 선물했다. 새해 선물은 가벼웠고 생일 선물은 돈이 좀 들어가는 것이었다. 생일 선물을 할 때면 벽돌쌓기 해서 번 것이라고 말하곤 했는데 원고료를 그렇게 이야기했다. 한꺼번에 양복 세벌은 새해 선물로는 너무 과했고 새해가 되려면 두달도 더 남은 시점이었다. 그런 얘길 하면서 싫다고 했더니 무심하게 말했다. "그럼…… 내년 생일 선물이라고 쳐." 김새게 그런 게 어디 있느냐고, 그것도 세벌의 양복이면 3년치 생일 선물을 미리 하겠다는 거냐고 짜증을 냈다. 옥신각신하다 결국 양복을 받아들었지만 우울한 외출이 되고 말았다. 그런 흔들림의 징후는 글쓰기에서도 짚어졌다. 마지막 칼럼이 되고 만 한 신문의 지지난해 12월 19일자의 글은 출렁거린다는 느낌이 왔고 심지어 비문 비슷한 문장도 보였다. 그녀의 글에서는 단 한번도 용납되지 않던 일이었다. 글을 읽는데 등 뒤에서 그녀가 말했다. "나도 알아. 억지로 칭찬 같은 것 하려 애쓰지 마."

나중에 알고 보니 이 무렵 이미 병이 깊어 있었던 것이다. 놀라운 것은 햇빛 환할 때뿐 아니라 삶이 어둠과 굴곡진 국면으로 꺾여 들어가는 순간들에도 '인생을 일천번이라도 살아보고 싶어하는' 그 바람과 열정은 변함없었다는 점이다. 삶의 여유며 격조, 유머 같은 것 또한 그대로였다. 세상을 떠나기 보름쯤 전이었을 것 같다. 국선도를 배워보자고 했다. 함께 도장에 등록하고 몇번 드나들었는데 돌아오면 아이들에게 말하곤 했다. "아빠의 저 뻣뻣한 로봇 춤을 도대체 어떻게 해야 하니. 정말 못 보아주겠더라." 둘째아이가 웃으며 국선도 하나도 제대로 못하는 남자와 왜 결혼했느냐고 묻자 대답했다. "그냥…… 벤처에 투자했어. 결국 로또에 당첨된 거고."

그녀가 떠난 후 20년 가까이 쓰다 간 방배동의 그 지하 원룸에 갔을 때 문을 열면서 얼핏 화약 냄새 같은 것이 난다는 생각을 했다. 하긴 그곳에서 화약 냄새 자욱한 발칸반도와 같은 삶의 이야기를 썼으니 그럴 법도 했다. 바로 엊그제까지 머물다 간 곳이어서 그녀의 생생한 현존이 나를 휩싸 안았다. 땅이 기우뚱 흔들리고 천장이 빙글 돌았다. 자판 주변의 수북한 종이들이 일시에 천장으로 날아오른다는 느낌이 들었다. 그녀는 늘 볼펜으로 작은 종이에 하나의 문장을 여러번 고쳐 써본 다음 비로소 컴퓨터로 옮겨갔다. 그래서 소설을 한편 쓰고 나면 끄적거린 흔적이 남은 작은 종이들이 한 박스 정도 나왔다. 나 말고는 세상 누구도 알지 못하는 그녀만의 작업방식이다. 그렇게 살다 떠난 방배동 지하 원룸이야말로 그녀의 문학적 시공간의 최전선이었다. 늘 햇볕 한줌 안 드는 그곳으로 가야만 비장해진다고 하던 사람. 왜 문학이란 늘 비장해야만 되는 것이라고 생각했던 것일까. 때로 부드러운 봄바람에 산책 나오듯, 문학이 그럴 수도 있다고는 왜 생각 못했을까. 이 좋은 세상에 왜 군이 문학만이 제 살을 깎고 피를 말려 이루어지는 것이라는 생각에 길들여졌던 것일까. 종국에 죽음에 이르기까지 왜 그 생각을 놓지 못한 것일까. 그렇게 해서 쌓은 세월의 의미는 무엇이며 세상은 그녀에게 무슨 반향을 주었던 것일까.

  지하 작업실에서 나와 운전을 하며 돌아가는데 라디오에서 노래가 흘러나왔다. 심수봉의 「백만송이 장미」.
  먼 옛날 어느 별에서 내가 세상에 나올 때/사랑을 주고 오라는 작은 음성 하나 들었지/사랑을 할 때만 피는 꽃 백만송이 피워 오라는/진실한 사랑 할 때만 피어나는 사랑의 장미/미워하는 미워하는 마음 없이/아낌없이 아낌없이 사랑을 주기만 할 때/백만송이 백만송이 백만송이 꽃은 피고/그립고 아름다운 내 별나라로 갈 수 있다네

작가 정미경은 떠났다. 떠나왔던 자신의 별로. 그리고 그 떠난 자리마다 기적처럼 피어난 꽃들을 나는 바라본다. 지난 1월 18일 새벽 3시 반에 그녀는 내게 눈으로 말했다. 미안해. 나는…… 여기까지였어. 그랬을 것이다. 몸의 진액을 짜내어 살아온 삶. 더이상은 무리였을 것이고말고.

이제는 그녀를 놓아주어야 할 시간이다. 문학이라는, 내가 그리워만 하며 건너지 못했던 강 저편의 아슬한 능선에서 늘 푸르른 나무 한그루로 서 있던 사람. 나의 가난한 응원에도 늘 넘치게 답했던 사람. 나는 그녀의 차가워오는 이마에 마지막 키스를 했다. 잘 가라 아내여. 내가 진실로 사랑하고 흠모했던 이 세상 단 한 사람의 작가여. 나의 피투성이 연인이여.

세월이 오래 흘러 세상의 한자락에서 희미하게나마 누군가는 기억해주는 이 있을까. 정미경. 순교자 없는 시대에 그녀는 홀로, 광장도 아닌 초라한 자신의 문학제단 앞에서 순교했다는 것을. 단 한 순간의 삶도 대충 살지 못하고 단 한줄의 문장도 대충 쓰지 못했던 여자. 그녀의 연약한 육신이 마른 꽃잎처럼 일렁이는 불꽃에 타들어가 마침내 하얀 재로 바뀌었을 때 나는 비로소 알았다. 그녀가 스스로의 소설 속으로 걸어들어가 마지막 페이지를 넘기듯 삶의 문도 그렇게 닫았다는 것을. 지독한 깔끔쟁이. 신이 자신을 부를 시간이 가까워옴을 알았으면서도 함께 음악을 듣고 차 마시며 문장을 다듬고 또 다듬었지.

결핍과 고난의 바람 부는 세월을 살아오면서 단 한번도 내게 곱게나마 눈 흘긴 적 없었어. 미안해. 미안해. 미안해. 그토록 아프고 힘든 시간을 홀로 견뎠음을 아둔한 나는 눈치채지 못했어. 미안해. 미안해. 미안해.

그녀가 홀연히 내 곁을 떠나간 지 1주기가 되었다. 창밖엔 그날처럼 다시 흰눈이 내린다. 시간은 2017년 1월 18일 새벽 3시 반에 시침과 분침이 겹친 채 정지되어 있고, 고통은 내 양식이 되어 생살처럼 내 몸 어느 속엔가에 돋아나 있다.

네가 떠났다면, 나도 그 언저리,라고 했던 시인이 있었지. 언젠가 나도 네 언저리에 이르는 날이 있겠지. 그때까지는 아무리 길게, 아무리 오래 작별을 한다 해도 너는 돌아오지 않을 것이다.

창의 커튼을 내릴 때, 문득 들려오는 것 같다.

바보, 내가 그립고 보고 싶거든 내가 두고 온 글 속으로 들어와 봐. 거기 내 숨소리와 눈길과 기침 소리 하나까지도 그대로 다 살아 있어. 조용히 그쪽으로 와봐. 나는 거기에 살아 있어. 떠나지 않았어.

金炳宗 | 화가·서울대 교수

소설의 빛

백지연

자본주의 세속에 대한 냉엄한 통찰과 이해

1987년 중앙일보 신춘문예 희곡 부문에 「폭설」로 등단한 정미경 작가는 2001년 『세계의문학』 소설 부문에 「비소 여인」이 당선되면서 본격적인 작품활동을 시작했다. 희곡 작품 발표 후 십수년의 시간을 거쳐 소설가로 모습을 드러내기까지 정미경이 벼려온 창작 시간의 무게는 결코 가볍지 않았다. 등단 이듬해 『장밋빛 인생』으로 제26회 오늘의작가상을 받은 작가는 연이어 주목받는 작품을 써내며 2000년대 이후 한국소설의 지형에서 개성적 자리를 만들어

* 이 글은 「소설이 '타인의 삶'을 말하는 방식」(『자음과모음』 2017년 가을호)을 보완·수정한 것이다.

나갔다. 정미경 작가의 갑작스러운 타계가 아직도 실감나지 않는 이유는 앞으로 그가 펼쳐갈 소설활동이 이른 시기에 중단되었다는 슬픔과 안타까움 때문이다. 16년 남짓한 그의 작품활동 기간은 작품세계의 방대함에 비해 지나치게 짧게 느껴진다. 지금까지 출간된 소설집『나의 피투성이 연인』(민음사 2004),『발칸의 장미를 내게 주었네』(생각의나무 2006),『내 아들의 연인』(문학동네 2008),『프랑스식 세탁소』(창비 2013)와 장편소설『장밋빛 인생』(민음사 2002),『이상한 슬픔의 원더랜드』(현대문학 2005),『아프리카의 별』(문학동네 2010),『가수는 입을 다무네』(민음사 2017) 등을 돌아보면 그동안 소설 쓰기에 치열하게 자신의 삶을 집중해온 한 작가의 초상이 오롯하게 그려진다.

　그동안 정미경 소설을 이야기할 때 자주 거론된 비평적인 주제어들은 '자본주의적 삶의 규율' '부르주아의 문화' '취향' '속물' 등이라고 할 수 있다. 정미경 소설의 인물들은 대체로 자본주의사회가 제시하는 경쟁체제와 욕망의 프로그램에 익숙한 사람들이다. 이들은 자신의 목표를 향해 거침없이 질주하다가 어느 순간 뜻밖의 사건으로 추락의 위기에 처한다. 위기와 균열의 순간은 신분상승 혹은 체제 유지의 욕망이 절정에 이른 지점에서 폭발적으로 찾아온다. 이처럼 중산층 지식인들이 느끼는 불안과 초조, 위악과 허위를 날카롭게 묘파하는 데 정미경 소설의 장점이 거론되곤 하지만, 실제로 그의 소설은 매우 방대한 인물군과 직업 계층을 포괄적으로 다루고 있다. 작가는 특정 계층의 자본주의 세속 일상의 묘파에 제한되지 않고, 여러 계층의 인물들이 드러내는 윤리적 감수성과 자의식의 문제를 주목한다.

정미경 소설의 다채롭고 개성적인 특징들은 한국소설사에서도 여러 흐름 속에서 생각할 수 있다. 자본주의 세태 일상과 도시적 문화를 충실히 묘파한다는 점에서 정미경 소설이 보여주는 도시성의 고찰은 역사가 깊다. 평범한 일상사를 중심으로 현대인들이 탐닉하는 욕망의 양상과 윤리적 감수성을 섬세하게 고찰한다는 점에서 박완서, 오정희의 소설과 연결된다. 부르주아의 삶, 결혼 일상과 가족에 대한 미시적 묘파라는 흐름 속에서 보면 서하진, 정이현 소설과 함께 종종 논의된다. 더불어 정미경 소설이 끊임없이 환기하는 예술적 소재나 심미적 체험의 문제를 떠올려보면 서영은과 강석경, 김승희 소설로 연결되는 예술가소설의 한 계보를 그려볼 수도 있겠다.

연애와 결혼, 가족 일상을 면밀하게 다루면서도 여성 인물을 전면적으로 내세우지 않는 점이 정미경 소설의 또다른 특징이라고 할 수 있겠다. 그의 소설에서는 여성성장서사나 자전서사의 특징이 거의 드러나지 않는다. 남성 인물이 표면적 주인공인 경우가 많지만 대체로 여성 관찰자의 치밀한 시선 속에서 포착되므로 인물의 심리적 갈등과 긴장은 팽팽하게 유지된다. 남성이든 여성이든 그의 소설 인물들은 흔히 일컫는 '속물'의 관습적 캐릭터로 쉽게 수렴되지 않는다. 인물들의 관계를 여러 겹으로 포개면서 다양한 시선을 개입시키는 방식이기 때문에 자본주의 세태 비판에 대해서도 전형적인 정답을 전제하거나 인물들의 빤한 각성을 결론으로 삼지 않는다. 이처럼 삶의 세부를 치밀하고 견고하게 새겨넣는 정미경의 작품세계는 특정한 시대를 호명하는 비평 주제에 쉽게 귀속되지 않는다는 점에서 상대적으로 주목받지 못한 면이 있다. 정미경 소설 전반에 대한 다양한 관점의 분석 및 평가들이 본격적으로 개진되어야 할 이유도 여기에 있다.

'말했던 것'과 '말하지 못했던 것'의 사이

이번 유고소설집에 실린 작품들은 「목 놓아 우네」(2012)를 시작으로 마지막 발표한 단편 「새벽까지 희미하게」(2016)에 이르기까지 비교적 집중적인 주제로 연결되어 있다. 자본주의 소비일상을 살아가는 현대인의 고독과 불안, 그리고 그 속에서 모색되는 존엄한 삶의 방식에 대한 물음은 이번 책을 관통하는 핵심적인 주제라고 할 수 있다.

「엄마, 나는 바보예요」는 정미경 소설이 자주 다루는 부르주아적 삶에 스며 있는 일탈 욕망과 불안의 심리를 고찰한 작품이다. 마흔 중반에 적절한 자산규모를 이루고 있다고 생각하는 조는 신도시 주상복합빌딩에 정신과 병원을 경영하고 있다. 얼마 전 아들이 다니는 초등학교에서 일어난 성폭행 사건과 낯선 사람들의 방문을 계기로 조는 며칠째 알 수 없는 긴장과 불안에 시달린다. 조는 자신의 병원을 찾아오는 환자의 사연을 형식적으로 들으면서, 자신 역시 두개의 인생을 사는 것 같은 균열과 피로를 느낀다. 그는 선량한 시민인 것처럼 자임하지만 정작 출근길 지하철에서 만난 응급환자를 모른 척하고 돌아서는 지극히 이기적인 인물이다. 욕망의 분출과 파국의 감지는 주인공 조의 초등학생 아들이 끔찍한 사건을 저질렀을지도 모른다는 불길한 암시로 나타난다. 조는 누군가의 마음을 들여다보는 일을 하고 있지만, 정작 가족의 속마음이라든지 세밀한 일상을 살피는 일에는 철저히 무관심하다. 다른 작품과 마찬가지로 이 소설 역시 특정한 악인을 전제하지 않고 인물이 느끼는 불안과 갈등에 다채로운 방식으로 접근한다. 속물적인 인간의 행동을 묘사하면서도 그것이 자극적인 서사 흐름으로 치닫지 않는 것도 작가의 이러한 관찰의 시선이 갖는 견고한 힘에서 온다. 모든 사람의 행동에는 다 나름대로 고유한 이유가 있다,라는 사실을 정미경 소설처럼 치열하게 보여주는 경우도 드물 것이다.

「목 놓아 우네」는 심씨라는 성을 지닌 남성과 여성이 문자를 통한 소통 속에서 서로의 상처를 털어놓는 이야기이다. 회사에 근무하는 남성은 자신을 이용한 직장 동료 여성에게 깊은 상처를 받은 상태이며, 화물 트럭 운전사인 여성은 가족 상실과 성폭력의 기억으로 고통을 겪고 있다. 서로에 대해 알지 못하는 두 사람은 잘못 보낸 문자메시지로 우연히 연결되면서 자신의 속마음을 솔직하게 교환한다. "이름도 모르는 채 그렇게 많은 것들을 털어놓"(147면)는 데서 오는 해방감은 두 사람에게 특별한 감정을 선사한다. 주목

할 점은 이 소설이 익명적 존재들의 공감과 교통의 순간을 이야기하면서도, 또 한편으로는 존재적 고독의 문제를 섬세하게 짚어본다는 것이다. "이후로 심은 하룻밤 사이 폭 꺼져버린 구덩이에 물이 고인 우물처럼 변해버렸다. 아니다. 그 우물은 심의 내부에 원래부터 있던 우물이었다. 다만 조금 더 깊고 차갑고 어두워졌을 뿐." (139면)이라는 대목이 보여주듯이 남자 심은 자신의 상처가 쉽게 치유될 수 있다고 믿지 않는다. 여자 심은 이에 비해, 자신을 간호사로 소개하는 거짓말을 했지만 소통 가능성을 완전히 부정하지는 않는다. 이 소설이 흔한 허무주의나 감상주의에 빠지지 않는 것은 소외와 고독의 상황을 현실적으로 대조하면서도, 쉽사리 비관으로 향하지 않는 서사적 조율 덕분이다. 여자 심이 떠올린 "말했던 것들과 말하지 못했던 것들 사이에 있"(158면)는 진심이야말로 이 소설이 강조하는 주제라고도 할 수 있다.

자본주의사회의 세속적 가치를 열망하는 정미경 소설의 인물들이 보여주는 '속도'와 '질주'의 집착은 자본주의 체제에서의 무한경쟁 및 자기계발주체의 욕망을 고스란히 반영하는 듯하다. 자기가 진정으로 무엇을 원하는지 알지 못한 채 타인의 기준에 맞춰 미친 듯이 질주하는 인물들의 모습은 추락에 대한 공포와 두려움을 보여준다. 정미경 소설은 물질적 가치에 전적으로 포획되는 인간의 심성에 주목하지만, 중독과 질주, 추락의 모티프를 독특한 방식으로 변주한다. 물질적 욕망을 추구하며 질주하는 주인공, 그리고 그의 욕망을 나름 이해하고 수긍하면서도 어느 지점에 이르면 날카로운 관찰자가 되는 또다른 주인공이 극적 갈등과 긴장을 구성한다.

「못」은 익명의 남녀가 우연한 계기로 만나 연애하고 이별하는 과정을 통해 이러한 극적 긴장의 팽팽함을 보여준다. 소설에서 벽에 박힌 '못'의 생생한 이미지는 상처받은 여성 금희의 내면을 압도적으로 드러낸다. "지속된 노동 끝에 지문이 사라진 손가락처럼, 성문이 지워진 그 목소리 역시, 오래지 않아 금희,라고 불러보면 희고 커다란 못의 형상만이 떠오를지도"(8면) 모르는 금희의 모습은 이 소설이 투시하는 냉정한 현실의 단면을 보여준다. 회사의 경쟁 구도에서 밀려나 실직 중인 공은 가족과도 별거한 상태에서 우연히 금희를 만나 연애하고 함께 살게 된다. 여러모로 이기적이고 속물적인 공의 눈에 금희는 독특한 여자였다. 그녀는 "모아놓은 돈도 없고 앞으로 크게 벌 일도 없으면서 애면글면이 없"는, "밥을 먹거나 주유소라도 들르면 곧잘 제 카드를 내"미는,(30면) 속셈이 없는 여자다. 그러나 공의 단순한 짐작과 달리 금희는 공보다 많은 것을 알고 있다. 그녀는 공이 체온이나 마음을 나눌 사람이 아니라 허위적이고 위선적인 욕망에 쉽게 사로잡히는 인물이라고 직관하면서도 그와의 연애를 시작한다.

소설에 직접적으로 묘사된 것처럼 두 인물을 지배하는 감정은 경쟁 속에서 마모되는 삶에 대한 불안이다. 공이 욕망에 매달리면서 불안을 유예한다면 금희는 욕망을 내려놓는 방식으로 불안을 유예한다. 그러나 결국 이별과 파국은 예상보다 빨리 다가온다. 재취업을 하면서 자기의 본래 자리로 돌아간 공에 비해 금희는 냉정해 보이는 외면과 달리 깊은 상처를 입는다. 그녀는 공과 함께 키우던 고양이 점순이를 무심하게 병원에 유기한 후 쓰레기봉지에 공이 남긴 물건 모두를 버린다. 소설의 마지막 장면은 금희가 겪는 상실과 고통을 주시하면서도 또 한편으로 공의 내면에 희미하게 남겨진 연애의 흔적을 놓치지 않는다. "다음. 다음이란 건 없어."라고 말하는 금희의 단호한 대답이 소설의 결말을 장식하지만, 이 소설이 던지는 진정한 빛은 금희와의 시간을 돌아보는 공의 회상 속에 존재한다. "생각해보면 그날 환한 빛은 한결 청결해진 유리창이 아니라 우와 하던 낮은 탄성, 조심스레 유리창을 문질러보던 손가락 끝" "금희의 눈빛"(44면)에서 왔음을 조용히 환기하는 것이다.

「못」에서도 감지되지만 정미경 소설에서 대체로 여성들은 남성이 감행하는 중독과 질주, 추락의 서사를 관찰하고 조율하는 자리에 있는 기묘한 동반자의 역할을 한다. 이 과정에서 깊은 상처를 입고 고통을 겪거나 혹은 훨씬 관용을 베풀 것을 요구받는 인물들 역시 여성이다. 흥미로운 점은 여성인물의 흔한 수난사로 가지 않게 조율되는 서사적 구도의 복합성이라 할 것이다. 여성들은 남성의 욕망에 동화되면서도 그의 내면을 관조적인 시선 속에서 읽어내는 냉엄함을 지니고 있다. 「못」에서 공의 냉정한 성격을 알면서도 사랑을 주고 정작 그가 떠난 자리에서 깊은 상처를 안고 벽의 못처럼 박혀버린 금희가 비극적이면서도 개성적인 여성인물로 다가오는 것도 이 때문이다.

'타인의 삶'을 이해하는 방식

소설집 안에서 따뜻하고 환한 인상으로 새겨지는 작품은 「장마」
이다. 외국의 낯선 공간에서 이루어진 인물들의 동행 과정은 각자
의 상처를 잠시 들여다보게 하는 역할을 한다. 양육자 역할을 제대
로 하지 않은 어머니의 죽음에 대한 회한과 슬픔을 안고 있는 윤은
기계적인 프로젝트에 시달린 회사원 남자와 여행을 하면서 조금
씩 자신의 내면을 털어놓는다. 아름답고 짧은 연애소설로도 읽히
는 이 소설은 유독 정다운 말을 마지막 문장에 남기고 있다. "네온
의 명멸처럼 짧지만 환한 어떤 것이 가슴속에서 반짝 빛났다. 지나
온 삶에서, 우연히 다가온 따뜻하고 빛나는 시간들은 언제나 너무
짧았고 그뒤에 스미는 한기는 한층 견디기 어려웠다. 그랬다 해도,
지금 이 순간의 따뜻함을 하찮게 여기고 싶지 않다."(188~89면)라는
문장이야말로 작가가 남긴 귀중한 전언으로 깊게 새기게 된다.

정미경 작가가 남긴 마지막 단편인 「새벽까지 희미하게」 역시
그 결말이 주는 따뜻한 빛의 여운 때문에 여러번 들여다보게 된다.
이 작품은 속물적 삶에 대한 치밀한 묘파를 놓지 않으면서도 그 흐
름 속에 마모되지 않는 존엄한 삶의 방식을 끈질기게 주시한다. 여
성인물의 적극적인 움직임과 생동감을 보여주는 이 소설은 이전의
정미경 소설들이 엄격하게 추구한 현실적인 결말의 의미를 넘어
미래적인 시간의 가능성을 타진해보고 있다. 자신의 재능을 이용

당한 상황에서도 소진되지 않고 자신의 삶을 살아나가는 '송이'의 모습은 작가가 이야기하고 싶었을 '소통'과 '교감'의 주제를 일깨운다. 좀더 윤택한 삶으로 나아가기 위해 송이의 창작 성과를 가로채고 외면했던 유석은 그녀가 그림책 작가로 유명해졌다는 소식을 접하고 지난날을 되짚어본다. 그의 마음에 남는 한 장면은 "새벽까지 희미하게 달이 떠 있던 놀이터"에서 나눈 송이와의 대화이다. "날것의 밑바닥을 누군가에게 들켰다고 느끼는 순간, 무릎이 꺾일 만큼 힘든 순간, 어떤 석연치 않은 순간"(121면)을 나누었던 오래전 기억은 사라지지 않고 그의 마음 밑바닥에 남아 있다.

「새벽까지 희미하게」에서 형상화되는 소통의 순간은 「못」에서 공을 사로잡았던 '빛'의 순간과도 연결된다. 비록 순간적인 교감이라 할지라도 그것 자체가 무의미한 것은 아니다. 잠시나마 서로의 내면을 들여다본 시적인 교감의 순간은 그 자체로 아름답고 존귀하다. 소설이라는 장르가 인간을 위무할 수 있는 힘도 이러한 순간들을 포착하고 재현하는 데서 나온다고 할 수 있을 것이다.

그러니까 썬글라스를 낀 채로 모과나무를 안고 있던 송이.
기억의 멀고 가까움이 물리적인 시간이 아니라 강렬함으로 정해지는 거라면 그건 아마도 가장 가까운 기억이겠다. 새벽까지 희미하게 달이 떠 있던 놀이터는 줄이 한량없이 긴 괘종시계의 추처럼 예고 없이 스윽 떠오르곤 했다. 날것의 밑바닥을 누군가에게 들켰다고 느끼는 순간, 무릎이 꺾일 만큼 힘든 순간, 어떤 석연치 않은 순간, 그리고 또…… 그 새벽에 송이는 서로가 한층 가까워졌다고 생각했을까? 유석은? 잘 모르겠다. 다만 그 새벽에 유석이 가장 힘든 시간을 지나고 있었던 건 사실이다.(121면)

인간이 존엄한 존재로서 각자의 자리에서 주고받을 수 있는 우정과 환대란 어떤 것일까. 친구와 연인, 가족 그 모든 관계 속에서 형성된 질서와 관습을 넘어 진심으로 '타인의 삶'을 이해한다는 것은 어떤 것인가. 개별적 삶의 고유한 영역을 존중하는 이 깊은 침묵의 시선은 '이해' '공감' '위무' 등의 단어가 본래 가졌던 뜻이 무엇인가를 새삼 되짚어보게 한다. 그것은 엄정한 관찰자의 윤리적 시선이라는 말로 다할 수 없는, 타인의 삶에 대한 존중과 이해를 폭넓게 펼쳐 보이는 귀한 상상력의 세계이다. 길지 않았지만 강렬하고 뜨거웠던 정미경의 작가적 여정을 돌아보며, 그의 소설이 남긴 깊고 또렷한 발자취가 앞으로도 여러 독자들의 마음에 가닿을 수 있기를 진심으로 소망한다.

白智延 | 문학평론가

| 수록작품 발표지면 |

못 ……『현대문학』 2016년 5월호

엄마, 나는 바보예요 …『한국문학』 2015년 여름호

새벽까지 희미하게 …『창작과비평』 2016년 여름호

목 놓아 우네 ……『현대문학』 2012년 12월호

장마 …『도시와 나』(바람 2013)

새벽까지 희미하게

초판 1쇄 발행 • 2018년 1월 18일
초판 3쇄 발행 • 2018년 3월 5일

지은이 / 정미경
펴낸이 / 강일우
책임편집 / 박지영
조판 / 황숙화 박지현
펴낸곳 / (주)창비
등록 / 1986년 8월 5일 제85호
주소 / 10881 경기도 파주시 회동길 184
전화 / 031-955-3333
팩시밀리 / 영업 031-955-3399 · 편집 031-955-3400
홈페이지 / www.changbi.com
전자우편 / lit@changbi.com

ⓒ 김병종 2018
ISBN 978-89-364-3751-0 03810

* 이 책 내용의 전부 또는 일부를 재사용하려면
  반드시 저작권자와 창비 양측의 동의를 받아야 합니다.
* 책값은 뒤표지에 표시되어 있습니다.